神の国に殉《じゅん》ず(上)

小説　東条英機と米内光政

阿部牧郎

祥伝社文庫

目次

太平洋戦争関連図

①東京　②呉　③佐世保　④沖縄　⑤ウラジオストック
⑥ハルビン　⑦新京　⑧北京　⑨西安　⑩重慶　⑪南京
⑫上海　⑬長沙　⑭香港　⑮マニラ　⑯ダバオ　⑰サイゴン
⑱バタビア　⑲ポートモレスビー　⑳ラバウル

県人会

　その日、東京の小石川《こいしかわ》植物園の正門には、「板垣征四郎《いたがきせいしろう》中将陸軍大臣就任祝賀会」と大書された紙が貼りだされた。

「岩手県人会」「在京岩手学生会」と書かれた紙もならんでいる。

　昼まえに数十名の男女がやってきて、植物園内の一隅《いちぐう》に天幕を張ったり、椅子やテーブルをならべたり、会合の支度をはじめた。

「梅雨《つゆ》の時期だのに、雨が降らねくて良かったなス。大臣の門出にふさわしい上天気だ」

「陸軍大臣と海軍大臣といえば、日本の二本柱だべ。それが両方とも盛岡《もりおか》中学の出身なんだからなあ。建軍以来の快挙だよ。梅雨もなにも吹っとばされてしまったのだ」

　人々は上機嫌で南部弁で話しあった。

昭和十三年六月十九日。支那《しな》事変がはじまって一年近くたっている。ときの首相近衛文麿《このえふみまろ》はこの五月と六月に内閣を改造した。支那事変がいっこうに収束されないのに業《ごう》を煮やして陸相、外相、蔵相、文相らを入れかえたのだ。陸相の杉山元《すぎやまはじめ》大将が更迭《こうてつ》され、板垣征四郎中将が新陸相に就任した。

板垣中将は岩手県盛岡の出身である。前内閣から留任した海相米内光政《よないみつまさ》大将も同じ盛岡出身で、二人はともに盛岡中学で学んだ。年齢は米内が五つ上。板垣が盛岡中へ入った明治三十三年には米内はすでに海軍兵学校二年に在籍中だった。

同じ内閣の陸相、海相がともに盛岡中学の出身――。同中学の関係者はもちろん、岩手県人にとってこれ以上ないニュースである。

盛岡は江戸時代、盛岡藩の藩都だった。戊辰《ぼしん》戦争のさい盛岡藩は奥羽越《おううえつ》列藩同盟にくみして明治新政府軍と戦火をまじえた。

つまり賊軍だったのだ。おかげで明治のころ岩手県人はなにかと賊徒あつかいされ、不遇をかこつことが多かった。その逆境を越えて大正期には原敬《はらたかし》が首相となり、昭和七年には海軍大将斎藤実《さいとうまこと》がやはり首相に就任した。岩手県人は賊徒あつかいを逆手《さかて》にとって努力し大成する――。そういう評価を先人たちは定着させてきた。このたびの陸海相同時誕生はそうした誇らかな評価の、またとない裏づけだったのである。

「これからの日本を背負って立つのは、まちがいなく岩手県人だな。ということは、岩手県人がアジアを背負って立つことだ。日本はなんたってアジアの盟主なんだから」

「金儲《かねもう》けはあまり上手でねえが、軍人と政治家に岩手県人は向いているのだ。風雪に鍛えられているからなあ。文学方面でも石川啄木《いしかわたくぼく》、宮沢賢治《みやざわけんじ》は岩手県人の典型だべ」

人々の鼻息はすさまじい。著名の士と同格になった気で胸を張っている。

祝賀会は午後二時開始である。約五万坪の園の一隅で会はひらかれる。貸切りではないので、一般の入園者も多い。

祝賀会の参加者はところどころ貼りだされた矢印にしたがって会場へ向かう。午後一時をすぎるとその数がしだいに増えて、二〇〇人近くになった。代議士の田子一民《たごいちみん》、鹿島《かじま》組社長の鹿島精一《せいいち》、盛岡市長大矢馬太郎、予備役海軍大将山屋他人《やまやたにん》らの顔が見える。

正門横の受付にいた数名の陸兵が、とつぜん緊張して立ちあがった。

黒塗りの自動車が停まり、眼鏡をかけた一人の将官がおり立った。敬礼する兵士らにかるく答礼し、案内係について会場へ向かう。秘書官と新聞記者二人がつきそった。

「東条《とうじょう》中将だよ。こんどの改造にともなって次官に就任された」

「そうだったな。しかしあの人岩手県人なのか。県人会の名簿には載ってないぞ」

「ご先祖が盛岡藩士だったんだ。ご本人は東京生れだが、父上の東条英教《ひでのり》中将が盛岡出身で少年時代に単身上京したらしい」

「そうなのか。陸相、次官がともに岩手県人となると、軍はいよいよ岩手閥全盛だな」

受付近くにいた記者たちが話しあった。

東条次官はあまり社交的な性分ではないらしい。天幕のなかの貴賓《きひん》席へ腰をおろし、出された茶を飲んだきり端然としている。

何人かの県人が挨拶にきた。東条は立って挨拶を返したが、話しこむ様子はない。

ついで参謀次長の多田《ただ》駿《はやお》中将がやはり車で正門まえへ乗りつけた。

当時の参謀総長は閑院宮載仁《かんいんのみやことひと》親王である。皇族はほとんど実務にかかわらないので、参謀本部の実権は事実上多田次長が握っている。陸相、次官、参謀次長がすべて岩手県人だとすれば、陸軍の岩手閥は盤石《ばんじゃく》である。

「次長閣下。閣下はたしか仙台のお生れではありませんでしたか」

会場へ向かう多田に一人の記者が訊《き》いた。

「ああ、そうだよ。しかし岩手には縁が深いんだ。父親が岩手県下の郵便局員だったので、少年時代はずっと盛岡ですごした」

笑顔で多田は説明した。

面長《おもなが》で目もとのやさしい、知的な顔立ちの将官である。つねに気迫をみなぎらせた東条英機《ひでき》次官とは正反対の持味の人物だった。陸軍有数の中国通といわれ、現在陸軍の首脳部のなかで唯一の支那事変不拡大論者である。戦争を拡大しようという圧倒的多数の勢力に反対して、ひとりで奮闘している。

「仙台藩と盛岡藩はかつてともに賊軍だった。時代が変っていまや賊軍同盟が軍の先頭に立っている。その意味で自分は、岩手県人会の準会員のつもりでいるのだ」

多田は記者にそう説明して、会場である広場の天幕の下へ入っていった。

苦笑して多田は足をとめた。貴賓席に東条次官の姿をみとめたからだ。

東条は多田と正反対の支那事変拡大論者である。つい先日まで満州国防衛の関東軍参謀長のポストにあったが、支那事変勃発《ぼっぱつ》とともに強引に東条兵団を編制し、国境を越えて内蒙古《うちもうこ》や北支へ進撃した。事変の不拡大につとめる参謀本部の反対を押し切っての作戦だった。当然、二人は不仲である。

多田は東条のとなりの椅子に腰をおろした。東条は一瞥《いちべつ》したが、挨拶もしない。

「貴公は東京生れだろう。なんだって岩手県人会へ顔を出すんだ」

いきなり多田は絡んでいった。

階級はともに中将だが、多田のほうが陸士の二期先輩である。

「いや、自分は盛岡藩士の孫です。貴公こそ仙台生れでしょう。ここへくるのはお門《かど》ちがいではありませんか」

眼鏡を光らせて東条は訊き返した。

東条から見れば多田は腰ぬけである。

「いや、自分は少年時代、岩手県下で暮した。生れは仙台だが、心は岩手県人なのだ」

苦笑して多田は記者にしたのと同じ説明をしてきかせた。

「自分も生れは東京だが、盛岡藩士の末裔《まつえい》だから岩手県人と自任しております。こんど県人会名簿に載るようにしました」

「そうか。ではおたがいさまだ。人間、どこに縁があるかわからぬものだな」

「陸海軍ともいまは岩手勢が主流です。しかし岩手閥などつくるべきではない。長州《ちょうしゅう》閥、薩摩《さつま》閥の悪《あ》しき前例があります」

断固とした口調で東条はいった。

以前からの持論である。

「そのとおりだ。近代国家の軍隊に出身地による派閥などあってはならない。まあこうして同県人が親睦をはかるのは良いだろうが」

「出身県など問題ではない。天皇陛下の御前では、国民は一視同仁《いっしどうじん》です。日本人は全員が神州の民なのです。支那事変のおかげで国民にやっとその自覚が生れてきました」

大まじめな東条の話に、多田は苦笑してうなずいた。気質としても二人は水と油である。

岩手県出身の長沢賢二郎《ながさわけんじろう》少将が挨拶にやってきた。航空科所属で明野《あけの》陸軍飛行学校長を最後に、近く予備役入りする。

多田と型どおりの挨拶をかわしたあと、長沢は東条に次官就任の祝いをのべた。

「ご承知のとおり私は航空本部長兼務なのだ。こんごいろいろご指導をお願いしたい」

東条は手帖を出して、長沢の現役引退後の住所を訊きだしてメモをとった。些細《ささい》なことでも東条はいちいちメモをとる。若いころからの習慣である。内容を年月日、項目別にきちんとノートに整理して保存する。「カミソリ」と渾名《あだな》される抜群の事務力、判断力はこのメモに負うところが大きい。

定刻近く、板垣征四郎新陸相が姿をあらわした。芝生の広場に点々と配置された円形テーブルを囲んだり、芝生にすわっていた人々がいっせいに拍手で板垣を迎える。気のはやいバンザイの声も起りかけた。満州事変の英雄の人気は七年たったいまも当時のままだ。

板垣はかるく手をあげて人々に応え、胸を張って天幕のなかの貴賓席へ腰をおろした。軍帽をまぶかにかぶり、日焼けしたチョビひげの顔に笑みがあふれている。胸の大きな勲章が笑顔と対をなしてかがやいていた。

つい一カ月まえまで板垣は第五師団長として北京《ペきん》に駐屯《ちゆうとん》していた。近衛首相が板垣を陸相に起用したのは、支那事変を拡大させようとはやる陸軍の強硬分子を彼ならおさえられるだろうとふんだからだ。

板垣は七年まえ、当時の関東軍参謀の石原莞爾《いしはらかんじ》と組んで満州事変を起し、満州国の建設に成功して国民的ヒーローとなった。その石原は支那事変の拡大に強硬に反対して、昨年の九月、参謀本部を追われてしまった。近衛首相は石原の盟友である板垣なら、石原の代りに事変の収拾をはかるだろうと思っている。

定刻の二時になった。司会役のNHKアナウンサーが困った顔で天幕のそばをいったりきたりしている。米内光政海相がまだ到着しないのだ。海軍省へ問いあわせたところ、かなりまえに出発したという返事だった。

「かまわんではないか。開会しよう。時間をまもらぬ人間にあわせる必要はない」

東条次官が司会者に声をかけた。

東条は規定厳守が身上である。然《しか》るべき理由のない遅刻など絶対にゆるせない。

「いや、待とうよ。米内さんがいないと陸海軍大臣そろいぶみの意味がなくなる」

板垣がニコニコ顔で制止した。

彼は陽性で、部下の意見をよくきく。上にたいする押しも強い。実行力に富んでいるので、部内の支持者は多かった。

数分後、正門のほうから見張役が走ってきて、米内海相の到着を伝える。アナウンサーが出迎えに飛んでいった。

米内光政海相が大股で会場へあらわれた。六尺の長身で恰幅《かっぷく》も良い。濃紺の制服、制帽姿がよく似合う偉丈夫である。目が大きく彫りの深い顔立ちは岩手人の一つの典型だった。

拍手と歓声が起る。米内は天幕の下へ入り、板垣、東条、多田にかるく会釈して椅子に腰をおろした。米内にはふしぎに温かい雰囲気があって、東条もそれまでの不機嫌をわすれたおだやかな表情になる。

アナウンサーが演壇にのぼり、拡声機に向かってスピーチをはじめた。

「――建国以来不敗のわが皇軍は、四海に御稜威《みいつ》（天皇の威光）をかがやかすべく進軍し、連戦連勝していまや支那の主要都市のほとんどを占領しました。まことわが皇軍は国の誇り、民族の誇りであります。その陸海軍をひきいる板垣新陸軍大臣、米内海軍大臣をそろってきょうはお迎えいたしました」

貴賓席をふり返ってアナウンサーは板垣と米内を紹介する。

板垣、米内はこもごも立って、挙手の礼で参会者の拍手と歓声にこたえる。つづいて東条次官、多田次長が紹介され、同じように喝采《かっさい》をあびた。

板垣、米内がともに盛岡中学出身であることにアナウンサーはふれない。このあとつづく岩手出身の名士たちのスピーチの材料をさきどりしないよう気をつかったのだ。

つづいてアナウンサーは声を張りあげた。

「この小石川植物園は東京帝国大学の施設であります。ふだんは飲酒厳禁なのですが、本日は板垣新大臣の就任を祝して、とくべつに乾盃がゆるされることになりました。ただいまから準備をすすめます」

どよめきと拍手のなかへ県人会、学生会の若者が会場へ酒樽と湯呑み、つまみものなどを運びこんだ。婦人たちが盆に山盛りにした枡《ます》やグラスをくばってまわる。五〇〇人の参会者にゆきわたるまで少々時間がかかった。

県人会長が開会の挨拶をし、代議士の田子一民が乾盃の音頭をとる。

「板垣征四郎中将の陸軍大臣就任をお祝いし、天皇陛下の弥栄《いやさか》と神国日本のさらなる繁栄をお祈りして――」

カンパーイ。満面の笑みで板垣はグラスをあげ、参会者に会釈をくり返した。

何人かの要人がそれぞれ祝辞をのべた。だれもが盛岡中学の栄誉をたたえ、陸海軍両大臣の併立を祝った。陸海軍の仲がかならずしも良くないとの噂もきくが、これで問題は解決するだろうという者もいる。

板垣、米内、盛岡中学。その話題のほかはそろって戦争讃美である。支那事変は支那側の挑発により起った。それでなくともこれまで、中国本土における抗日侮日《ぶにち》運動は目にあまるものがあった。たまりかねて皇軍は、未教化の中国人の暴虐をたしなめ、正義を明らかにするため立ちあがったのだ。

「日本は『古事記』、『日本書紀』で明らかにされたとおり、現人神《あらひとがみ》の天皇陛下に統治された神国である。支那人などに侮辱されるいわれはない。未開の彼らを痛撃、屈伏させ、天皇の御徳に浴させるための聖戦を、わが陸海軍は遂行中なのだ」

そんな優越意識を人々は共有している。

その優越意識は、日本政府が明治以来普及につとめてきた国家神道《しんとう》によって形成された。明治国家の指導層は、欧米列強の精神的な基盤であるキリスト教に対抗して、天皇を国の中核とする国家神道を成立させた。以来それは日清《にっしん》、日露《にちろ》を始めとする戦争遂行の精神的支柱として日本に定着したのだ。

「陸軍は大臣、次官、次長のオールスターキャストだね。海軍はちとさびしいな。及川《おいかわ》くんがいればよかったのだが」

予備役の山屋他人海軍大将が、うしろの席から米内に話しかけてきた。

山屋は斎藤実に次ぐ二人目の、岩手出身の海軍大将である。米内よりも一七期先輩で、軍令部次長、連合艦隊（ＧＦ）司令長官をつとめた大物だった。日本海海戦の大勝利をもたらした秋山真之《あきやまさねゆき》の丁字《てい》戦法の原形は山屋の考案によっている。秋山ほど人に知られなかったのは、賊藩出身の悲哀だったかもしれない。

「そうですな。及川くんがいれば、山屋さんと三人で対抗できたかもしれません」

無口な米内にしては愛想よく返事をした。

話に出た及川古志郎《こしろう》中将は、盛岡中学で米内の三年後輩である。現在は第三艦隊司令長官として揚子江《ようすこう》方面へ遠征中だ。

「及川くんは相変らず読書家なのかね。漢籍の蔵書がすごい量だときくが」

「航海中も読書を絶やさぬようです。学者肌なのですよ。軍人にはめずらしい」

「それで艦隊司令長官なのだからな。異色の男だよ。まったく岩手には人材が多いなあ」

山屋は陸軍グループに目をやって、感慨深くかぶりをふった。

支那事変拡大派の東条と収束派の多田が、板垣をはさんで一見仲よく話しあっている。

新陸相の板垣がどちらの派なのか、米内にはまだよくわからない。

板垣が和平主義の近衛首相に引きずられないよう監視するため、陸軍は次官に東条をもってきた、との噂を米内はきいていた。そう思ってみると、東条はいかにも手強《てごわ》そうだ。こんご東条とはたびたび衝突することになるのだろう。

「同じ盛岡藩士でも、先祖の格は陸軍のほうがはるかに上だな。私の先祖も米内くんのご先祖も軽輩《けいはい》だが、板垣の父親は家老だった。東条の先祖も一六〇石取りだったとか」

いってから山屋は笑いだした。われながらどうでもいい話だと思ったらしい。

「なるほど。岩手県の陸海軍の対立は、先祖の時代から尾をひいているわけですか」

米内も笑った。そういえば板垣にも東条にも、どこかお坊ちゃん臭がある。

しばらく中断されていた来賓のスピーチが再開された。入れ代り立ち代り似たような話がつづいて聴衆はうんざりしてくる。

幹事にせき立てられて県人会の若者たちが新しく四斗樽を二つ会場へはこびこんだ。ふたたび会場は活気づき、壇上に立つ来賓のスピーチがきこえにくくなる。板垣はグラスを手にひとり演壇のそばに立って、スピーチにいちいち神妙にうなずいていた。

祝辞の時間が終って、拡声機から岩手民謡「南部馬方節《うまかた》」が流れはじめた。

人々は席を立って交流をはじめる。貴賓席にもたえず人が挨拶にきて、米内や板垣は応接にいとまがなかった。

「海軍大臣閣下。おらの父親がむかし閣下のお父上と藩校で朋輩《ほうげい》コであったそうだス。お父上はたいした豪傑だったそうだスなあ」

この手の挨拶が引きもきらない。地元にあまり馴染みのない東条や多田の涼しい顔が、米内はうらやましくて仕方なかった。

民謡の「南部よしゃれ」「からめ節」「外山節《そとやまぶし》」がつぎつぎに流れる。酒がまわって参会者の談笑の声が高くなった。

やがて司会のアナウンサーがさけんだ。

「板垣、米内両大臣の母校である盛岡中学の校歌をここで声高らかに斉唱したいと存じます。同校ＯＢのかた、ご参集ください」

うおう、とよろこびの反応があった。

参会者の半数近くが盛岡中のＯＢである。彼らは天幕まえに集合し、板垣、米内を中心にしてスクラムを組んだ。

米内は板垣の右に立って彼と腕を組んだ。右腕は盛岡市長と組みあわせる。

ひそかに米内は唸《うな》った。板垣の腕は丸太のように太くて硬い。柔道五段の米内の腕に引けをとらないたくましさだ。海軍はいまドイツとの同盟をめぐって陸軍と対立しているが、板垣は頑強な交渉相手となるだろう。

スクラムを組んだものの、米内も板垣も校歌を知らない。二人が在学した当時、盛岡中学には校歌がなかったのだ。

米内が卒業して約一〇年後の明治四十二年に、在校生の手によって校歌がつくられた。

それ以前の卒業生には歌えない。

「歌詞をご希望のかた。お配りします。手をあげてください」

同窓会の若い会員たちが、歌詞を印刷した紙を用意していた。

米内も板垣もスクラムを解いて手をあげ、歌詞の紙を受けとった。

在校生の伊藤九万一がつくった歌詞は一番から四番までである。明治四十二年以降の卒業生も四番までおぼえている者はすくない。結局全員が紙をうけとって歌うことになった。

「盛岡中学、校歌斉唱用意――」

司会者がさけび、それェと号令する。

ОＢたちはスクラムを組んだ手に歌詞の紙をもち、窮屈そうに歌いはじめた。

メロディは「軍艦行進曲」である。在校生の佐香貞次郎がこれを選んで校歌の曲とした。軍楽隊の演奏とちがってゆっくりと歌われる。馴染みのある曲だから、米内も板垣もなんとか高唱することができた。

直立不動でОＢたちは歌った。酒が入っていても神聖な校歌だけは整然と歌う。東北六県でも指折りの名門校のОＢは誇り高い。

四番まで歌い終り、ОＢたちはスクラムを解いて拍手。それぞれの席へもどった。

「いやあ米内さん。校歌のふしが軍艦マーチだとは知らねがったな。しかし、よく知ってる曲でも歌詞が別だと、案外歌いにくいもんだスな」

板垣が南部弁で話しかけてきた。

中一修了で板垣は仙台陸軍地方幼年学校へ入った。

盛岡中に当時校歌があったとしても、わずか一年在籍しただけで、いまおぼえているかどうか怪しいものだ。

「盛中の校歌といっても、歌うのは初めてだからどうもピンとこなかったよ。まあ曲が軍艦マーチだからなんとかついていけたが」

苦笑して米内がいうと、板垣はまじめな顔でたしなめた。

「しかし、海軍の曲だから許せるべさ。おらはちょっと引っかかるス。盛中の出身者は陸軍にも大勢いるのに、校歌は陸軍の曲でねえのだから。不公平だスよ」

すると、東条が横から口をはさんだ。

「そりゃ仕方ないですよ。海軍には岩手出身の大将が四人もいる。山屋他人、栃内曾次《とちないそうじ》郎《ろう》、斎藤実それにこの米内光政閣下です。しかし陸軍にはまだ一人もおりません。むろん板垣閣下は第一号になられるでしょうが」

「そうだったかな。貴公の父上の東条英教閣下は大将ではなかったですか」

米内に訊かれて東条は笑って首をふった。

「いや、父は中将止りでした。しかも盛岡中学ではありません。教導団出身です」

教導団は明治四年、千葉県国府台《こうのだい》などに開設された帝国陸軍下士官養成所である。東条の父はこの年、一念発起して盛岡から上京し、勉学して教導団へ入ったのだ。

「校歌といえば自分は中央幼年学校のがいちばん心に適《かな》っています。七番までありますが、とくに四番がいい」

「ほう。どんな歌かね。きかせてくれ」

米内がいうと、東条はあわてて辞退した。

「四番か。ええと、たしか、あやに畏《かしこ》き天皇《すめらぎ》のだったな」

板垣がききおぼえのあるメロディを口ずさんだので、意を決して東条は歌いだした。

あやに畏き天皇の
勅《みこと》のままに身を捧げ
生きては君を守るべし
死しては国を靖《やす》んずる
神ともならん吾らには
行く手さやけき光あり

ききおぼえのあるのも道理、日露戦争の陸軍の軍神、橘周太《たちばなしゅうた》中佐を讃《たた》える歌のメロディである。「遼陽城頭夜《りょうようじょうとう》は闌《た》けて　有明月の影すごく――」と、知らない者がだれ一人いないほどひろく愛唱された歌の旋律だ。

東条の歌に途中から板垣が和し、二人は同じ歌詞を二度くり返して小声で歌った。

中央幼年学校校歌は二つあるが、これは日露戦争のあとでつくられた二つ目の校歌だ。当時二人ともとうに中幼を卒業していたが、後輩にこの歌を教わったらしい。

「一番も二番もわすれたが、四番だけは記憶しています。自分の心にこれほどぴったりする歌詞はないから」

酒の勢いでつい東条は歌ったらしい。照れくさそうに説明した。

「生きては君を守るべし」の「君」は天皇のことである。天皇のため生命をすて去ることが最高の国民道徳であり、戦死者は靖国《やすくに》神社に神として祀《まつ》られる栄誉に浴するという国家神道の教えが、率直に表明されている。

「なるほど。いい歌だ。軍人ならだれもが同じ気持だろうよ」

米内は賞《ほ》めたが、内心では辟易《へきえき》していた。

軍人としての覚悟には共感できる。だが、むきだしにそれを強調するのは気恥ずかしい。覚悟は胸に秘めておくべきで、売りものにすべきではないと思うのだ。

「私も歌ってみて感動したよ。この四番は軍人勅諭《ちょくゆ》と同様、将兵に暗誦《あんしょう》させるべきだ。

軍人はこのように誇り高くあらねばならん」

　板垣も赤黒く酔った笑顔で賛同する。

　どうも陸軍は感性がちがう。つきあうのに骨が折れる。米内は席を立ち、天幕の外へ出て、県人会の女性の手から枡をうけとって酒を飲んだ。岩手の酒は美味い。陸軍の連中と話すよりこのほうがずっと良い。

「いやあ米内くん。きみと板垣大臣がスクラムを組んだ光景はなかなかよろしかった。陸海軍はかくありたいものだと心底思ったよ」

　山屋大将が上機嫌で話しかけてきた。

「しかし難しいですよ。連中とうまくやっていくのは」

　苦笑して米内は中央幼年学校の校歌の一件を説明した。

「死しては国を靖んずる　神ともならん吾らには」のくだりにはとくに引っかかる。彼らは神になる気で生きているのか。

「陸軍の上級将校には一徹者《いってつもの》が多いからな。忠君愛国、神州不滅で凝《こ》り固まっている。それがわるいとはいわんが、度がすぎると反動がくる。なにをやらかすかわからなくなるから、厄介《やっかい》だよ」

「その傾向はありますな。子供のころから軍に囲いこまれるからでしょうか」

「そうなんだ。おちんちんに毛の生えていないころから幼年学校に囲いこまれる。軍人精神を叩きこまれる。吸取紙がインクを吸収するようなものだ。一生消えない」

「厄介ですな。中学を卒《お》えて士官学校へゆく者はさほど神がかりではないが、そういう連中はなかなか上へあがれません」

いいあって二人は苦笑いした。

陸軍地方幼年学校には中学一年二学期修了時から受験できる。二年修了までだがね。対して海軍兵学校には中学四年修了時でないと入れない。わずか三年の差だが、少年期の三年の在《あ》りかたは人格形成のうえで大きく影響するようだ。

山屋は盛岡生れだが、盛岡中ＯＢではない。中学生のころには上京して苦学していた。それでも米内は板垣よりも山屋に身内意識をおぼえる。

またアナウンサーの声がきこえた。

「――祝賀会も佳境に入っております。そろそろ本日ご出席の岩手県人の現役四将軍にご祝辞をたまわろうと思います。まず陸軍次官東条英機中将閣下――」

東条は天幕を出て演壇にのぼった。

「自分は東京生れだが、先祖は盛岡藩士であり、自身岩手県人のつもりでおります」

自己紹介から東条ははじめた。

自分は昨年秋、三個旅団の将兵をひきいて北支のチャハル省方面へ進撃した。何百里もの行軍で支那大陸の広大さを思い知った。そしてわが日本は、国土が狭小だからこそよく統制され繁栄しているのだと気づいた。

蔣介石《しょうかいせき》政府には支那全土を統一する力がない。辺境は治安がみだれ、文明の恩恵もうけていない。日本軍と蔣介石軍の区別もつかぬ者も多いのだ。進軍しながらわれわれは天皇陛下のご聖徳と文明を彼《か》の地にもたらすべく戦っているのだと実感した。われらは皇軍であり、支那事変は聖戦なのだ。

かん高い声で、ていねいに東条はスピーチを終える。拍手は盛大であった。

つづいて多田駿参謀次長が演壇に立った。東条と同様、自身も岩手との関係を説明したあと、両大臣の指導により一日もはやく支那事変を終らせねばならぬと彼は話した。事変拡大の危険の指摘が多田の真意なのだが、蔣介石を一日もはやく打倒せよとの意味とうけとって、聴衆は大いに共感していた。

つづいて指名された米内は岩手人らしく口が重く、スピーチは苦手である。無愛想な顔で演壇にのぼり、口ごもりながら話した。

「きょうは初めて母校の校歌を歌ってたいそう感激しました。思い返せば私は中学時代、教練の隊長を命じられ、岩手山《いわてさん》に向かって号令練習をしたものです。いまからそれをやります」

姿勢を正して米内は咆哮《ほうこう》をはじめた。

前へェおーい。左向けェおーい。まわれ右おーい。きをつけおーい。

なにしろ日清戦争開戦前後の中学の号令である。昭和の陸海軍とはかなり様子がちがう。参会者は大よろこびで喝采した。きょう演壇に立った名士のうちで、口べたな米内がいちばん人々をよろこばせた。

ついで板垣新陸相が挨拶に立った。

「陸相就任は身にあまる光栄であります。重責を担《にな》って身のひきしまる日々を送っています。故郷岩手のためにも粉骨砕身して、聖戦を完遂したい所存であります」

毒にも薬にもならぬ内容である。

第五師団長だった板垣を陸相に起用した近衛首相が、側近に向かって、

「石原莞爾の盟友だというから内閣へ呼んだのだが、会ってみると案外ぼんくらだった」

とボヤいたという噂である。

スピーチをきいて東条がかすかに笑った。あつかいやすい陸相だと見きわめたのだ。

最後は板垣の発声で天皇陛下バンザイ、大日本帝国バンザイがそれぞれ三唱される。拍手のうちに祝賀会は終った。

板垣ら陸軍の三首脳はこのあと県人会の役員たちと築地《つきじ》で懇親会をひらく予定である。一足さきに彼らは引きあげていった。

米内も招待されていたが、所用にかこつけて謝絶した。陸軍の連中といっしょに飲んでもあまり楽しくない。

柳橋《やなぎばし》の料亭「林《はやし》」に米内らは入った。

米内と山屋は入浴して浴衣に着替え、座敷で飲みはじめた。人気のある米内の座敷なので、芸妓《げいぎ》が二人いそいそと酌《しゃく》をする。

年配の芸妓が、他人という変った名のせいで山屋予備役大将をおぼえていた。

山屋は父が四十二歳のとき生れた。厄年に生れた子は一度捨て児にして他人にすれば健康に育つという迷信が盛岡にあった。

「それなら名前も他人にしてしまえ」

父親は乱暴な決定をしたのである。

「兵学校時代、教官がおれのことを知らずに、他人にめいわくをかける人間になるな、と説教したことがある。わかったかみんな、とおれはさけんだ。大うけだったよ」

山屋はこの上なく楽しそうだった。

連合艦隊司令長官をつとめた大物でも、予備役入り後は不遇である。めったに宴会の声もかからない。米内のおかげできょうは久しぶりで羽根をのばしたらしい。

米内は五十八歳である。定年まであと七年しかない。一七期上の山屋が以前よりもずっと身近に思われるようになった。にこにこして盃を口にはこんだ。あまりものをいわないのに、座を白けさせることはない。

高齢の山屋はたちまち泥酔した。米内は世田谷《せたがや》区北沢《きたざわ》の山屋宅まで、自動車で送っていかせることにして彼を送りだした。

秘書官を相手にあらためて飲みはじめる。帰りは日づけが変ってからになるだろう。

この山屋他人大将の名は、五五年後とつぜん脚光をあびることになる。平成五年、皇太子徳仁《なるひと》親王と結婚した雅子《まさこ》妃の母方の曾祖父がこの山屋大将だったのだ。盛岡では同大将の伝記が出版されたということである。


東条英機と板垣、多田の陸軍首脳はそれぞれの専用車で築地のある料亭へ乗りつけた。

板垣を中心に三人は床の間を背にしてすわった。知事代理、盛岡市長、代議士、財界人などが周囲を固める。芸者が入り、五〇人ばかりの宴会がはじまった。

板垣と多田は若いころからの友人である。地元の有力者たちをまじえて、南部弁まるだしで歓談していた。秋田、新潟にくらべて岩手、宮城は美人がすくないの、だから秋田、新潟の男は女におぼれて大成しないのとバカ話がつづいている。

東条は岩手訛《なまり》がない。この場合、話に加わりにくかった。少年時代岩手県で暮したわけでもないので、共通の話題もない。酒もあまり飲めないし、芸者を相手に下ネタを披露できるガラでもなかった。

三〇分ばかりで東条は腰をあげる。体調不良を理由にして宴席からぬけだした。

自動車で陸軍省へもどり、次官室で残業をした。料亭を出たときはまだ夕刻だったのに、あっというまに午後十時である。

北沢の官舎へもどると、子供たちはもう眠っていた。妻のかつ子と二十歳になる長女の光枝《みつえ》が起きて待っている。

東条とかつ子のあいだには男三人、女四人の子供がいる。うち長男、次男はすでに独立して、三男と四人の女子が同居していた。三男は十三歳、光枝の下の女の子は十五歳、九歳、六歳である。

東条は一杯機嫌で、下の女の子三人が寝ている部屋へ入っていった。

「おまえたち、ほらお土産だぞ。盛岡の片栗落雁《かたくりらくがん》だ。甘くておいしいぞ」

眠っている三姉妹の顔すれすれに引出物の菓子の包みを揺すった。

次女がうるさそうに顔をしかめる。下の二人はぐっすり寝こんだままである。

「およしなさいな。せっかく寝てるのに」

かつ子がやってきて、たしなめた。

東条は上体をかがめて、眠っている子供たちの顔にしみじみ見入った。微笑《ほほえ》みが湧いてくる。眺めていると一日の疲れが消える。子供たちを育てている自分のほうが、子供たちに支えられているのがわかる。

外では東条は強面《こわもて》である。争いを恐れない。敵対する者は容赦《ようしゃ》なく叩きふせる。次官になってからは、秩序をみだす者、正理《せいり》公道をはずれた者を容赦なく取締る方針である。努力努力で今日まできたので、公務に身をいれない者をゆるせない。難しい会議のときなどは全身に殺気をただよわせている。

だが、家族をはじめ、自分にたいして従順な者には、ことのほかやさしく思いやりが深い。よく気がつくし、面倒見が良い。直属の部下にはよく慕《した》われた。つねに正論をつらぬくので敵が多いぶん、気のおけない仲間を必要としている。岩手県人会に顔を出したのもそのせいである。

東条は子供部屋を出て風呂場へいった。一風呂あび、浴衣に着替えて茶の間へ入る。ビールを一本もってこさせて、飲みながらかつ子、光枝と雑談した。

「お父さんはきょうとてもいい気分なんだ。岩手県人会で盛岡の人たちと会った」

東条は祝賀会のことを話した。

「でも、お父さまは東京のお生れなんでしょう。どうして岩手にこだわるの」

「東京なんて根なし草の吹き溜りじゃないか。お父さんはふるさとが欲しいんだ。幼馴染が数多くいて気がねなく暮せるところ。人生の最後に帰っていけるところだな」

「でも、盛岡にはもう東条家はないんでしょう。だったら盛岡にお墓をつくっても意味がないわ。だれもお参りしないもの。お祖父さまのお墓も東京にあるからこそ、たびたびお参りにいけるんだから」

「もしお父さんの墓をつくるとしたら、盛岡にしてもらいたいね。いや、私は死んでからも天皇陛下をお守りしなくてはならぬ。はんぶんは東京に分骨してくれ」

「いやですよ縁起でもない。お父さまはまだお墓の話をする年齢ではありません」

かつ子がたしなめてビールを注いだ。

「いや、軍人たるもの、いつでも陛下に生命を捧げる覚悟でいなくてはならん。ましていまは戦時中なのだから」

ことばのわりに表情は柔和《にゅうわ》である。

「光枝たちは盛岡へお参りにこなくともいいんだよ。お母さんが私と同じ墓に入る。だからさびしくないんだ、なあお母さん」

「はいはい。私はどこへでも参りますよ。唐天竺《からてんじく》もいといません。おあとを慕って」

「なによそれ。よくもぬけぬけと」

光枝は口をとがらせて笑った。

「そろそろ光枝の婿をさがさなくてはならんな。おまえ、どんな男がいいんだ。やさしい男か、押しのつよい男か」

「押しがつよくて私にはやさしい人」

光枝はいってから、おやすみなさい、と部屋を出ていこうとした。

だが足をとめてふり返った。

「そうそう。ラジオがいってたわ。もうきまったのかどうかわからないけど、大蔵省はゲタばき登庁が許されるんだって。でも、変よねえ。どうしてそんなことをするの」

すこし考えて東条は答えた。

「止むを得ないさ。戦時なんだから、長期自給体制をとらなくてはいかんのだろう」

光枝が去ってから東条は大あくびをした。

あしたは早いんだ。六時に起してくれ。かつ子に告げて立ちあがった。

盧溝橋《ろこうきょう》

祝賀会の約一年まえ、昭和十二年七月七日、北京郊外の盧溝橋で日中両軍が衝突し、支那事変がはじまった。

第一報が東京へとどいたのは八日午前六時だった。くわしいことはまだわからない。知らせをうけて米内光政海相は、ただちに海軍省へ出勤した。海相官邸は海軍省の敷地のなかにある。緊急事態にそなえて米内は家族と離れ、官邸で一人暮ししていた。

華北《かほく》ではたびたび日中のトラブルが発生する。仕掛けるのは中国のほうだ。最近は中国全土で反日運動がさかんになり、支那駐屯軍は手をやいているらしい。

米内は大臣室へ入り、ほうぼうへ連絡して情報の収集につとめた。まだ第二報は入らないが、衝突に海軍は関係がないようだ。

山本五十六《やまもといそろく》次官が出勤してきた。

「陸軍のバカがまたやりやがった。戦争をしたいのが大勢いるから困ったものだ。上海《しやんはい》へ飛び火したら大めいわくだぜ」

山本は憤慨しきりだった。

満州事変のとき、事変の影響で上海でも中国軍とわが海軍特別陸戦隊のあいだに戦闘が起った。非常な苦戦でかろうじて勝利を得た。上海の防備は海軍の担当である。現在、陸戦隊の兵力はわずか四〇〇〇名だった。付近には約三万名の中国軍がいる。もし戦闘になったら、苦戦は必至だ。

「腹が立って仕方ないからおれは禁煙する。いらいらついでにタバコをやめるんだ。うまくいけばせめてもの収穫になる」

苦笑して山本は扇子《せんす》をとり出し、タバコ代りにバタバタやりはじめた。

山本の怒りは米内によくわかる。海軍はワシントン軍縮条約を廃棄して、アメリカ海軍と建艦競争をはじめていた。国力の浪費はできるだけ避けなければならない。こんな時期に陸軍は戦争を起しかねないのだ。

「おれも腹は立つが、酒はやめないぞ。軍艦は油が切れたら動けなくなる」

山本とちがって米内は腹が立つととめどなく酒量のあがる体質である。

山本は米内の三期後輩である。海兵次席入学の俊才で、実行力と政治力に富み、人望が厚かった。軍縮の対象でない航空機にはやくから着目して研鑽《けんさん》を積み航空分野で、海軍の第一人者となった。

米内とともに対米協調を主張し、陸軍の大陸政策を批判している。

あらためて打合せるまでもなく、二人は今回の北京近郊の事変をごく穏便《おんびん》に解決する気でいた。

ところが陸軍省はちがっていた。事件の第二報が午前十時ごろ、陸軍省へ入った。支那駐屯軍歩兵第一連隊の第三大隊（一木清直《いちききよなお》少佐）が永定河《えいていが》の盧溝橋付近の中国軍陣地を占領したというのである。盧溝橋はこの永定河に古くからある有名な橋だ。

陸軍省はちょうど定例会議中だった。田中新一《たなかしんいち》軍事課長が勇躍してさけんだ。

「ちょうどよい。この機会に支那軍へ一撃を食らわせて、一気呵成《いっきかせい》に華北を支那から引きはなしてしまおう。いよいよ戦争だ」

ほかの出席者もつぎつぎに勇ましい意見を吐いた。

陸相の杉山元大将は異論なくうけいれた。

内閣の決定を待たずに、陸軍省は事変の拡大をきめてしまったのだ。

陸軍の主流は、北京、天津《てんしん》をふくむ華北を制圧して中立の緩衝《かんしょう》地帯とし、南京《なんきん》の国民政府の支配から切りはなそうと画策していた。日本が中国東北部に建設した満州国の安泰をはかるのが目的だった。

満州国の最大の脅威はソ連である。いつシベリアから進攻してくるか見当もつかない。いっぽうの中国軍も脅威だった。ソ連軍と中国軍がしめしあわせて北と南から満州国へ攻めこんできたら、関東軍（満州国防衛軍）がどんなに精強でも、支えるのはむずかしい。華北を中立地帯にしておけば、関東軍の警戒すべき相手はソ連軍だけになる。

「参謀本部がどう出るかが問題だな。石原部長はソ連恐怖症だから、支那とことを起して兵力を損耗するのはいやがるだろう」

「支那と戦争になっても一カ月でかたづくよ。ソ連が出てくるひまなんかない。ふしぎな人だな石原部長は。支那に関してはきんたまをぬかれたみたいに意気地がないんだから」

課長たちはいいあった。

会議のあと、さっそく動員準備にとりかかることになった。

いっぽう、参謀本部も会議をひらき、こちらは事件不拡大、局地解決の結論を出した。第一（作戦）部長石原莞爾少将が、事実上参謀本部のリーダーだった。陸軍省の予想どおり石原部長は対中戦争に絶対反対である。

石原らの観察では、中国は一年まえから劇的な変化をとげつつある。南京の蔣介石政府はイギリスの協力のもと幣制《へいせい》改革に成功し、経済の中央集権化を実現した。自動車道路、航空路が整備され、自力で軍事費を調達できるようになった。しかも西安《せいあん》事件（昭和十一年十二月中旬、共産軍討伐のため西安に駐屯中の張学良《ちょうがくりょう》東北軍を、蔣介石が南京から督戦に訪れた。張は蔣介石を監禁し、内戦をやめ抗日戦を開始するよう強要して承諾させた。これによって国共合作が成り、抗日民族統一戦線が結成された）によって国共合作をはたし、国論が反日で統一された。侵略されつづけだった過去とは見ちがえるほど国力が充実してきたのだ。本格戦争になったら、とても短期間でかたをつけるわけにはいかないだろう。

石原はこうした見地から、日中友好関係の樹立を主張していた。華北分離工作などとんでもない。将来は日中満が一体となって欧米諸国のアジア侵略に対抗していくべきである。

現地では日中双方の代表が、盧溝橋付近の宛平《わんぴん》県城で停戦交渉に入り、九日午前二時にはいちおう合意にたっした。

近衛首相は情報待ちでまだなんの指示も出さない。夜が明けたら閣議で政府方針を決定する気でいる。

九日、早朝から臨時閣議がひらかれた。

杉山陸相は、この機会に断固中国を一撃すべし、内地から三個師団その他を派兵したいと提案した。停戦交渉は成立したが、中国軍との協定など当てにならぬと考えている。じっさいこれまで支那駐屯軍は中国軍の協定破りにしばしば煮え湯を呑まされている。

「いや、ここで派兵しては全面戦争を誘発する怖れがある。そうなってはめんどうです。せっかく停戦協定が成立したのだし、もうすこし事態を見まもってはどうか」

米内海相は反対意見をのべた。

広田弘毅《ひろたこうき》外相、賀屋興宣《かやおきのり》蔵相ら全閣僚が米内の意見に賛成した。

近衛首相も局地解決を支持する。三個師団の増派は見送りになった。

だが、そんな決定などどこ吹く風で、陸軍省は派兵準備をすすめている。軍の統帥権は天皇の手中にある。軍は政府の意向がどうあろうと、天皇の裁可があれば兵を動かすことができる。

停戦協定はできたものの、北京郊外では日中両軍の小競合《こぜりあい》がつづいていた。杉山陸相の考えどおり、中国軍は統制がとれていない。末端の部隊が戦闘を仕掛けてくる。

七月十日、在満州の関東軍司令官植田謙吉《うえだけんきち》大将は、

「支那二十九軍の挑戦により華北に戦乱が起った。関東軍は事態の推移に注目している」

と、戦闘準備良しの声明を出した。

司令官名の声明だが、主唱者は東条英機関東軍参謀長である。満州国の安泰のためには

華北の中立地帯化はぜひ必要。華北や内蒙古へ進出すべきだと以前から何度も参謀本部に提案してきた。

　東条にはまだ実戦経験がない。あの男は能吏《のうり》だが前線部隊の指揮官としてはどうなのか。そんな声が本人の耳にも入っている。

　一見攻撃的だが、東条は人一倍他人の評価を気にする性分だった。参謀長として有能であることをぜひ中央にみとめさせたい。

　九日、十日と陸軍省、参謀本部は時局への対応をめぐって連絡会議をひらいた。

　陸軍省は数個師団の派遣を主張、参謀本部は現地部隊のみでの解決を主張して結論は出なかった。ところが十日の会議で石原第一部長はとつぜん内地師団の派遣に同意した。国民政府の正規軍が、西方および南方から北京へ進撃中との情報が入ったというのだ。

　わが支那駐屯軍の兵力は五五〇〇名。対する国民政府第二十九軍（華北防衛軍）は七万五〇〇〇名。うち正規軍は八個師団二万三〇〇〇名である。

　国民政府の蔣介石総統は、東洋一といわれる保養地盧山《ろざん》に滞在しているということだ。彼がどんな方針でいるのかはまだわからない。だが、華中《かちゅう》などの兵が動きだした以上、抗日戦の覚悟をきめたものと石原は判断した。その会議で陸軍省軍事課の手になる強硬な「北支時局処理要綱」に署名せざるを得なくなった。参謀本部が陸軍省の事変拡大方針をみとめたことになる。

十一日、近衛首相、広田外相、賀屋蔵相、杉山陸相、米内海相が五相会議をひらいた。

杉山陸相はあらためて出兵の具体案を会議にはかった。天皇の裁可さえあれば陸軍は独自の判断で兵を動かせるが、政府が承認しない出兵案に天皇が裁可をあたえるとは思えないからだ。内地軍三個師団のほか、満州の関東軍、朝鮮軍各一個師団、計五個師団の派兵を陸相は要求した。

米内は前回の会議どおり出兵に反対した。

ところが杉山はゆずらない。

「支那駐屯軍五五〇〇名、北京、天津の在留邦人一万二〇〇〇名がこのままでは全滅しかねないのだ。なんとか賛成してくれ」

と、深刻な面持で懇願する。

やむを得まい。しぶしぶ米内は同意した。上海の海軍特別陸戦隊が中国軍の大部隊に攻撃されたら、陸軍に応援を請わねばならない。陸軍の要求を蹴ってばかりもいられないのだ。

「じっさいに派兵しなくとも、派兵の声明をするだけで支那はへなへなとなるよ。謝罪させて、将来二度と事件を起さないことを約束させてしまおう」

杉山は中国を舐《な》めきっていた。

陸軍の要職にある者のほとんどが、杉山同様に事態をかるく見ていた。中国の事情にもっとも精通しているはずの参謀本部第七課長（情報担当）の永津佐比重《ながつさひじゅう》少佐などが、

「内地から兵団を出すにしても、大陸へ上陸する必要はない。塘沽《たんくー》付近まで船団がいけば、それだけで敵は手をあげるさ」

と能天気な話をしていたくらいである。

「いや、そうかんたんにはいかぬと思いますよ。大規模出兵は全面戦争につながりかねない。そうなったら大変だ。支那は広大です。わが軍が全土を支配できるわけがない」

顔を紅潮させて米内は論じた。

全面戦争をやろうにも、中国の心臓がどこなのかはっきりしない。上海、北京、南京、広東《かんとん》、漢口《かんこう》、武昌《ぶしょう》、長沙《ちょうさ》、重慶《じゅうけい》。どこを陥《おと》せば致命傷になるのかさっぱりわからない。まごまごするうち日本は持久戦争の泥沼へ引きずりこまれ、はてしない消耗を強いられることになるだろう。この事変は絶対に局地解決せねばならない。

「大丈夫だよ。大陸の情勢はわれわれが洩れなく把握している。出兵することが、事件解決のいちばんの早道なのだ」

杉山はあくまで楽観的だった。華北へ進軍中だという中国正規軍の戦力も問題にしな

い。

直接中国軍と接している陸軍の代表の意見だから、米内も容認せざるを得なかった。

五個師団の派兵は午後二時の閣議で正式に決定した。就任わずか一カ月で事件に直面した近衛首相は、いちおう局地解決をとなえたものの、元来が対中強硬論者なので、本気で陸軍をおさえようとしない。事件を「北支事変」と呼ぶことも同時に決定した。

ところが同じ七月十一日の夜八時、北京で支那駐屯軍と国民政府第二十九軍のあいだに停戦協定が成立した。

九日未明に成立した停戦協定は、日本の特務機関と中国現地軍が成立させた。だが、今回のは日本の機関長と中国現地軍の第三十七師長のかわした正式協定である。こんどこそ停戦は実現するかに見えた。

ところが近衛首相は閣議のあと、五個師団の派遣をきめた「北支時局処理要綱」をもって、葉山《はやま》で静養中の天皇のもとへ駆けつけ、裁可をもらってしまった。停戦協定よりさきに事態は進展してしまったのだ。

近衛は東京へもどり、夕刻、政財界の要人や報道関係者を官邸に招いて、「北支派兵ニ関スル政府声明」を意気揚々と読みあげたのである。

「盧溝橋事件をわが国は穏便に収束しようとした。だが、中国側にその誠意なく、停戦合意をやぶって軍事行動をやめない。しかも西域部隊を東進、南方部隊を北上させてわが軍に戦闘を挑もうとしている。したがって政府は本日閣議で北支出兵を決定した。ただし、事変不拡大の望みはすてない。中国側の反省、謝罪があればすぐに和平交渉に応じる」

この声明を国民は歓呼《かんこ》してうけいれた。

国民はつねに強気である。戦争によって日本は国際的地位を向上させ、第一次世界大戦後は一等国待遇をうけるようになったからだ。

戦争をやれば日本軍はかならず勝ち、国際社会で日本の地位はあがる。しかも日本軍の戦争は、天皇の御稜威《みいつ》と慈悲を後進国におよぼすための正義の戦《いく》さだと、つい先日文部省の刊行した「国体の本義」に明記してある。

日本国民、とくに軍人には明治以来、政府が国民に強要してきた国家神道の信仰があった。

明治維新は尊王攘夷《そんのうじょうい》、王政復古《おうせいふっこ》をスローガンとして実現された。薩摩、長州を中心とする討幕勢力は、幕府に代る新しい権威として皇室を奉じ、錦の御旗で全軍を鼓舞して戊辰戦争に勝利をおさめた。理論的支柱となったのは北畠親房《きたばたけちかふさ》、本居宣長《もとおりのりなが》、頼山陽《らいさんよう》、平田《ひらた》篤胤《あつたね》などの著作である。

維新達成後、伊藤博文《いとうひろぶみ》、山県有朋《やまがたありとも》らを中心とする政府は「尊王攘夷」の攘夷をとりさげ、先進諸国と交易を開始し、西欧文明の積極的吸収につとめて近代国家への脱皮をはかった。同時に天皇を国の中心として国民の団結をはかり、中央集権を確立しようとした。こうして推進されたのが国家神道である。ただしこれは戦後の呼称で、当時は「神道」「神ながらの道」「国体」などと呼ばれた。

国家神道はつぎのような教義をもつ。

一、天皇は太陽神天照大神《あまてらすおおみかみ》より万世一系の血統をつぐ子孫であり、現御神《あきつみかみ》である。

一、天皇が日本を統治することは、天照大神の「天壌無窮《てんじょうむきゅう》（天地ともに無限）の神勅《しんちょく》」によって、肇国《ちょうこく》（国の始め）以前よりきまっている。

一、「古事記」「日本書紀」にあるように日本は神によってつくられた神国であり、国民は神によって保護されている。

一、日本には世界を救済する使命がある。日本の軍隊が他国へ進出するのは、御稜威を他へもたらす聖戦である。

一、日本は天皇を中心とする一大家族国家である。天皇は親であり、臣民は子である。天皇への忠は孝にもなる。

以上のような教義が明治以来、小学校では修身、歴史の時間に伝えられた。軍隊では召集された若い兵士らがさらに徹底して教えこまれた。「神道《しんとう》」は事実上の国教となった。

いっぽうで宮中祭祀《さいし》がすすめられ、靖国神社を始め天皇および国家につくした人物を祀《まつ》る神社の新設、民間の神社のランクづけなど、神社の国家管理がおこなわれた。

明治二十二年に発布された大日本帝国憲法（明治憲法）では、近代国家の要件である信教の自由がうたわれたが、「神道」は国家の祭祀であり、宗教ではないとの解釈がとられた。宗教を超越した国民道徳の基本として、国家権力によって受けいれさせたのである。

昭和期には「神道」は全国に浸透し、とくにアジア諸国との比較において国民の一人一人に選民意識を抱かせるようになっていた。

万世一系の天皇をいただく、神ながらの日本帝国。天皇は現御神であり、国民は天皇の赤子《せきし》である。選ばれた民なのだ。

中国人は徳義を知らず、おろかで、卑怯で、あさましい。御稜威によって彼らを善導し、八紘一宇《はっこういちう》（八紘はさまざまな国。宇は屋根。世界を一家となすの意）の一員とすることは日本国民に課せられた使命なのだ。聖戦万歳。神州日本の支配下に入ることは、後進国中国にとって光栄であり、発展の出発点である。

多くの日本人にとって北支事変は聖戦であった。局地解決の必要などまるで感じない。ましてや多くの職業軍人にとって戦争は功名をあげ、自分たちの存在価値をあげるためのチャンスである。いやでも好戦的になる。

石原莞爾や多田駿の満州派は、事変の拡大に反対だった。だが、それは戦争を罪悪視したからではなく、中国との戦争で日本が国力を消耗し、ソ連の脅威に対抗できなくなるのを怖れてのことだった。

米内光政、山本五十六も日本が中国との戦争へ深入りし、米英と利害が対立して両国との戦争を引き起すのを恐れていた。だから事変の拡大に反対しているのだ。

石原ら満州派にしろ、米内、山本らにしろ天皇絶対主義者であることに変りはなかった。だが、彼らはそんな宗教的感情で、現実にたいする合理的判断を狂わせることがなかった。明治以来、日本政府は政教一致を推進したが、陸軍の石原、多田、海軍の米内、山本らはそれぞれの内面できちんと政教分離をはたしていたのだ。

近衛文麿首相は多くの国民の選民意識に訴える声明によって大喝采《だいかっさい》を博した。

近衛は公爵であり、五摂家（近衛《このえ》、九条《くじょう》、一条《いちじょう》、二条《にじょう》、鷹司《たかつかさ》）筆頭という超一流の華族の当主である。公爵、元首相の西園寺公望《さいおんじきんもち》の秘書をつとめ、貴族院議員から昭和八年、貴族院議長に就任した。

大正七年、近衛は「英米本位の平和主義を排す」という論文を発表して注目された。第一次大戦の戦勝国が敗戦国の領土や植民地を自領へ組みこみ、平和主義をとなえて新しい国境線の固定化をはかったのに異をとなえたのだ。これから大陸へ「皇軍」を送りこみたい日本の世論を煽《あお》り立てる一文だった。

近衛は陸軍の皇道派や右翼の平沼騏一郎《ひらぬまきいちろう》と連携し、政財界に多様な人脈をひろげて、大いに期待されて首相の座についた。

だが、いきなり北支事変に直面し、定見がないまま発言がつい強気になる。自分では国民をリードしているつもりで、じつは迎合していたのだ。

五相会議が連日のようにひらかれた。だが、政府と陸軍の板ばさみになった杉山陸相の発言がブレて、なかなか結論が出ない。

「なんのための五相会議なのだ。杉山も杉山だよ。部内をおさめきれもしないで、よくものうのうと会議に出てくるものだ」

あまり他人を非難したことのない米内が、山本次官や副官にしばしば愚痴をいった。

七月十八日、中国第二十九軍軍長宋哲元《そうてつげん》が天津に支那駐屯軍司令官香月清司《かつききよし》中将を訪問し、今回の事件について謝罪した。あわせて責任者数名の懲罰異動を伝えた。

「こんどこそ盧溝橋事件はかたづいたようだな」

米内らは肩の荷をおろして祝盃をあげた。

ところが十九日、蔣介石の有名な「関頭《かんとう》演説」がラジオで放送された。

「もし盧溝橋が日本軍に占領されたら、北京は第二の奉天《ほうてん》となるだろう。冀察《きさつ》地方（現在の河北《かほく》省、山西《さんせい》省）は第二の満州国となる。南京も北京と同様になる」

「盧溝橋事件は全国の問題であり、収拾できるか否《いな》かは関頭の限界である」

「関頭」とは生死の分かれ目のことだ。

不拡大、局地解決を目ざす石原や米内の努力とうらはらに、蔣介石は盧溝橋事件を中国全土の問題と位置づけている。中国の領土保全、冀察政権の温存、第二十九軍の華北駐留などをあわせて蔣は要求していた。

国民政府の正規軍も宋哲元の第二十九軍もこの演説ですっかり抗戦気分となった。

日本政府もこの放送をきいて蔣介石が全面戦争を決意したのを知った。

七月二十日の閣議では、一度取消された作戦課の動員案が杉山陸相より提案された。

広田外相が、南京で外交ルートによる平和交渉が継続中なのを理由に待ったをかけたが、その広田も動員に反対ではなかった。

米内は一貫して戦火の拡大に反対した。

「根本方針は不拡大なのですぞ。しかも北京では十一日に停戦協定が調印された。今日あらためて動員とはいかがなものか」

杉山は無表情に反論した。

「いや、現地の協定は一向に実行されない。そのうえ国府（国民政府）の中央軍が各方面から華北へ集中しつつあるのが現状だ。居留民保護のためにも軍の自衛のためにも派兵は必要なのだ。閣議の了承もすでに得ているのだから」

「居留民保護と軍の自衛のためというのはよく理解できる。海軍も上海や青島《ちんたお》方面に火の手があがれば、陸軍に派兵をおねがいせねばならぬ。だが、基本線はできるかぎり守る必要がある」

「将来の問題はさらに研究しよう。当面の問題は北支だ。情勢は緊迫している。派兵をいそがないととり返しのつかぬことになる」

二人のやりとりをきいて、近衛首相があいだに割って入った。

「陸軍大臣の気持もわかるが、ここは外務大臣の提案どおり南京政府との話合いがつくのを待とう。決定が遅れて恰好《かっこう》はわるいが」

先日景気よく派兵をブチあげたあとなので、近衛首相は陸相案にすぐにも乗りたいのが本音のようだった。

だが、戦火の拡大についての恐れはある。全責任を負って打倒蔣介石に踏みこむ度胸もない。とりあえず問題をさき送りした。

ほかの閣僚は広田、米内をのぞき全員が杉山に賛成だった。広田は外交交渉の正規のルートの権威をまもろうとして、米内は日本の中国侵略が対米英関係の悪化を招くのを恐れて、ともに事変拡大に反対したのだ。

蔣介石の「関頭演説」をきいて、一度日本軍と停戦協定をむすんだ中国第二十九軍の宋哲元軍長は、対日戦争の決意を固めた。麾下《きか》の将兵もふるい立った。七月二十五日には北京、天津の中間点である郎坊《ろうぼう》、二十六日には北京の広安門《こうあんもん》で日中両軍が戦闘状態に入った。

どちらも中国軍の仕掛けた武力衝突だった。支那駐屯軍司令官香月清司中将はただちに参謀本部へ兵力使用を申請し、許可を得て救援部隊を二つの戦場へ派遣した。

北京には約四〇〇〇人の邦人がいるが、守備隊はわずか一個小隊である。

東京で香月の電報をうけた石原第一部長は、香月への返電よりさきに田中軍事課長へ指示の電話をいれた。

「もうだめだ。これ以上の穏忍《いんにん》は破滅につながる。内地師団を動員してくれ」

蔣は全面戦争を決意したのだ。このままでは天津などにいる約五五〇〇名の支那駐屯軍は全滅する。一万二〇〇〇名の華北の邦人の生命財産も奪われるままになるだろう。

石原の声は悲痛だった。不拡大方針は変えないが、作戦遂行の責任者として、さしせまった危機を放置するわけにはいかない。

七月二十七日、午後零《れい》時二十分にひらかれた閣議で、第五、第六、第十師団を基幹とする二〇万九〇〇〇名の将兵と馬五万四〇〇〇頭の動員が可決された。こうなっては米内も局地解決を断念せざるを得なかった。

日中両国はたがいに相手を非難する声明を発表した。だが、どちらも宣戦布告をしない。ハーグ条約が交戦中の二国家へ第三国が武器や物資を供給するのを禁じているからだ。

支那駐屯軍および増援の第二十師団（朝鮮軍）は、中国第二十九軍二個師団の駐留する南苑《なんえん》（北京南）を攻撃し、二十八日に占領した。敵の戦死者は約五〇〇〇名。宋哲元は市外へ逃亡した。

宋は逃亡にあたって通州《つうしゅう》、天津に分駐する保安隊と第二十九軍の一部に蜂起《ほうき》の命令を残した。

二十九日午前二時、中国第二十九軍の一部が命令どおり五〇〇〇名の兵力で天津の駐屯軍司令部などへ夜襲をかけてきた。だが、守備隊が敢闘し、ぶじに撃退した。

通州では悲惨な邦人虐殺事件が起った。

同市は北京の東約一八キロの位置にあり、交通の要衝《ようしょう》、運河の街として栄えてきた。盧溝橋事件発生当時は親日派の「冀東《きとう》防共自治政府」が本拠をおき、長官の妻は日本人だった。邦人にとっては安全な街だったのだ。

この自治政府は近在から男をかきあつめて約九〇〇〇名の保安隊を編制していた。いっぽう通州の城壁の外には中国第二十九軍の約三〇〇〇名が駐屯していた。

盧溝橋事件の発生後、日本の第二連隊が通州に駐屯していた。二十八日に南苑攻撃命令が出たので同連隊はまず城外の第二十九軍を撃破、トラックに乗って南苑へ向かった。通州の警備は自動車部隊、憲兵、兵器部員をふくむ一一〇名の守備隊と自治政府の保安隊にゆだねられることになった。

二十九日午前三時、保安隊三〇〇〇名が反乱を起した。日本陸軍機が保安隊を誤爆したとか、蔣介石の関頭演説のあと南京放送が日本軍壊滅のニュースを流し、保安隊が中国への忠誠を示す必要にかられたとか、原因については諸説がある。守備隊は必死の抵抗をつづけた。だが、多勢に無勢のうえ大砲がない。約三〇名が戦死、かろうじて兵営をまもった。

戦闘のさなか保安隊は日本人居留地を襲い、民間人の虐殺を開始した。女はすべて強姦され、股倉に銃剣を突き立てられたりして虐殺された。子供も老人もなぶり殺しにされ、民家の財産は略奪された。在留邦人三八五名のうち幼児一二名をふくむ二二三名が虐殺され、うち三五名は性別不明なまで、体を損壊されていたのだ。

急をきいて駆けつけた第二連隊の将兵は、あまりの残虐ぶりに声を呑んで立ちつくした。数カ所の死体の山がカラスの群に覆われている光景が長年脳裡に灼《や》きついたという。

新聞は事件を大きく報道し、日本中を憤激させた。日本人の感性には耐えられない、凄《せい》惨《さん》な民間人虐殺事件だった。

「古来、支那には何人も暴君がいた。反乱者や犯罪者に残虐きわまる刑罰を科した。支那人には野獣の血が受けつがれている」

「王朝の交代期には何千万人もの殺戮《さつりく》がおこなわれたそうだからな。残虐、野蛮な民族なのだ。同じ殺すにしても、作法もなにもない獣性むきだしの殺しかたをする」

ふだんの中国人蔑視《べっし》に残虐性への怯《おび》えや嫌悪感がかさなりあった。全面戦争への流れはもう止めようがなかった。

七月二十七日から二十九日にかけての戦闘で、支那駐屯軍は中国第二十九軍を北京周辺から撃退した。平津《へいしん》地区一帯を支配下にいれるという初期の目的は完全に達成された。

七月三十日、東条英機を中心とする関東軍司令部は、植田司令官の認可のもと、内蒙古進撃を参謀本部へ具申した。

中国を経済封鎖し、ソ連との経済交流を分断する。あわせて綏遠《すいえん》事件（内蒙古の豪族徳《とく》王《おう》はチャハル、綏遠、寧夏《ねいか》三省を制圧して蒙古独立政権を確立する野望を抱いていた。関東軍参謀の田中隆吉《たなかりゆうきち》中佐は徳王を支援し、昭和十一年十一月、内蒙古軍を綏遠省へ進撃させた。だが、中国国府軍に後押しされた綏遠軍に完敗し、退却した）の失敗をつぐない、内蒙古の独立をはかろうというのだ。

「この情勢では全面戦争は避けられぬ。満州国の安定をはかるためには、ソ連と支那を連絡させないことがぜひ必要だ。内蒙古を満州国の弟分に育てあげるのも有効である」

熱意のこもった電文を東条は送った。

デスクワークに明け暮れるだけの役人ではないことを、軍内部にも自分自身にもはやく証明したくて仕方がない。功名心と愛国心が分ちがたくかさなりあっている。

懸念したとおり八月に入ると、北上していた国府中央軍がチャハル省へ進出、南口《なんこう》（北京西北四〇キロ）の周辺へ出没するようになった。

東条は中央とさらに折衝をくり返し、武藤章《むとうあきら》作戦課長らの支持を得て、関東軍チャハル派遣兵団（東条兵団）の編制を承認させた。

三個旅団、第二飛行集団、支隊二による約二万名の兵団である。東条は兵団長に就任した。正式の職名は戦闘指導所長である。

軍司令官をさしおいて参謀長が兵団の指揮をとるのは異例である。東条は最初から消極的な中央の規制を超えてあばれまわる気でいたので、実直な植田謙吉司令官が煙たくて仕方がない。

「万一ソ連が進攻してきた場合、関東軍の司令官が不在では困りますから」

などと口実を設けて植田に留守番をさせた。

八月九日、支那駐屯軍にたいして、兵力の一部をさいてチャハル省の国府中央軍を排除せよとの奉勅命令が発せられた。

支那駐屯軍の第五師団（板垣征四郎中将）と独立混成第十一旅団がこの作戦を担当することになった。両部隊は天津から北上し、八月十一日より南口を攻撃、さっさとけりをつけて反転する計画である。

参謀本部は強硬策に方針を変え、天津よりわずかに南の保定《ほてい》の線まで支那駐屯軍を南下させて北京、天津地区をふくむ華北一帯を中国から分離させる計画を立てた。ところが国府軍が予想外に強力なのがわかって、戦闘の準備期間が必要となった。ではチャハル作戦をやろうということになったのだ。

東条兵団の役割は第五師団、独立混成第十一旅団の側面援護にすぎない。北上する両部隊に呼応して内蒙古から中国のチャハル省へ入り、西南へ進撃して省都大同《だいどう》を攻略することになった。

チャハル作戦自体が副次的な作戦だった。使用兵力も最少限度である。それでも東条にとっては大切な初陣だった。念には念をいれて作戦計画を練りあげる。

八月五日、東条兵団の主力は新京《しんきょう》を出発、内蒙古へ向けて進撃を開始した。

酷暑の時期である。将兵は短袖の夏軍服をきて整然と歩をはこぶ。銃をかつぐ兵士たちの無数の腕が、汗に濡れて赤銅色《しゃくどういろ》に光っていた。

八月十八日、東条兵団は内蒙古の多倫《どろん》に進出した。すさまじい暑熱だった。一息いれたあと西南へ進撃する。運わるく悪天候で、将兵は一歩一歩ぬかるみから足を引きぬいて歩を運ばねばならなかった。

乗用車やトラックの車輪がしばしば空回りする。そのつど将兵は泥道に足をふんばって車を押した。戦闘司令所である有蓋《ゆうがい》車輌も同様である。参謀たちが車をおりて押したり引いたりした。馬もときおり動けなくなり、兵士たちに激励される。ひろびろとした麦畑や高粱《こうりやん》畑を見わたして、急進に次ぐ急進だった。泥水をすすりながらの電撃作戦である。のんびりと家畜を追って草原をゆく遊牧民がうらやましくなる。

あまりにさきをいそいだので、食料の補給部隊が追いつけない。米がとどかず、農村から徴発《ちょうはつ》した粟《あわ》めしでしのぐ日が多かった。

東条兵団長はいつも兵士と同じものを食べる。すこしでもマシな食物が出ると、

「これは兵食と同じか」

と食事係に訊《き》かずにはいなかった。

将兵に良く思われたい一心だったが、こんな司令官はめったにいない。戦闘ではつとめて陣頭指揮をとる。軍紀には厳格で、略奪、強盗、強姦などをやった者は、容赦なく軍法会議送りとした。心服する将兵が多い。占領地の住民も、たちのわるい中国兵を追いちらす東条兵団をむしろ歓迎していた。

内蒙古、チャハル省方面には約一〇万名の中国兵がいた。だが、約四個旅団を動かす東条の指揮は適切で、兵団は破竹の進撃をつづけた。

東条兵団の司令所は、攻撃目標がきまるとあらゆる方面から情報を収集する。それによって、考えられるあらゆる場面を想定して作戦計画を練った。なにが起っても冷静に対応できるのが兵団の特徴である。精巧な設計図にもとづいて勝利を積みあげてゆく。

兵団の主力は八月二十日、長城《ちょうじょう》線を突破して張家口《ちょうかこう》の南西へ進出、二十七日に張家口を占領した。

都市を占領したあとの軍政においても、兵団は事前にあらゆる研究をおこなった。産業、金融、鉄道などについて専門家の意見をきき、計画を立てて占領にのぞんだ。

銀行に乗りこむとまず帳簿をおさえ、抵当物件を差しおさえる。日本円と現地の貨幣を等価交換し、迅速に治安を回復させた。鉄道の運行もすぐに再開させた。東条兵団は一部を張家口と周辺地域の確保にあて、主力は南下して二十九日、西進してきた第五師団と連絡をはたした。

「いや、最近は支那兵もバカにならんよ。とくに中央軍はドイツ製やイギリス製の銃をもっている。甘く見ていたら、けっこうてこずらされてしまった」

板垣師団長は疲れの色も見せず、訪問した東条を豪快に笑って迎えた。

「これは満州事変の指揮官のおことばとしては謙虚ですな。兵力に大差なければ、支那兵なんか鎧袖一触《がいしゅういっしょく》でしょうに」

如才《じょさい》なく東条は握手をもとめた。

板垣は東条より一期先輩で、前任の関東軍参謀長だった。とくに辣腕《らつわん》ではないが、押しがつよく、実行力抜群といわれている。

第五師団司令部と東条兵団司令部は、その晩、民家で懇親会をやった。

「ふしぎな縁だなあ。盛岡藩士の子孫が二代つづけて関東軍の参謀長になったとは」

「なにかと協力してゆきましょう。心をゆるせる知己を得て心づよいですよ」

急速に二人は親しくなった。

石原莞爾と組んで満州事変をやってのけた男——。その盛名からいって、確固とした世界観をもったしたたかな人物なのだろうと東条は思っていた。だが、こうして会ってみると、板垣は事変について独自の見解を語るでもなく、満州国の将来について構想を披露するわけでもない。きのうきょうの作戦の経過を威勢よく語ってきかせるだけだった。

「支那のハエはしぶといなあ。日本のハエは熱いめしには寄りつかないが、こっちのハエは釜のふたをとったとたん、ワッと飛んでくる。めしがまっ黒になるよ。支那兵よりもハエのほうがよく訓練されているんだ」

「蒙古じゃ牛馬や羊の糞が商品になるのだぞ。乾かして燃料にするのだ。土と混ぜて煉瓦《れんが》にする場合もある。ラクダの糞は高価《たか》いぞ」

板垣は勢いよく高粱酒を飲みながら、若い将校を相手にこんな話をしていた。

人の好い、だが、見識はさほどゆたかでない人物だった。石原と肩をならべる天才などではない。石原の構想を実現するためもちまえの馬力でほうぼうの壁を突きくずし、ともに大業《たいぎょう》を成しとげた男のようだ。

東条は適当にあいづちを打ちながら見きわめをつけた。

板垣は酒豪である。とてもつきあいきれない。挨拶して東条は席を立った。

九月八日夜、さしもの東条兵団司令部も予測できない事件が起った。

チャハル省の陽高《ようこう》という街に兵団は攻め入った。先遣部隊が二つに分れ、南北から城壁を乗り越えて暗闇のなかへ突入したのだ。

守備兵の反撃はすさまじかった。ほうぼうの建物や路地から狙い射たれ、日本側は一六三名の死傷者を出した。市民も守備兵と一体になって抵抗をつづけた。

多くの死傷者を出して東条兵団の将兵は激昂《げっこう》していた。翌朝、占領が終ると街に残った男全員を捕えて縛りあげ、機関銃や銃剣で殺害した。便衣《べんい》に着替えて市民にまぎれこんだ中国兵が多かったので、東条がこの処置を命じたのだ。一般市民も容赦しない。弾丸、食料の供給で中国兵を手伝ったほか、武器を手に日本兵を殺した者がかなりいたのだ。部下思いなだけ東条の報復は苛烈だった。

こうして三〇〇名とも五〇〇名ともいわれる男が日本兵に殺された。そのせいで陽高には男がいなくなり、数年後、全国から男を募集して評判になった。

その後東条兵団はチャハル省の西部の要衝大同に向けて進撃をつづけた。

「大同を占領したらさらに南進して太原《たいげん》を攻略したい。保定会戦を有利にするため」

東条は中央に意見具申した。

参謀本部の基本方針はまだ不拡大主義である。東条の提言は顰蹙《ひんしゅく》ものだった。

「関東軍の責務は満州国の防衛である。大同の占領以後は同地区の確保に徹するべし」

参謀本部は東条にそう命じた。

第五師団にたいしても、反転南下して保定、石家荘《せきかそう》作戦に加わるべしと命令した。

ところが東条と板垣は何度か会談して、太原を占領しようと語りあっていた。

「おれは太原へいくぞ。華北を支那から切りとって新北支政権を樹立する。大丈夫、陛下はご嘉納くださるよ」

板垣は綏遠、太原、石家荘、青島と西から東へななめにのびる約五七〇〇キロの直線の北を中国から切りとろうというとほうもない計画を抱いていた。

満州事変の経験にもとづき、必要なら中央に無断で進撃しかねない勢いである。

「私も思想は同じだが、中央に制止されてしまったよ。新任の多田次長は最近クビになった石原に輪をかけた慎重派だ。万事やりにくくなりそうだな」

東条は新統制派のなかでも際立った軍紀尊重論者である。

中央の指示を無視する気はない。大同の占領をもってチャハル作戦は終ったものと見なしていた。

しばらく軍政を指導したあと、九月二十二日、あとを数日後に参謀副長となる笠原幸雄《かさはらゆきお》少将にまかせて東条は空路、新京へ向かった。

板垣の第五師団は八月末に新編制された北支那方面軍の命令で、保定攻略戦に参加せざるを得なくなった。壮大な計画を反古《ほご》にして板垣は師団を南下させた。

盧溝橋に端を発した戦闘も、日本軍が北京、天津地区を制圧して一段落がついた。

陸海軍首脳部と国内外のジャーナリズムの目は、八月になると上海に集中した。満州事変のときのように、戦火が上海へおよぶかどうか、世界中が関心を寄せている。

上海は中国一の商工業都市であり、港湾都市である。人口はすでに一二〇〇万人にたっしていた。数多くの日本企業、欧米企業が工場をおき、安い人件費、豊富な資源を利して盛業をつづけていた。中国の浙江《せっこう》財閥（蔣夫人の宋美齢《そうびれい》の実家）もここを拠点とし、南京政府に資金援助しながら「反共」政策をつづけさせている。

英、仏、日の各国が租界《そかい》をおくなど、上海には各国の権益が集中していた。黄浦江《こうほこう》の河岸通りには各国の領事館や商館、ホテルなどが立ちならび、波止場には揚子江からさかのぼってきた大小の船がひしめきあっている。

各国の軍艦も碇泊したり、揚子江を回航したりしていた。自国の居留民や権益の保護が名目である。日本は市の東北部、日本租界に上海海軍特別陸戦隊司令部をおき、約四〇〇〇名の隊員を常駐させていた。彼らは揚子江沿岸を回航する第三艦隊の乗組員である。

華北で事変が勃発すると、上海の排日運動は一気に活発になった。工場のストライキや反日デモが頻発し、日本商店や商品のボイコットが日常化した。

排日、抗日運動は武漢《ぶかん》など揚子江沿岸の各都市にもひろがった。上海に集結していた第三艦隊は揚子江をさかのぼって沿岸の在留邦人約二万名を救出し、上海の共同租界に収容しなければならなかった。

八月九日には上海海軍特別陸戦隊西部派遣隊長大山勇夫《おおやまいさお》中尉と斎藤与蔵《さいとうよぞう》一等水兵が虹橋《こうきょう》飛行場付近で中国保安隊に殺害される事件が起った。例によって新聞は大きく事件を書き立てて、国民世論を全面戦争に向かわせる。

翌日の閣議で米内は上海が危機的状況にあることを説明し、「さしあたり陸軍の派兵準備をお願いする」といつもの要請をくり返した。

陸軍は戦線拡大派の幕僚でさえも、華中の上海への出兵はためらっている。第一次上海事変の経験から、上海攻略がどんなに困難であるか知りつくしているのだ。

まして今回は約三万の中国軍が上海付近へ北上してきている。しかも上海周辺には、ドイツ軍顧問団の指導により、クリークを利用した何百ものトーチカを配置するなど、堅固な防衛陣地が設けられていた。ドイツは中国へ軍事指導をすることで、大量の武器を中国へ輸出していた。

「陸海軍の協定もあることだし、陸戦隊や居留民を見すてるわけにもいかぬ。海軍の要請にお応えするつもりでおります」

杉山陸相は答えたが、参謀本部の派兵反対意見が頭にあって、浮かぬ顔だった。

それでも、閣議は海軍の要請をはねつけられる雰囲気ではなかった。

上海居留民の引きあげは実施しない。現地保護に徹する。陸軍は派兵の準備をする。そう決定して閣議は終った。

杉山陸相は官邸へもどり、中島鉄蔵《なかじまてつぞう》総務部長、石原第一部長を呼んで上海派兵の了解をもとめた。梅津美治郎《うめづよしじろう》次官も同席した。

参謀本部と軍令部はこれまで何度も上海派兵について話しあいをしてきた。陸軍は一貫して派兵を拒んできた。石原第一部長の不拡大論を参謀本部は奉じていたのだ。だが、上海方面へ戦火が燃え移った場合、陸軍は応援の部隊を出すという協定があるのも事実である。なんといっても事変を引き起したのは陸軍だった。海軍の苦境を見て見ぬふりをするわけにはいかない。

「派兵なんかできません。陸戦隊、居留民を上海から引きあげればいいのだ。上海は全面返却するべきです。居留民には相当の補償をしなくてはならんだろうが、戦争をするよりはよほど安くつく」

石原第一部長の以前からの主張だった。

最初この議論を耳にしたとき、米内も山本も居あわせた井上成美《いのうえしげよし》少将も、あきれてしばらく声が出なかった。

「とんでもないことをいうやつだ。海軍の存在意義がなくなるではないか」

やがて山本次官が大声を出した。

「とても無理だな。たしかにそこまでやれば蔣も交渉に応じるかもしれんが、わが海軍の面目《めんぼく》は丸つぶれだ。なんのために厖大《ぼうだい》な予算をとっているのかということになるぞ」

苦笑して米内はつぶやいた。

海軍はこの年の春、戦艦「大和《やまと》」「武蔵《むさし》」以下六六隻の艦艇の建造と、陸上航空機一四隊（八二七機）、艦船搭載機一〇九七機の生産計画を立て、すでに着手している。昭和十一年末かぎりでワシントン軍縮条約、ロンドン軍縮条約が失効し、日本はアメリカ、イギリスと無制限の建艦競争に入ったところなのだ。

「陸軍はソ連さえ警戒していれば済むだろうが、海軍は南進を視野にいれなくてはならぬ。その点からしても、上海から逃げだすわけにはいかんのだ」

山本の声はまだ大きかった。

海軍は昭和十六年に完成する大連合艦隊を動かすためにもジャワ、スマトラ、ボルネオなど南方の石油生産地帯を必要としている。現在は石油の九割をアメリカから輸入しているが、対米関係が悪化して石油の供給をとめられたら、せっかくの大艦隊も機能しなくなってしまう。

いちばん良いのは南方の資源地帯を占領してしまうことだ。それら資源地帯はオランダなどの植民地である。日本が進出し、支配すれば、まちがいなく原住民へ皇恩を分ちあたえることになる。

だが、ジャワなどを占領すれば、米英と戦争になるだろう。ジャワ、スマトラ、ボルネオなどはオランダの植民地だが、産油地帯で石油の生産にあたっているのはおもに米英の石油資本だった。対米英戦はいまのところ日本に勝ち目はない。アメリカ、イギリスとの関係をこじらせてはならないのである。

海軍は近い将来、海南島《かいなんとう》さらに南沙《なんさ》諸島を占領する計画を立てている。資源地帯から石油を購入することになった場合、日本の軍港が近くにあれば睨《にら》みをきかせられる。

「石原の論は正論だとおれは思うぞ。上海から撤退する以外に全面戦争を避ける手立てはない。だが、実行不可能だ。鉄人でもないかぎり、上海は放棄できないよ」

次期軍務局長含みで海軍省出仕となっている井上成美少将が苦笑して口をはさんだ。

米内も山本も、井上が横須賀《よこすか》鎮守府の参謀長だったころから彼を無二の相談相手にしている。井上は視野がひろく、国際協調や部内統制の強化など多くの点で米内らと考えを同じにしていた。

剛直で絶対に信念を曲げない。だが、その気性のせいで部内に敵も多かった。

「必要なら鉄人にもなろう。しかし、国の威信にかかわることはやるべきではない。国の面目を保ちながら戦火の拡大をふせぐ。むずかしいが、それをやらなくてはいかん」

山本が闘志あふれる声で断言した。

結局、「当面とりうる方策は上海の確保以外にない」という結論にたっした。

石原第一部長も最後には二個師団の派遣に同意した。周辺の敵を排除して日本の支配をはっきりさせれば、列国も干渉できなくなる。蔣介石の資金源である浙江財閥も叩きつぶせる。中国国府軍の戦意もくじけるはずだ。

すべてが決定したあと、米内は山本、井上とともに新橋の料亭へ出向いた。

「しかし、石原というのはとほうもないことを考える男だな。さすがに満州事変をやってのけただけはある」

飲みながら米内は、あらためて石原の発想力に感じいった。

「石原少将は海軍でいえば、山本さん、あなたですよ。とんでもないことを考えて、反対するやつらと平気で喧嘩するんだから。お二人はともに軍の貴重な刺激剤だ」

井上が気持よさそうに盃を干した。

「いや、おれはあれほどの奇才ではないよ。もっと常識的で協調的だ。そのぶん考えることに飛躍がない。石原を見習って、なにか驚天動地の戦法を考えなくてはいかんな」

後年山本はハワイ奇襲作戦の指揮をとって大成功をおさめる。発想の下地はこの当時から形成されていたようだ。

八月十一日、上海の情勢はみるみる悪化した。中国側は大山事件についてのわが国の謝罪要求を拒否し、中央直系軍三万名、地方軍閥軍二万名をもって半円形に上海を包囲した。対する日本海軍特別陸戦隊は四千余名にすぎない。

揚子江から上海への交通路である黄浦江も閉鎖された。二つの河の合流点を中国軍で固め、日本の軍艦が上海へ近づけないようにしたのだ。さらに中国軍は汽船二隻と大型ジャンク二十数隻を黄浦江に自沈させ、水路をふさいだ。

第三艦隊司令長官長谷川清《はせがわきよし》中将は、旗艦「出雲《いずも》」から東京へ至急電を送った。

「スミヤカニ陸軍派兵ヲ促進サレタシ」

米内海相はただちに四相会議（蔵相欠席）をひらいて陸兵派遣の決定をもとめた。

近衛首相、広田外相、杉山陸相ともすぐに同意した。不拡大方針は変らないが、陸戦隊と在留邦人を見殺しにはできない。

上海には第三師団と第十一師団の主力、青島に第十一師団の一部と第十四師団が派遣されることになっていた。だが、これらの部隊が現地に着くまでには二〇日かかる。それまではなるべく武力衝突を控えるよう、米内は長谷川へ指示を送った。

上海海軍特別陸戦隊は八月十三日、ついに中国軍と武力衝突し、翌日には包囲攻撃をうけた。

十数機の中国爆撃機が上海に飛来し、繋留《けいりゆう》中の第三艦隊「出雲」などと陸戦隊本部を爆撃した。付近の海上にはわが空母三隻がいたが、台風で邀撃《ようげき》機が発進できなかった。

報《しら》せをきいて米内は激怒した。

「やりやがったな。もう勘弁ならぬ。たっぷりお礼をさせてもらうぞ」

柔道の試合にのぞんだときのように、体内の野獣が目をさました。

第三艦隊司令長官時代に会ったことのある蔣介石の人格識見を米内は信頼していた。将来協力して白人をアジアから追放しようと話しあった。

その蔣がこともあろうに旗艦「出雲」以下の艦隊を爆撃したのだ。話合いによって事変を解決しようという意思がまったく蔣にないことがこれで明らかになった。

十五日、海軍航空隊は渡洋《とよう》爆撃を開始した。

長崎県大村《おおむら》基地を発進した九六式陸上攻撃機二〇機が、九六〇キロを四時間で飛んで南京の二つの飛行場を爆撃したのだ。当日、東シナ海は台風が吹き荒れていた。爆撃隊は雲のうえを飛んで南京上空にいたり、各機一二個ずつの六〇キロ爆弾を投下した。

八月十五日から三十一日まで、二三回にわたって南京爆撃は実施された。多くは夜間爆撃で、被害は飛行場のみではなく市街地にもおよんだ。火柱と火煙が何条も立ちのぼり、二十五日には数千人の死傷者が出た。

日本は全面戦争の決意を固めた、と世界中に思わせる連続爆撃であった。

八月十五日、第三師団、第十一師団を基幹とする上海派遣軍が編制された。司令官は松《まつ》井石根《いいわね》大将。同軍はただちに軍艦に分乗して上海へ向かった。

二十三日、第三師団は上海の外港である呉淞鎮《うーすん》へ、第十一師団はその西北一五キロの川《せん》沙《しや》鎮へ上陸した。

呉淞鎮には上海陸戦隊が事前に上海から黄浦江をくだり、中国軍の砲撃のなかを上陸して橋頭堡《きようとうほ》を築いていた。午後、第三師団は二度にわたって五五〇〇名が上陸した。だが、中国軍の猛烈な砲撃により戦死者が続出した。その後第三師団は二万名全員が上陸したが、岸壁付近に釘づけになった。日本軍の地誌では、この一帯は地形上、戦車、大型野砲などは使用不能とあったので、機械化の不十分だったのが苦戦の原因である。

川沙鎮へ上陸した第十一師団も、手掘りの壕に貼りついたまま動けずにいる。上海まで二十数キロの道のりを何日で踏破できるのか、見当もつかなかった。

　このような上海の苦戦を尻目に日本では八月三十一日、北支那方面軍（寺内寿一《てらうちひさいち》大将）が編制された。八個師団、約二〇万名の大兵力である。かつての支那駐屯軍は第一、第二軍に分けて北支那方面軍の傘下に入った。華北を占領し、第二の満州国にしたいと杉山陸相らは望んでいる。方面軍司令部は九月四日天津に到着し、保定－滄州《そうしゅう》の線（北京南二五〇キロ）で敵を捕捉、撃滅する作戦命令を発した。第一軍はたちまち保定を占領、さらに前進をつづけた。

　局地紛争でおさめようとする石原第一部長の方針は後退するいっぽうだった。しかし武藤作戦課長ら強硬派も全面戦争を決意したわけではない。大兵力によって中国軍に大損害をあたえ、支那事変をはやく収拾する気でいた。戦局が長期化の様相をおびてきたので、彼らは焦燥にかられ、言動がさらに強硬になる。日本軍の戦争はすべて聖戦とされているから、国民も抑制はしない。

　上海では激戦がつづいていた。第三、第十一師団の損害は増大し、陸戦隊の不眠不休の奮戦もいつまで保《も》つかわからなくなった。

　増派の要求があいついだが、石原第一部長は応じない。上海は海軍に守らせろ、陸軍はソ連の進攻にそなえて兵力を温存するのだとして、絶対にゆずろうとしなかった。

　八月二十一日、ソ連と中国は南京において不可侵条約を締結した。これが石原の警戒心をいっそう増幅させていたのだ。

九月十一日、さきに作戦課の立案していた三個師団（第九、第十三、第百一）などの上海派兵が正式に決定した。

石原第一部長は後宮淳《うしろくじゅん》軍務局長ともども辞表を提出した。上海作戦が膠着《こうちゃく》しているのは石原の不拡大方針のせいだという声が高くなり、逆らえなくなったのだ。

上海防備の海軍特別陸戦隊が弱体なので、陸軍は二度にわたって計五個師団、約一二万名を上海地区に派遣した。

九月中旬、中国軍は上海地区に約三〇万、西部地区に一〇万、黄浦江東に二万、三〇キロ北の羅店《らてん》鎮に一八万、計六〇万の兵力を配して上海を包囲攻撃してきた。

戦況はいっこうに好転しない。各部隊に中国軍の細菌投入によるコレラ患者が多発し、砲弾も不足気味で、事変の見通しははやくも混沌《こんとん》としてきた。

九月二十八日、石原莞爾第一部長に代って、下村定《しもむらさだむ》少将が第一部長に就任した。軍務局長も後宮淳少将から町尻量基《まちじりかずもと》少将に交代した。

下村新第一部長は作戦課その他と協議して杭州《こうしゅう》湾上陸作戦を決定した。

上陸派遣軍を強化し、中国軍との激戦をつづけさせる、いっぽうで新編制の第十軍（柳《やな》川《がわ》平助《へいすけ》中将）を上海南部の杭州湾へ上陸させ、中国軍の腹部を突き、その退路を遮断してしまおうという作戦である。

第十軍は華北の第六師団と第五師団の一部、満州の第十八師団、新動員の第十四師団によって編制された。柳川中将は皇道派の有力者で、二・二六事件後予備役入りしていたが、今回司令官に復活したのだ。

つづいて中支那方面軍（松井石根大将）が編制された。麾下には上海派遣軍（松井大将兼務）と第十軍が併立する。

上海攻防戦において中国軍は正面攻撃には頑強に抵抗した。連座制によって、退却した兵士は射殺されてしまうからだ。だが、部隊間の連携がよくないので、側面とくに背面からの攻撃に弱い。杭州湾上陸作戦自体が、こうした戦訓から生れたといってよい。

十一月四日から五日朝にかけて、杭州湾上陸作戦は実施された。

第四艦隊（豊田副武《とよだそえむ》中将）に護衛された約一〇〇隻の大船団は、曇天下の平隠な湾内にすべりこみ、午前六時三十分までに四万名の将兵を上陸させた。中国軍の抵抗を排除して、第十軍はそのまま黄浦江まで進出する。

上海派遣軍が増強されて、上海攻防戦も日本軍が優勢になりはじめていた。そこへ第十軍の奇襲上陸である。効果は絶大だった。

翌六日正午、「日軍百万上陸」と大書されたアドバルーンが上海市内にあがった。第六師団が中国軍は大いに動揺し、南京にいる蔣介石は退却を命じざるを得なかった。中国軍は退却をはじめた。太湖《たいこ》の南を西進し、中国軍の退路を断とうとしている。なだれを打って中国軍は退却をはじめた。逃げ足のはやいのは、中国軍の特徴の一つである。

「華軍放棄上海」

新しいアドバルーンがあがった。

浮足立った中国軍には、上海を放棄せよ、の命令と映ったらしい。混乱は加速された。

中支那方面軍は上海派遣軍の一部を北から南下させ、第十軍を南から北西へ前進させて逃げる中国軍を捕捉しようとした。だが、つかまえるのは不可能だった。

十一月二十日、南京で「遷都宣言」が発せられた。蔣介石は首都を南京から重慶に移す決心をしたのだ。東京では大本営が設置された。

大本営は天皇の親裁のもとで運営され、参謀本部、軍令部の参謀と軍政の要員で構成される。陸軍部、海軍部の別があった。

この後、南京攻略をめぐって参謀本部と現地軍の対立がつづいた。

多田駿参謀次長は、戦線拡大は支那事変の泥沼化を招くと判断していた。中支那方面軍と第十軍にたいして、上海西約六〇キロの線を越えて西進することを禁じた。

ところが中支那方面軍の松井司令官、第十軍の柳川司令官とも南京への進撃を熱望していた。首都を陥落させれば蔣政権は崩壊し、支那事変は終ると見ていたのだ。

なかでも上陸したばかりの第十軍の戦意は旺盛だった。柳川司令官は、

「集団は十九日早朝、全力をもって南京進撃を命令し、左のごとく部署をきめた」

と参謀本部へ打電してきた。

モタモタしていると、勝手に進軍するぞと宣言してきたのだ。

「とんでもない。すぐに停止させろ」

多田参謀次長は石原第一部長の後任である下村定少将を呼んで命令した。

多田が南京攻略を禁じたのは戦争の泥沼化を恐れただけではなく、政府がいまトラウトマン駐華ドイツ大使をつうじて蔣介石に和平の申しいれをしているからだ。

蔣介石は和平に乗り気らしい。いま情容赦もなく旧首都南京を攻略すれば、蔣介石は激怒してまとまる話もまとまらなくなる怖れがあった。

前線の司令官はむろんそんなことに頓着《とんちゃく》しない。それどころか、多田の部下である下村少将が南京攻略を支持していた。

多田に命令されて下村は、中支那方面軍参謀長の塚田《つかだ》攻《おさむ》少将に、上海西六〇キロの線

を越えて西進するのを禁じる電報を打った。だが、追いかけて電話で、すぐにこの禁止命令は撤回させる、現地軍は進撃準備をするようにと指示を出した。

塚田参謀長は第十軍にたいして、上海西六〇キロの線を越えて進撃することを禁じるむね、命令を出した。だが、命令には、

「とりあえず先遣隊を出発させてもよい」

という但し書がついていた。

すぐに先遣隊を出せ、主力はあとで出撃させると内々に伝えたわけである。

こうしておいて中支那方面軍は、

「すみやかに事変を解決するため、敵の頽勢《たいせい》に乗じ南京を攻略すべきである」

と参謀本部へ意見具申してきた。

中支那方面軍司令官の松井石根大将は陸軍有数の支那通である。だが、古い支那を知る者ほど、国民の意識が一新された現実の支那を直視できない。上海派遣軍が大苦戦したのを目のあたりにしながら、支那はいぜんとして御稜威《みいつ》に浴さぬ不毛の地であり、その人民を教化するのが皇軍の聖なる使命だと信じていたのである。

十一月二十四日、事変の処理をめぐって第一回の大本営御前会議が開催された。

天皇が臨席し、陸軍は閑院宮参謀総長、多田駿参謀次長、下村定第一（作戦）部長、杉

山陸相が出席した。海軍側の出席者は伏見宮《ふしみのみや》軍令部総長、嶋田繁太郎《しまだしげたろう》軍令部次長、近藤信竹《こんどうのぶたけ》第一（作戦）部長、米内海相である。

御前会議は事前に出席予定者が議題について検討、意見調整をおこなう。したがって会議で討議はおこなわれず、天皇の下問も質疑もない。一同、天皇のまえで身じろぎもせず、担当者の上奏《じょうそう》にきさいるだけである。

その日は事変について陸海軍の作戦担当者が作戦計画を上奏する予定だった。まず両総長が代る代る陸海軍の作戦方針を朗読した。ついで下村、近藤両作戦部長が、作戦説明書の朗読にあたった。

「中支那方面軍は上海付近の敵を掃滅するを任務とし、その推進力には相当の制限がございます。したがって一挙に南京へ到達し得べしとは考えてはおりませぬ――」

下村が読んだここまでは多田次長承認の文面だった。が、つぎに下村が勝手につけ加えた一項がつづいた。

「統帥部（参謀本部、軍令部）はこんごの状況いかんにより中支那方面軍に新たな準備態勢を整えさせ、南京その他を攻撃させることも考慮しております」

出席者は息を呑んで下村をみつめた。

この段階では、事変を上海周辺で収束しようというのが中央の意向だったからだ。トラウトマン工作のことも念頭にある。

海相米内光政もおどろいて下村をみつめた。事前の打合せにはなかったことだ。多田参謀次長が禁じているのに、支えるべき下村が南京攻撃を表明するとは、なんという下剋《げこく》上《じょう》か。

御前会議で上奏されたということは、天皇の承認を得たことを意味する。第十軍は南京へ突っ走るだろう。苦々《にがにが》しく腹立たしい気持で米内は、下村につづく近藤部長の海軍作戦の上奏をきいた。海軍は航空部隊が南京などの都市を爆撃することや、揚子江沿岸の警備を厳重にする計画をのべただけだった。

御前会議のあと多田次長は下村部長を叱りつけたが、結局最後は南京攻略に同意せざるを得なかった。陸軍省も参謀本部の中堅もなにがなんでも南京を陥せという意思に固まっている。敵の防禦がまだ整わぬうちに攻撃を仕掛けるほうが、効率的にことがはこぶというわけだ。

「滅茶苦茶だな陸軍は。まったく統制がとれていない。あんなことで大丈夫なのか」

「やはり満州事変が原因だろう。石原莞爾の功績はたしかに大きいが、その後の陸軍のありようを見ると、罪が功を上回っている。下剋上の元凶はまぎれもなく石原だよ。それをゆるした上層部もだらしないが」

「武藤章が、われわれは石原のまねをしているだけだといったそうだ。あれはいかんよ。凡人はまねをすべきではない。石原には理想と見識があったが、亜流は出世欲と権力欲があるだけだからな」

「しかし陸軍の跳《は》ねっ返りは、平時だとまた二・二六事件のような反乱事件を起すかもしれんぞ。支那兵相手にドンパチやっているほうが、統制がとれるんじゃないのか」

「しかし、じっさいに弾丸の下をくぐる将兵にとっては、とてもそんな呑気《のんき》な話ではない。上海方面だけで戦死者は九〇〇〇名、負傷者は三万名以上なのだから」

米内光政、山本五十六、井上成美はそんなことを話しあった。

十二月六日、第十軍の柳川司令官は麾下の三師団に南京進撃を命じた。

陸海軍の航空部隊は連日、南京を爆撃していた。市内は火煙に覆われ、揚子江の北へ避難をはかる市民でごった返していた。外周防備にあたる中国兵が市民と入れ代るように市内へ逃げこんでくる。

十二月七日、蔣介石は夫人とともに飛行機で南京を脱出、漢口へ向かった。市民の四分の三はすでに退去し、城外の数百の村落は中国軍の「焦土作戦」により放火され、住民が市内へ逃げこんでくる。

第十軍は進撃していた。雨季の戦闘にそなえてほとんどの兵士が地下足袋をはき、上海、南京間の約四〇〇キロを踏破するのだ。

食料の補給はほとんどなく、現地調達に頼らざるを得ない。弾薬も不足していたが、中国兵となら銃剣で戦えると兵士たちは教えられている。多くの兵士の内心は、

「南京を陥せば蔣介石は降参する。戦争が終り、日本へ帰れる」

という切ない願望で一杯になっていた。

同じ七日午後、東京では駐日ドイツ大使のディルクセンが広田外相を訪問し、和平仲介の覚書を提出した。蔣介石が好意的な反応をしめしたとされるトラウトマン駐華ドイツ大使による和平仲介の仕上げである。

ところが、広田は覚書を読んでいいだした。

「この一カ月、わが陸軍は大いなる軍事的成功をおさめた。よって十一月二日に提示した和平条件を交渉の基礎にするのは不可能となった。新しい和平条件を陸海軍と相談したいので、しばらく時間をいただきたい」

ディルクセンはおどろいて翻意をうながしたが、広田は頑として応じなかった。

第十軍につづき上海派遣軍も進撃してきた。第十軍は南から、上海派遣軍は東から南京を攻撃することになった。

十二月八日、各部隊は南京防衛軍の第一線陣地を奪取した。

あくる日、中支那方面軍の松井司令官は中国軍に降伏を勧告したが、無視された。十二月十日午後一時、上海派遣軍の各部隊は攻撃を開始した。派遣軍は十日、光華門《こうかもん》を突破し、十二日に南京東北部の金山を占領した。

第十軍は南京西南の雨花台《うかだい》陣地を攻撃し、十二日にその一部を占領した。

南京防衛軍司令官の唐生智《とうせいち》は十二日夕、江北《こうほく》へ脱出した。日本軍は交渉相手、中国軍は最高指揮官をともに失った。これが以後の混乱の大きな原因となった。

十二月十三日早朝、中国軍は退却を開始した。中支那方面軍の各師団はそれぞれ一個連隊を代表として南京市内へ送りこみ、担当地域の掃討にあたった。第十軍の一部は船着場下関から舟艇で脱出する中国兵へ銃撃をあびせて多数を死傷させた。

日本ではすでに十日、南京陥落が報じられて提灯《ちょうちん》行列がくりだされた。十一日には祝勝の歓喜で全国が沸き返った。皇軍バンザイ、日本バンザイ。国民こぞって皇国の弥栄《いやさか》を祝いまつろう。大和民族の優秀さがここに証明されたのだ。

十二月十七日、南京入城式が挙行された。終って各師団は城外へ退去し、二十二日から第十六師団が市内警備にあたった。

この時期に南京事件（南京アトロシティ）が発生した。中国人捕虜、一般市民の約三〇万人が日本兵に虐殺されたり、暴行、傷害、強姦にさらされたというのだ。

補給がないため、中支那方面軍の将兵はほとんど飢餓状態にあった。投降してくる数万の中国兵に食事をあたえるどころか、受けいれる施設もない。始末に困って捕虜を殺害したり、報復感情のまま虐殺におよんだ例もあったようだ。便衣をきて一般市民にまぎれこんだ中国兵を摘発するさい、一般市民をまきぞえにしたケースも多い。

敵愾心《てきがいしん》に加えて日本軍将兵は中国兵、中国人を蔑視していた。戦勝の驕《おご》り、神州日本の皇軍だという選民意識が蔑視に輪をかける。捕虜にたいしてはとくに残酷だった。日本軍では捕虜になるのは最大の恥辱だとされていたから、中国人捕虜の人権が顧慮されるわけがない。

陸軍省は「捕虜」の呼称を禁じた。捕虜をみとめれば、国際法にもとづき人道的な処遇をせねばならないからだ。

捕虜のあつかいについて明確な方針がしめされていなかった。綿密な作戦計画もなしに南京攻略に突っ走った柳川、松井、下村始め膺懲《ようちよう》論者たちの浅慮が消しがたい汚点を日本に残したことになる。

南京事件の実相は研究者の立場、方法、解釈などによって変化する。真実の測定は不可能のようだ。さまざまな文献のうちでもっとも権威あるとされる「南京戦史」では、南京防衛軍七万六〇〇〇名中戦死約三万、生存者三万、撃滅処断一万六〇〇〇、一般市民の死傷者一万六〇〇〇となっている。

　南京は一〇〇万都市だったが、日本軍に包囲された時期には二五万に減っていた。このことからして一〇万名単位の虐殺などありえない。南京大虐殺記念館を見ると、一度手にしたジョーカーはなにがあっても手放さず、徹底的に利用しつくそうとするこの国の執念と利己心を思い知らされる。

　南京陥落の前日、米英両国との関係に大きな悪影響をおよぼす事件が起った。

　十二月十二日、南京から脱出した多数の中国軍兵士を乗せた大小汽船や舟艇が、南京上流の揚子江を遡航中との情報が海軍航空部隊にもたらされた。わが海軍航空部隊はただちに出撃し、南京上流で四隻の船を発見し、攻撃して二隻を撃沈、二隻を大破させた。

　ところが先頭の艦は米アジア艦隊の警備艦パネー号であり、後続の三隻は米汽船だった。海軍機は誤認したのだ。

　同じ日、陸軍砲兵隊も揚子江で英砲艦レディバード号と汽船三隻を誤認して砲撃し、各艦に損傷をあたえた。

　米英からの抗議で大問題となった。日本政府は翌日ただちに陳謝の意を表明し、賠償を約束した。現地では長谷川清第三艦隊司令長官が上海の米英公使館へ詫《わ》びをいれ、東京では広田外相が、二十三日には陸海軍の次官、次長が両国の大使館へ事情説明に出向いた。

「パネー号の艦長は負傷してさっさと逃げだしたそうだが、艦もろとも沈んだりしないで助かったよ。もし戦死していたら、アメリカになにを要求されたかわからん」

めずらしく米内は肝《きも》を冷やし、艦長の無事を知って胸をなでおろした。

とりあえず航空部隊の責任者の更迭、譴責《けんせき》などでお茶を濁した。

事件は表面上解決したが、アメリカの対日感情の悪化は深刻になった。

厖大な人口をもつ中国をアメリカは自国の工業生産物の有力市場と見て、日本の進出を以前から敵視していた。九カ国条約（大正十一年二月、ワシントンにおいて九カ国で締結された中国に関する条約。中国の領土保全、門戸開放、機会均等が約束された。加盟国は日、英、米、仏、伊、蘭、ベルギー、ポルトガル、中国）のほか門戸開放申しいれなどによって、機会あるごとに日本を牽制《けんせい》してきた。

通商に加えて教化政策によってアメリカは中国との関係を深めようとしてきた。以前から多数の宣教師を送りこみ、キリスト教の普及による米中関係の強化をはかったのだ。

ところが支那事変の勃発、日本軍の進出により布教活動が困難になった。おまけに日本軍は国家神道を奉ずる異教徒である。宣教師は中国内で抗日を煽り、アメリカ政府にたいしては蔣介石政権への援助強化と日本への禁輸をつよく要求するようになった。

そこへパネー号事件である。宣教師や米大使館関係者の対日非難はますます強硬になり、アメリカ国内の各宗教団体の議会、政府への請願も活発になった。南京事件が世界に報道されたさい、宣教師たちは口をそろえて日本軍の悪虐非道をいい立てた。支那事変により失業状態におかれた彼らの報復である。

この意味で後年の大東亜戦争には、キリスト教対国家神道の宗教戦争の側面もあったのだ。アメリカの日本にたいする一貫した迫害の姿勢には、人種偏見におとらず異教徒への憎悪があったにちがいない。

南京陥落の翌日、十二月十四日、大本営政府連絡会議では、トラウトマン交渉の和平条約の再検討がおこなわれた。

南京陥落という新事態に乗じて和平の新しい条件を蔣介石に突きつけるべきだとの気運が高まっている。米内は和平の実現を最優先すべきだと考えているが、なによりも近衛首相が強気になっていた。

近衛首相を正面に、出席者は大きな円テーブルをかこんで席についた。

多田参謀次長、古賀峯一《こがみねいち》軍令部次長、杉山陸相、広田外相、米内海相、末次信正《すえつぐのぶまさ》内相、賀屋蔵相さらに町尻量基、井上成美陸海軍軍務局長がその顔ぶれである。十二月初め、トラウトマン駐華ドイツ大使をつうじて蔣介石へ申しいれた四条件のプリントは、すでに出席者に配付されていた。

一、反日容共政策の中止。

一、必要な地域の非武装地帯化。

一、日満華経済協定の締結。

一、賠償金の支払い。

以上がその内容である。

石射猪太郎《いしいいたろう》外務省局長が、まず四条件の説明をおこなった。

説明が終るなり、きょう就任したばかりの末次内相が傲然《ごうぜん》といい放った。

「閣議でもいったんだが、こんな生ぬるい条件では国民はなっとくせん。論外だよ」

米内と井上はちらと顔を見あわせて、ひそかに舌打ちした。

末次は予備役の海軍大将で、艦隊派の巨頭である。ロンドン軍縮条約に猛烈に反対し、第二次ロンドン軍縮会議から日本を脱退させた。おかげで日本は無謀な対米建艦競争を強いられている。

英米本位の世界秩序に異をとなえる近衛首相は、陸軍の皇道派、海軍の艦隊派と古くから連絡をとりあって軍の支持を得ようとしていた。陸軍の皇道派が衰退したので、海軍の艦隊派に望みをかけている。支那事変勃発後、彼は末次を内閣参議に起用することにきめ、米内に事後承認をもとめた。

米内は起用を承諾し、末次をすぐに予備役入りさせた。現役の海軍軍人のうちで政治に関与するのをゆるされるのは海軍大臣のみ、の方針にもとづいて対米強硬派の末次の力を削《そ》いだのである。末次を内閣参議に起用して艦隊派の支援を得る気だった近衛は、大いに当てがはずれ、やむなく予備役大将の末次を内閣参議に迎えいれる羽目《はめ》になった。

この米内の処置は、海軍の政治好きの将校に大きな衝撃をあたえた。

「末次大将ほどの大物でも、現役のまま政治に関与するのはゆるされないのか」

うるさ型の中堅将校らはおとなしくなり、米内海相、山本次官、井上軍務局長の指導のもと、海軍はみごとに統制された。

だが、近衛首相としてはあくまで末次の力を借りたい。前内相の馬場鍈一《ばばえいいち》が数日まえ病気で倒れ、辞任したので、さっそく内相に起用しきょう発令されたところだった。

内閣参議と内相では発言の重みがちがう。閣議は末次の一言で、中国にたいして問答無用の空気になった。身勝手な和平条件が当然のような顔でつぎつぎに提案される。

「華北はやっぱり蔣介石政府と切り離して特殊地域にするべきだ。満州国の安泰のためにそうしなくてはならぬ」

「南の非武装地帯は上海周辺にかぎらぬ。わがほうの占領地域をすべてふくめるべきだ」

「これまでの軍事協定はすべて生かす。冀察、冀東政権は解散させずに存続をはかる」

とめどなく要求は拡大された。長期戦を決意した蔣がこんな要求を受けいれるわけがない。

「私はなによりも和平を優先させるべきだと思う。さきに蔣へ提示した四条件に変更を加える必要はない」

米内は声を大きくして主張した。

だが、賛同者は古賀次長だけである。

「たしかに早期解決は必要だろう。しかし海軍大臣、日本は勝ったのだぞ。へりくだって和を請わねばならぬ理由はない。こちらの要求を吞むなら和平に応じるというのが勝者の態度だろう。古今東西動かぬ鉄則だ」

末次が凄《すご》みのある口調でいい張った。

彼は潜水艦戦術の大家で、西進してくる米艦隊を潜水艦で迎撃し漸減させる作戦を考えだした。能力を米内も高く買っている。だが、すすんで対米戦へ突きすすもうとする態度には絶対に同調できない。

「勝ったと内務大臣はいわれるが、蔣介石は手をあげたわけではありません。こんごは漢口さらに重慶、成都《せいと》、西安と都を移して戦争をつづけるでしょう。日本を長期戦の泥沼に引きずりこむのが蔣の作戦なのだ」

「そうなりゃ国民政府はひなびた地方政権にすぎない。われわれとしては親日政権を育成して日華関係を修復させればよいのだ」

「そのとおりだよ。きょう北京で王克敏《おうこくびん》の中華民国臨時政権が旗あげする。ここは従来の冀察政権や冀東政権とちがって大統領制をとっている。ちゃんとした政権になるよ。将来は国民政府に代って中央政府となるよう、育てあげてゆくつもりだ」

近衛首相が得意気に口をはさんだ。

南京陥落で蔣政権は国民の支持をうしなうと近衛は見ているが、実状は南京を奪われたことで中国民衆はさらに反日感情を燃やし、戦う蔣介石を支持していた。ありのままの現実ではなく、望ましい現実のほうを近衛は見ていたのだ。これが日本であれば、皇居のある東京を占領されたら国家機能は喪失するだろう。天皇を核とする中央集権国家日本と広大な地方分権国家中国を近衛は同一視していた。

しかし、日中の国民性についてははっきり差異をみとめていた。日本人ならたとえ戦争に負けても天皇に反旗をひるがえすことはないだろう。だが、中国人は敗戦で蔣介石を見かぎり、べつの指導者に乗りかえるにちがいない。近衛も末次ら指導者たちもそう信じていた。不動の皇位にある至尊《しそん》（天皇）を渇仰随順《かつごうずいじゅん》するわが国民は、私利私欲のかたまりであるうす汚い中国人などとはモノがちがうと思っていたのだ。

その偏見が誤判断を呼んだ。明治政府のつくりあげた国家神道は、日本国民の統一、結束、という点では大きな貢献をしたが、政教一致の陥りやすい独善、錯誤からは逃れられなかった。

広田、杉山がつぎつぎに発言した。

「海軍大臣のいうとおり、戦争は一日もはやくやめるほうがいい。だが、南京陥落で内外の情勢が変ったのも事実なのだ。和平条件が変ってもべつにふしぎはない。停戦をいそぐあまり弱腰になっては蔣に見すかされます。国民の信頼にも応えられなくなる」

「そうだ。新しい条件を蔣が拒むとはかぎらんだろう。突きつけてみるべきだ。うまくいけば日中問題はすべて解決する。いまが千載一遇《せんざいいちぐう》のチャンスなのだから」

つづいて末次が吼《ほ》えるようにいった。

「国民はいま勝利で沸いている。海軍大臣がいうような腰の引けた条件で講和をむすんでも、よろこぶ者はおらんだろう。上海以来、わが軍は七万の戦死者を出した。その代償がたったこれかということになる。なっとくのいく講和でなければ意味がない」

「しかし、蔣はこんなひどい条件では和平に応じない。戦争は終らないぞ。和平がなにより肝要だ。ほかの件は二の次三の次でかまわぬ」

　腹の虫をおさえて米内は反論した。

「いや。国民はあいまいな妥協ではなく、はっきりした決着をもとめている。政府は毅然《きぜん》とした姿勢をしめさねばならぬ。それでなければ国民はついてこない。蔣が屈服しないなら、あくまで戦って叩きつぶせばよいのだ。そのほうが国民もすっきりする」

「すぐに叩きつぶせるなら問題はない。だが、いまの状況では泥沼化は避けられない。国力を消耗するだけではないか」

　米内は会議室へ流れこむ西陽が、閣僚たちの顔をうす赤く染めているのを、漠然とした嫌悪感にかられて見まわした。

　群衆のどよめきが遠くからきこえてくるような気がする。野球場や両国《りょうごく》国技館にいるように、群衆が陽気にさわぎ立てていた。

　それは世論のどよめきだった。陽光にうす赤く染まって諸官邸や陸軍省、海軍省へ流れこみ、閣僚や幕僚たちの心を熱く揺さぶる。戦争をやれ。つづけろ。蔣介石を屈服させろ。華北を第二の満州国にしろ。新聞の立てるそうした雑音が、日本の空気を赤く染める。米内ら軍の首脳や幕僚はつねにそのような雑音の渦中にあるのだ。

　新聞はつねに強硬意見を吐いて国民を煽り立てる。そのほうが読者受けして新聞が売れるからだ。社会の木鐸《ぼくたく》を鳴らすふりで国民を昂《たか》ぶらせ、売上増をはかっている。

軍人がそれを読んで強硬意見を吐く。もともと軍人は勇者を気どりたがる。敵に向かって勇ましく怒号を発することで彼らは国民のご機嫌をとる。思慮のたりない若い将校にも支持される。そしてこの種の軍人ほど強硬姿勢こそ軍の王道と思いこみ、行動に一抹の疑念も抱かないのである。

閣僚は西陽に赤く染まって世論のどよめきに揺れていた。南京陥落の報をきき、中国が第二の満州になると期待する金儲け待望組の歓呼の声もまじっている。国民と軍人はたがいにご機嫌をとりあい、共鳴しあいつつ長い坂を駆けおりてゆく。最後は破滅の泥沼に沈む羽目になる。

米内は会議室を見まわして苦笑いした。

「──要するに私はもう蔣を相手にする必要はないと思うのだ。首都が陥ちて蔣政権は田舎の一政権にすぎなくなった。新しい和平条件を呑もうと呑むまいともう問題ではない。王克敏の政権を育成して、新しい日支関係を確立すべきです。私はその方針でゆく」

近衛首相はようやく結論を出した。

戦争の長期化の気配に近衛もなやんでいたことはたしかである。だが、彼も世論の反発を恐れて、なりふりかまわぬ和平の申しいれはできなかった。かといって蔣を打倒するため全面戦争に踏みきる度胸もない。

蔣政権をこんご正統な中央政権とはみとめない、というのは、近衛が苦心のはてに見つけだした落しどころだったのである。

ともかく新しい和平条件で停戦と国交調整を国民政府へ申しいれてみる。回答期限は年明けの一月十五日。一カ月あれば向こうも態度をきめられるだろう。閣議はこんな結論になった。

十二月二十二日、広田外相は駐日ドイツ大使ディルクセンを呼んで、先日の閣議で決定した和平条件の覚書を手わたした。

ディルクセンは覚書に目を通し、条件が加重されていることを知って眉をひそめた。

「中国政府がこれを受諾する可能性は小さいと私は思います。極度に小さい」

広田外相は沈黙したままだった。


年が明けて昭和十三年一月十一日、御前会議がひらかれて支那事変処理の根本方針が決定された。国民政府が和をもとめてこない場合は、以後交渉相手とせず、新政権を育成することになった。

トラウトマン交渉にたいする中国側の正式回答は、期限の十五日になってもとどかなかった。この事態をうけて同日午前、大本営政府連絡会議がひらかれた。

政府側はすでに国民政府との交渉打切りを決定していた。長期戦を決意したのだ。ところが多田参謀次長が猛烈に反対した。短期間でことを決せず、辛抱づよく国民政府の正式回答を待つべきだというのだ。

「蔣政権を否認したところで、蔣政権が消滅するわけではない。えんえんと戦争をつづけねばならない。あまりにも危険である」

海軍側の伏見宮総長、古賀次長も多田に同調する意見を吐いた。

米内は杉山陸相とともに、もう交渉は無用だとする見解をのべた。トラウトマンの申しいれを蔣は問題にしていない。そんな人間になにを期待するのかというわけだ。

休憩をはさんで午後三時、連絡会議は再開された。二人の皇族が午後は欠席したので、政府側も統帥部も遠慮なくやりあった。

広田外相が発言した。

「長い外交官生活の経験からいえば、蔣介石には誠意がないと私は判断する。参謀本部は外務大臣の判断を信用しないのか」

日本政府の態度は和平交渉というよりも無条件降伏の要求に近かったが、そのことへの言及はなかった。

しばらくやりとりがつづいた。常識ではあり得ぬ事態になった。作戦担当の参謀本部、軍令部が長期戦は自信がないといっているのに、政府側はかまわん、やれと尻を叩いている。国民世論の威圧にたじろいで、首相らは赤い顔で虚勢を張っていた。

意を決して米内は口をひらいた。

「議論が分れるところは、蔣介石政府の真意をどう判断するかにある。統帥側（参謀本部、軍令部）は外務大臣の判断を信用していない。だが、われわれ閣僚は外務大臣の判断を信じている。つまり統帥側は現内閣に信をおいていないわけだ。この重大時期に、統制部に見すてられた政府が一日としてその任についているわけにはゆかぬ。われわれは総辞職する以外にない」

出席者は茫然《ぼうぜん》となった。

敵の首都を陥落させた直後、まさか総辞職が議題になるとはだれも思わなかった。

蔣のまともな対応を待っても、もう手遅れである。南京が陥落してしまったいま、和平条件を以前のゆるやかな内容にもどすのは不可能になった。それをやれば世論が凶暴になるだけだ。

米内は本気で内閣総辞職を期待していた。近衛首相の器量ではとてもこの難局を乗り切れまい。指導力を発揮できないまま長期戦の泥沼に国を引きずりこむだけだろう。

盧溝橋事件以来、近衛は陸軍の暴走体質に手をやいていた。しばしば風見章《かざみあきら》書記官長を米内のもとへ使者によこして、陸軍をなんとかおさえたい、どうすればよいかと相談をもちかけてきた。

戦火が上海におよんでからは、近衛が内閣を投げだしたがっている気配は、たびたび伝わってきた。それなら良い機会ではないか。だれを後継者にという腹案があるわけではないが、近衛よりも適当な人材は何人かいるはずだ。無責任といわれればそのとおりだが、海相の重責から逃れたい気持は米内にもある。

だが、総辞職ときいて、多田次長は奮然と背すじをのばした。

「明治天皇は、いかなる困難に直面しようと朕《ちん》に辞職はないとおおせられた。ところが政治家は難局にぶつかると、すぐに辞職をもって逃れようとする。海軍大臣、この国家非常の時期に総辞職とはなにごとですか。難局を正面から受けとめて適確な指示を出すのが、あなたの責務ではありませんか」

多田は声をふるわせ、涙を流した。

それはそれで正論である。だが、統帥部に信任されない内閣は辞職するしかない。

会議は休憩になった。出席者一同はそれぞれの思いを抱いて部屋を出た。

米内はこのとき思いがよそへ飛んでいた。石原前第一部長のことが頭にうかんだ。盧溝橋事件が拡大し、日本軍が北京天津地区を制圧したとき、石原は満州との国境線まで兵を引いて蔣介石と和平交渉をするべきだと主張してやまなかった。「世論」の不評を買ったにちがいない提案だった。反対多数でつぶされたが、石原がもし参謀総長だったら撤兵を断行したにちがいない。世論の袋叩きになっても、右翼に生命を狙われても、石原はやってのけただろう。

蔣介石はへたに日本と講和すると、国民の怒りにふれて政権を追われる。それが怖くてあくまで抗日戦をつづける気でいる。

日本政府は弱腰の講和が世論の袋叩きになるのを恐れて、あとへ引けずにいる。

日中双方の政府が世論を気にして和平を実現できずにいるいま、米内は石原という男の凄みがよくわかった。保身の念、権力欲、名誉欲。人のもつさまざまな私欲を乗り越えて、ひたすら国益を念頭においてくだす決断が、真に価値ある決断というものだ。

石原はそれができる男だった。上海海軍特別陸戦隊を撤退させ、居留民の財産の肩代りをしても、「戦争よりは安くつく」とさけんで陸軍の派兵を拒もうとした。だが、結局彼も追放された。打倒支那の世論におびえた積極派の連中に職を追われてしまった。

戦うだけ戦って彼は去った。口惜しかったろうが、胸中はさっぱりしていたにちがいない。石原にくらべて米内はどうだったか。戦争を拡大すまいと努力はしたが、上海から陸戦隊と居留民とともに引きあげるような離れわざはできなかった。いや、思いつきもしなかった。「世論」の圧力が、胸の奥にまでしみこんでいたからにちがいない。

事変を拡大しないためには、陸戦隊と居留民を引きあげて、陸軍の派兵をもとめないほうが明らかに良かった。渡洋爆撃もやるべきではなかった。だが、和平を徹底追求すれば米内は「世論」の袋叩きになり、海軍を追われたにちがいない。いや、右翼に殺されていたかもしれない。

やらなかったおかげで米内は生きのびた。おかげでうしろめたさが残った。米内はだれにも責められていない。だが、それで良しとは思えない。米内が米内を責めている。上海海軍特別陸戦隊が危機にさらされたとき、陸軍の派兵をもとめずにいられるのは鉄人だろう。米内は鉄人ではない。血も涙もたっぷりある岩手の男だ。

だが、国の舵《かじ》とりをする者には、鉄人にならねばならぬときがあるのだ。欲も情念も善悪の念もかなぐりすて、人間の限界を超えた境地に立って決断せねばならぬ局面がある。

米内は鉄人どころか煩悩《ぼんのう》のかたまりである。それでも一歩でも鉄人に近づかねばならない。それが閣僚の責任というものだ。多田次長には痛いところを突かれた。どんな難局に直面しても閣僚は正面から対峙《たいじ》して、無心になって決断をくださねばならない。

和平条件をもとにもどしてでも講和交渉をやりなおせと多田はいいたいようだ。「世論」を恐れぬ勇気ある主張である。陸軍にも鉄人に近い男はいる。

だが、まだ交渉の余地ありとする彼の判断は正しいのかどうか。情報によれば蔣は武漢の守りを固めつつある。以前、南京の陥落は中国の敗北を意味しないとの声明を発してもいた。日本軍はわが術中にはまったと会心の笑みをもらしながら長期戦を準備中なのではないか。

条件を緩和すれば蔣が和平交渉に応じるとなぜ判断できるのか。そのあたりを多田にたしかめてみるつもりで、米内は夕刻再開された連絡会議に出席した。多田の返答しだいでは、蔣の正式回答を待つことに意見を変えてもよいつもりだった。

ところが多田の態度が変っていた。休憩中に参謀本部内で課長らと相談したところ、

「近衛首相は事変が拡大複雑化したので、困惑して本気で総辞職の機をうかがっているらしい。ここでわれわれがゴリ押しして総辞職に追いこめば、統帥部は非難にさらされる。政府と統帥の不一致が世界に知れわたるのも、国益にとって大きなマイナスだ。われわれの信念は曲げないが、対国民政府問題の処理は政府に一任すべきではないか」

との意見が大勢を制したのだという。

多田と議論して問題を煮詰める気でいた米内は拍子ぬけしてだまりこんだ。総辞職を提

案したのが、裏目に出てしまったのだ。石原以来、唯一の勇者だった多田も、結局「世論」の圧力をはね返すことができなかった。

蔣政権を否認し、北京で発足した王克敏政権を中央政権に育成して日中間の数々の問題を解決してゆく――近衛総理の方針が、いまは日本政府の方針と決定した。

「きみの信念には敬意を表するよ。事態がここまできていなかったら、おれも立場を同じにできたんだが」

会議のあと米内は多田次長に声をかけた。

「大臣の胸中はよくわかります。しかし、こうなったら打倒蔣介石でやるしかありません。一日もはやく事変をかたづけなくては」

多田は感性ゆたかな目をした、秀才らしい細面《ほそおもて》の人物である。

張作霖《ちょうさくりん》爆殺事件の河本大作《こうもとだいさく》大佐の義弟だときいていたが、豪傑肌の河本とは正反対の思慮に富んだ怜悧《れいり》な男のようだった。鉄人を目ざしている男の顔だ。米内は文句なく親しみを感じ、酒席をともにしたいと思ったが、なかなかそんな機会はなかった。

翌一月十六日、政府は有名な「国民政府ヲ対手トセズ」声明を発表した。

「――然《シカ》ルニ国民政府ハ帝国ノ真意ヲ解セズミダリニ抗戦ヲ策シ、内ハ人民塗炭《トタン》ノ苦シミヲ察セズ外ハ東亜ノ和平ヲ顧ミルトコロナシ。

ヨッテ帝国政府ハ爾後《ジゴ》国民政府ヲ対手トセズ帝国ト真ニ提携スルニ足ル新興支那政権ノ成立発展ヲ期待シ、コレト両国国交ヲ調整シテ更生新支那ノ建設ニ協力セントス——」

首都が陥落したとはいえ、現在中国には国民政府に代る強力政権はない。共産党は延安《えんあん》に追いこまれ、ソ連の援助でかろうじて存続しているだけだし、北京で発足した親日政権、南京で発足するはずの親日政権が中央政権に育つのは何十年さきになるのか見当もつかない。その現実を視野にいれないこの声明のおかげで日本は以後和平交渉の相手をうしない、蔣介石の望む長期戦に引きずりこまれることになる。

第一次近衛内閣の一員として米内も、「蔣介石を相手にせず声明の片割れ」という非難を甘んじて受入れねばならなくなった。

四月一日、国家総動員法が公布された。

非常時においては政府が労働力、物資、不動産、施設、商取引、物価、出版、投資などすべての産業活動を管理するという法律である。平時にもそれに準じる権限があたえられ、企業に補助金を出したり、利益を保証したり、損害を補償したりできるようになった。

国民生活は窮屈になった。燃料節約のため銭湯の朝湯が禁止され、街には木炭バスが走りはじめた。白米食が規制され、犬猫の肉を挽肉《ひきにく》にまぜて売った全国の肉屋が摘発された。皮革やゴムの統制で下駄ばきが奨励され、パーマネント髪が白眼視された。大阪では結婚式で「高砂《たかさご》」の代りに「愛国行進曲」が合唱されたりした。「戦地の兵隊さんのご苦労を思いなさい」が子供を叱る常套句《じょうとうく》になった。

このころ関東軍参謀長東条英機中将は、参謀副長石原莞爾少将と抗争をくりひろげていた。

盧溝橋事件の約三カ月後、東条がチャハル遠征から新京（旧名長春《ちょうしゅん》）にもどる直前に、石原は参謀本部を追われて新京に着任していた。自身の建設した満州国の強化、発展につくす意気ごみで、みずから望んで満州へやってきたのだ。

「いやあ、新京は発展しましたな。こんな近代都市は日本にもない。独立後五年でここまできたとは、日本の底力も大したものだ」

最初、石原は東条にたいして予想以上に愛想がよかった。

東条は気をよくした。チャハル作戦の成功に石原が讃辞を呈さないのは不満だったが、おもてには出さず、副官に命じて宿舎や女中を手配させたりした。

だが、石原は満州国の現状に不満のようだった。「五族協和《ごぞくきょうわ》」「王道楽土《おうどうらくど》」をスローガンに石原は満州国を発足させた。日、満、漢、鮮、蒙の五族が平等の立場で、協力して独立国家を発展させてゆく構想だった。

ところが実際には満州国は日本の傀儡《かいらい》国家でしかなくなっている。どの役所でも主要ポストは日本人が独占し、他民族の管理職はお飾りにすぎない。日本人は他民族の役人の数倍の給与を支給され、快適な官舎住いである。民間企業でも事情は同じだった。デパートや商店街の買物客の主流は日本女性である。阿片《アヘン》売買などを裏稼業にする者も多い。

現地人の暮しぶりは建国まえとあまり変っていなかった。彼らの住む町は多くがスラムである。街のインフラは整備されたが、現地人を吸収するだけの産業がない。苦力《クーリー》や土工など最下層の労働者がほとんどであり、失業者も数多くいた。

建国にあたって石原は実質的な政党である満州国協和会を発足させ、政府と一体になって建国の理想の実現にあたらせようとしていた。小沢開作《おざわかいさく》（指揮者小沢征爾《せいじ》の父）ら石原の理想に共鳴する満州青年同盟の幹部が協和会の主体となり、官民一体となって成長をとげてゆく計画だったのだ。

協和会の基本単位は地域ごとの分会であり、各地の行政機関ごとに本部がおかれていた。分会代表による連合協議会が国民の声を吸いあげる重要機関となるはずであった。

ところが協和会はただの官製団体になりさがっていた。発足当時の幹部は排除され、関東軍の息のかかった日本人が各分会の代表になってこの国の傀儡化をはかっている。しだいに石原は東条参謀長批判をするようになった。東条は君主になったつもりで満州に軍政を敷いている。いったい正気なのか。

十月初めのある日、参謀会議がひらかれた。満州の冬は寒く夏は暑い。この日はすさまじい残暑の日だった。

几帳面《きちようめん》な東条はきちんと軍服を着こんでいる。参謀らも見習って軍服姿だった。

石原は最初から上衣の釦《ボタン》を二つはずしていた。会議がすすむにつれ三つ四つと釦をはずし、ついには上着をぬぎシャツ姿になった。形式にこだわる東条へのあてつけである。東条が怒ったら、一戦まじえる覚悟でいるのはたしかだった。

東条は癇癪玉《かんしやくだま》をおさえて見逃していたが、やがて強烈なしっぺ返しに出た。

「石原少将の着任にあたって参謀長と参謀副長の職務権限をはっきりさせておく。石原参謀副長には作戦、兵站《へいたん》関係で参謀長の補佐役に徹してもらう。満州国関係の業務は参謀長の専管事項として私が処理する」

満州建国の最大功労者である石原を、遠慮会釈もなく国務から切りはなしたのだ。

関東軍司令官はお飾りにすぎない。参謀長と副長の職務分担をきめる権限は参謀長にある。

東条は統制と秩序とに至上の価値をおいて関東軍をひきいている。どんな功労者だろうと、統制に服させずにはおかない。満州国にたいする石原の構想がどうあろうと関心はなく、石原が東条にしたがうか否か、東条に奉仕するか否かだけが問題だった。

会議で石原は沈黙をまもった。のちに参謀長室へいって談じこんだ。

「満州国は関東軍の内面指導がやかましすぎて、健全な発展ができずにいる。これではいけない。建国の精神に立ち返るため、関東軍は内面指導をやめ、協和会に国家の運営をまかせるべきだ。満州国は日本の属国ではなく、五民族の共和国でなければならない」

きいていて東条は失笑した。

なにを青臭い理想論をほざいているか。満州国は日本の属国ではないか。ほかにどんな存在理由があるというのか。

「まあ意見としてきいておこう。しかし、満州国の指導は私の権限である。私の考えどおりにやらせてもらう」

満州国の国政は参謀長の権限ではなく、じつは司令官の権限なのである。関東軍司令官は、日本の全権大使もかねていた。東条は参謀長が実権を握っている関東軍内部の現状を満州国の関係にそのまま反映させていたのだ。

もともと石原は陸軍の政治関与に反対である。軍人がテロやクーデターの可能性をちらつかせて政治を動かしにかかる日本の現状を憂えて、アメリカ合衆国に似た健全な共和国を満州に建設しようとしていた。ところが満州国へきてみると、軍人の政治介入は日本の本国よりもはるかにおおっぴらである。

東条参謀長は満州国国務院総務長官星野直樹《ほしのなおき》、満鉄総裁松岡洋右《まつおかようすけ》、日産コンツェルン総帥鮎川義介《あゆかわよしすけ》、産業部次長岸信介《きしのぶすけ》と「二キ三スケ」と呼ばれる連携関係をつくり、軍と官僚の支配する全体主義国家を建設していた。

東条らが具体化しつつあったのは、かつて石原が満鉄調査部ロシア班の鬼才宮崎正義《みやざきまさよし》らを起用してつくった「満州産業開発五カ年計画」である。だが、それを具体化するには、石原のブレーンはまだ力不足だった。

東条は商工省工務局長だった岸を満州国の高官に招き、鮎川を助けて満州重工業開発株式会社を発足させ、星野や松岡を動かしてともかく「産業開発五カ年計画」を軌道に乗せた。満州国の各部（省）では体裁《ていさい》をたもつため満人や漢人をトップに据えたが、次長である日本人が実権を握って行政を切りまわしていた。東条の政治手腕はなかなかのものだったのだ。

新京は植民地化がすすんでいたが、地方にはべつの問題が山積していた。

北満など日本の移民が入植した地方の農民は、日本人を入植させるための土地を、政府に強要されて手放さねばならなかった。荒地は多いが、耕作して収穫を得るまでには数年かかる。とりあえず日本移民を生活させるためには、政府が農地を買いあげて分配し、耕作させる以外に道はなかった。

適正価格ならゆるされる。だが、満州国政府は関東軍の威力をかさに安く買い叩いてばかりいた。暴動の起った地域もあるが、関東軍に鎮圧された。土地を失った農民は都市へ流れこみ、都市労働者と仕事を奪いあう。あらゆる矛盾が関東軍の強圧によっておさえつけられているのが現状である。

日本人の横暴ぶりは各所で目についた。神州の民は虎の威を借るキツネだった。

「こんな程度の民族かね。大和民族は」

石原は身近な者にボヤくようになった。

「内地で食いつめた邦人も多いですからね。ガラのわるいのもいます」

いわれて石原は苦笑する。

石原自身が食いつめ者の一人なのだ。

そんな会話を副官らから伝えきいて、東条はせせら笑った。

「五族協和だとか、石原はきれいごとばかりいう。あれでは使いものにならんよ。現実はそんな甘いもんじゃない。今回の事変では、彼は中央で完全に浮いていたそうじゃないか。当然だよ。石原は子供っぽいんだ」

石原の描いた五カ年計画を軌道に乗せてやったのはおれだ、おれの流儀に文句はいわせないぞという意識がある。

満州国は日本の傀儡国家だ。日本人が支配し、日本のために役立てる。そこにこそ存在意義がある。そのために関東軍が内面指導をする。当然ではないか。なにがわるいのだと東条は思う。しっかり統制し、重工業と農業を発展させ、日本の兵器庫と食糧庫に育てあげる。名実ともに日本をアジアの盟主に押しあげる国力の根源たらしめるのだ。

「日本が支配してはいかん。五族協和によって満州国を繁栄させてこそ日満支が一体になる道もひらける。いまのままでは支那は日満を永久に受けいれないだろう」

石原のそんな発想は、東条にとってはあまりに非現実的だった。

満州国関係の業務だけではなく、軍事、兵站の業務に関しても、東条は石原にこれという仕事も権限もあたえなかった。へたに働かせると石原は獅子身中《しんちゆう》の虫となる、虫どころか爆弾になる――。自己防衛に長《た》けた東条は正確に石原を観察していた。

石原は公然と東条を批判して歩いた。

「目さきのことしか見えない威張り屋だな。参謀長どころかありゃ東条上等兵だ」

それが東条の耳に入った。

ぶった斬ってやりたい、と東条は思った。

翌年の五月、東条が陸軍次官に就任して帰国するまで二人はろくに口をきかなかった。


近衛声明のあと、陸軍は支那事変の短期解決をあきらめ、長期戦に方針を変えた。

南京攻略後日本軍の進撃が停止したのを見て、国民政府は日本軍の戦力が消耗し、攻撃作戦をつづける余力を失ったものと判断した。そこで華北、華中の中間にある徐州に四〇万の大軍を集結させ、日本軍を殲滅《せんめつ》して海岸方面へ撃退すると大喧伝をはじめた。

大本営はこの敵を撃滅することが敵の抗戦意欲をくじくのに有効と判断し、四月七日、徐州進攻作戦を発令した。

北支那方面軍（第一軍二個師団、第二軍二個師団、寺内寿一大将）が華北から南下、中支那派遣軍（二個師団、畑俊六《はたしゅんろく》大将）が南京から北東へ進撃し、徐州付近で中国軍を包囲、撃滅する大作戦である。

作戦はほぼ順調に進行した。だが、四〇万名の中国軍をわが六個師団、一二万名で包囲するのは無理である。五月十九日、わが軍は徐州を占領したが、ほとんどの中国軍の脱出をゆるし、戦果は意外に小さかった。

徐州作戦のさなか、近衛首相は内閣改造を実施した。

支那事変の拡大に苦慮して、近衛はたびたび辞意をもらしていた。軍事が政府の意向にかまわず進行し、政戦両略の一致しないのがおもな原因である。大本営が設置されたが、構成員は陸海軍の統帥部門の要員にかぎられ、首相は出席できない。

近衛はそこで大本営政府連絡会議を設けた。だが、政府の意見は生かされない。おまけに「国民政府ヲ対手ニセズ」の声明が国の内外から不評を買っている。近衛はいや気がさして辞意を固めたが、木戸《きど》内府や西園寺公爵に制止されて内閣改造に踏み切ったのだ。

杉山陸相、広田外相、賀屋蔵相を近衛首相は更迭した。杉山は軍の内状を政府に伝えないし、軍部内の動きによって平気で前言をひるがえす男である。広田は近衛の支えにならず、軍部にたいして弱腰である。賀屋は若く万事に経験不足だった。

軍部が強力なので、陸相の更迭はきわめて難しかった。近衛は家柄を武器に閑院宮総長さらに天皇を味方につけ、やっとのことで杉山の追いだしに成功したのだ。陸軍は後任に梅津美治郎次官を推《お》したが、近衛は拒み、前第五師団長の板垣征四郎の起用をきめた。

板垣は石原莞爾と組んで満州事変を起し、満州国を建設した。彼なら石原と同様、全面撤兵、事変の早期解決を主張し、陸軍をおさえて和平を実現してくれるだろうと期待したのだ。じっさい陸軍の無統制ぶりは目にあまった。徐州作戦の実施も、中支那派遣軍や北支那方面軍の強硬な主張を、参謀本部がおさえきれなくなったからである。

杉山と梅津次官は、他人に動かされやすい板垣を近衛が思いどおりにあやつる気でいると深読みした。そして、板垣の監視役として東条英機の次官起用を思い立った。

東条は杉山、梅津と同じ新統制派で、気脈をつうじあっている、律儀で軍律をよく守り、権力志向も強かった。どう動くかわからぬ大臣の監視、制御役として適任である。東条を次官に据えるなら陸軍は板垣の陸相起用に同意する――杉山、梅津は近衛にそう返事をした。

内示をうけて東条は勇んで帰国した。

「板垣は人が好い。部内の大勢に乗ってどちらへでも動く男だ。張り番をたのむぞ」

杉山、梅津にいわれて、東条は自分がなにを期待されているのかを知った。

統制に服さぬ者は、大功労者石原莞爾さえも干しあげてきた自信がある。上司であっても板垣のほうがはるかに御《ぎょ》しやすい。まして板垣と東条はともに盛岡藩士の子孫である。チャハル作戦で協力しあい、親しくなってもいる。対立せず、盟友としてやっていける人物であるはずだ。

近衛は文相に荒木貞夫《あらきさだお》を起用した。さきに末次を内相にしたのと同様の流れで、皇道派の復権をはかりたい意向のようだ。

改造の目玉は広田外相に代る宇垣一成《うがきかずしげ》の外相就任である。宇垣は対支協調論者で、中国国民政府の上層部に親しい友人が何人もいた。陸相経験者なので陸軍のおさえもききそうだ。国民政府との直接交渉、イギリスの仲介の交渉による二本立てで、宇垣は支那事変にけりをつけるだろうと近衛は期待していた。

この時期、米内は海相に留任して、新しい大きな課題に直面していた。日独伊三国同盟を締結しようと陸軍が申しいれてきた。断固反対の方針で折衝にあたっていたのだ。

一昨年の秋、日本はドイツと防共協定をむすび、昨年イタリアが協定に加わった。日独伊はいずれも国連を脱退し、英米仏の主導する「持てる国々」による世界秩序の外にあった。三国はアジアとヨーロッパにそれぞれ新秩序をつくろうとしている。支那事変の拡大につれて日本陸軍はドイツとの提携強化を望むようになった。ドイツが西側からソ連に脅威をあたえてくれれば、ソ連は満州へ進出してくる余力がなくなる。

ドイツのほうも同じ望みを抱いていた。

昭和十二年秋、ヒトラーは自国の首脳会議でこんごの国策を説明した。そのさい、日本と友好関係を築くべきだと言明した。ソ連を牽制するうえで、またイギリスのアジア権益をこれ以上太らせないためにも日本は有用な国だと見ているのだ。

以後、ドイツはあからさまに日本へ接近をはかるようになった。

リッベントロップ外相はベルリンでたびたびドイツ駐在武官の大島浩《おおしまひろし》中将と面会し、日独の提携強化について話しあった。

昭和十三年三月、ドイツはオーストリアに進駐し、同国を併合して領土拡張主義を世界に示した。四月一日にはオットー将軍を駐日大使に任命、さらに満州国を承認した。

ドイツは中国に軍事顧問団を派遣し、大量の武器を輸出しながら戦争指導にあたってきた。日本軍が上海で苦戦したのは、たぶんにドイツの入れ知恵のせいだった。

ドイツは一、二カ月のうち中国から軍事顧問団を引きあげ、いっさいの援助を打ち切るといってきた。

提携強化を望むドイツの意向は大島武官から逐一陸軍へ報告されていた。日独伊防共協定を三国の軍事同盟に発展させたいのがドイツの真意だった。イタリアからも、ムッソリーニ首相の同じ意向が伝えられてきた。

陸軍はこれを受けて、首脳会議で検討をくり返していた。ソ連を第一の仮想敵国とする陸軍の立場からも、支那事変の解決につなげるためにも、対独提携の強化は有利だという結論になった。ドイツから具体的な提案はまだない。日本側から具体案を出してドイツの検討を待つことになった。

海軍にも対独提携について検討してほしいと非公式の申しいれがあった。

米内は山本次官と井上軍務局長を呼んで、海軍としての態度を協議した。

「ドイツとの提携強化。とんでもない。いいように利用されるだけだよ」

「いずれ軍事同盟をもとめてくるだろう。冗談じゃない。ヒトラーと組んだら、地獄へ道づれにされるだけだ」

山本と井上は即座にかぶりをふった。

「きみらもそう思うか。おれも同じだ」

米内は苦笑してうなずいた。

あまりに意見が一致して、細部にわたって検討する必要もないくらいだった。

ドイツは「持てる国々」による世界秩序に正面から挑戦しようとしている。

第一次大戦のあとヴェルサイユ講和会議で列国がドイツにおしつけた和平条件はあまりに苛酷だった。

領土の一三パーセントと海外植民地をうしない、東プロイセンは本国から切り離された。保有兵力も陸軍一〇万、海軍一万六五〇〇に制限され、賠償金は一三二〇億マルクという天文学的な巨額となった。

支払いのためにドイツは大インフレに襲われ、大正十二年には一ドルが四兆二〇〇〇億マルクというとほうもない水準にたっした。一般庶民の生活は悲惨をきわめた。

この状況に乗ってナチスは台頭したのだ。第一次大戦後建国されたワイマール共和国は低迷し、ナチスは共産党と衝突をくり返しつつ成長して、昭和八年ついに政権を奪取した。以後は強力な独裁制を敷き、重工業を発達させ軍備を強化、ドイツ復興を目ざしているのだ。

だが、米内らの見立てでは、ドイツの国力はまだ英米にはるかにおよばない。

「デトロイトの自動車工場を見学しただけでアメリカと戦争をやるなんてとんでもない話だということがわかる。ヒトラーは英仏と戦う気でいるんだろう。アメリカが当然参戦するよ。ドイツはひとたまりもない」

山本次官は公言していた。

海軍では陸軍のような向こう意気重視の戦争観が成り立たない。工業生産力、機械の質、技術の優劣がそのまま戦力に反映する。その角度から見ればヒトラーの野望は幻影にすぎなかった。欧州各国はヒトラーの好戦的な姿勢を厄介視して、やくざ者を避けて通るようにドイツの要求を通している。だが、本気で戦争をやれば、一時の勢威を失ったとはいえ、イギリスもまだまだドイツに屈しない国力を保有している。陸軍はドイツとの提携に大乗り気である。ドイツとの軍事同盟はソ連の脅威をかなりの程度弱めることができるからだ。

海軍部門にもドイツとの提携に賛成する者がしだいに多くなった。ドイツは一見日の出の勢いにあるから、眩惑される者がいてもふしぎではない。だが、米内、山本、井上のラインは断固としてそれら付和雷同の徒をおさえこむ決意でいた。陸軍からたびたび日独同盟について協議の申しいれがあるが、三人とも応じないようにしている。

そんなときに内閣改造がおこなわれ、新陸相に板垣征四郎の就任がきまったのだ。

「そうか。板垣の征コが陸軍大臣か。たいしたもんだな、盛岡中学も」

入れ代りだが、盛岡中学の後輩である板垣と同じ内閣につらなることを、とりあえず米内はよろこんだ。

だが、腑に落ちなかった。近衛首相は事変の早期解決を焦っているが、板垣はむしろ蔣政権の徹底撃滅論者のはずだ。人物が豪放磊落《ごうほうらいらく》で実行力はふんだんにあり、部下には慕われるが、一国の陸軍の頂点に立つほどの識見や判断力に富む男とは思えない。

「いやいや、彼も関東軍参謀長や師団長をやって、勉強して一皮むけたんだろう。すくなくともこれで陸軍と話がしやすくなった」

米内は自分にいいきかせた。岩手のためにぜひそうあってもらいたい。

六月十六日、新任の板垣陸相は五相会議において「支那事変指導についての説明」をおこない、陸相方針を明らかにした。現在の陸軍の方針を継承するというだけのなんの新味もない新方針だった。

米内がひそかに唸《うな》ったのは、つぎの条項を板垣が読みあげたときだった。
一、外交は英米との協調よりも、日独伊の防共機軸の強化に重点をおく。
日独提携に反対する海軍および外務省にたいする露骨な挑戦であった。この調子では板垣と大喧嘩せねばならないだろう。

宇垣新外務大臣がつぎに立って、対英米協調の必要性を語り、中国にたいする和平条件を緩和するべきだと説いた。

板垣新陸相がただちに反対意見をのべた。

「そりゃなりませぬ。日支国交調整の理想はあくまで堅持せねばならない。わが軍は勝利しているのです。支那はやがては東亜の盟友となり、ソ連、イギリスに対抗して共同戦線を張らねばならない。支那問題の根本的解決は、このときにおこなえばよい」

事変の早期解決のため板垣を陸相に起用した近衛はまったく当てはずれだった。

陸相就任の内示をうけたときは、事変の早期解決をはかる近衛の方針を板垣はうけいれていた。だが、帰国して陸軍中央部の鼻息にさらされて、あっさり宗旨《しゅうし》替えしたらしい。杉山や梅津が見立てたとおり、板垣は陸軍部内の大勢に乗って、どちらへでも動く男だったのだ。

会議のあと、板垣が米内に挨拶にきた。

板垣にはまだ前線の匂いがする。中国の黄砂がしみついたように、日灼けした顔がいくぶん黄色がかって見えた。

「米内さん、十九日の県人祝賀会には出てくれるでしょうな。当てにしていますよ」

板垣は笑って頭をさげた。

六月十九日、板垣の陸相就任を祝う県人会が、小石川植物園でひらかれるのだ。

「ああわかった。かならず出席するよ」

うなずいてみせて米内は部屋を出た。

朝から雨が降りつづけて、首相官邸の庭の巨木が雨に逆らって肩を怒らせていた。

六月十九日、県人会は既述のとおり、板垣の就任を祝い、陸海相がともに盛岡中学のOBであることをよろこびあった。

東条、米内はともにいまから負わねばならない責任の重圧のことはさておいて、お気楽な一般国民の祝賀と激励に身をゆだねて、快い一日をすごしたのである。

巣立ち

朝五時に米内光政は起き、母、姉とともにメノコめしの朝食をかきこんだ。メノコめしとはこまかく刻んだ昆布をまぜて炊いためしのことだ。日によって麦や大豆も加わる。奥羽地方の低所得層の家庭では、白いめしはめったに食べられない。

やがて光政は鞄を肩にかけ、柔道着をかついで家を出た。盛岡中学の制服制帽姿で、高下駄を鳴らして学校へ向かう。

街はまだ目をさましたばかりだ。野菜や山菜の行商をする女たち、納豆売りの老人、新聞配達の少年がちらほらゆききする。

「いま光ちゃんが通ったよ。起きれ起きれ」

毎朝きまった時間に通学する光政を、時計代りに利用する主婦もいた。

空気が澄みわたり、かすかに若葉の香りをふくんでいる。通りはスズメの鳴き声がにぎやかだった。盛岡駅へ向かう駅馬車のラッパの音が朗《ほが》らかに通りを流れる。

明治三十年。光政は四年生だった。ことし盛岡中学では正式に柔道部が発足した。毎朝、道場で朝稽古がある。一度も休んだことはない。

中津川《なかつ》の中ノ橋《なかのはし》をわたり、盛岡城跡を左に見てしばらく歩く。石垣の切れたあたりに御田屋清水《おたやしみず》と呼ばれる細長い池がある。澄んだ湧き水の池だ。

池のはたの石畳のうえに数人の裸の男が立って冷水摩擦をしている。大声で話しあいながら、濡れた手拭《てぬぐい》で体をこすっていた。営林署、消防署、警察などの職員が多い。二十代、三十代の血気さかんな男たちだ。ほとんどの者が剣道、柔道、相撲などの朝稽古にいまから出向くのである。

光政も制服をぬぎ、ふんどし一つになって石畳のうえに立った。先着の者たちにかるく会釈してから、手拭を池にひたし、濡れ手拭で体をこすりはじめる。

光政は身長一七八センチ、体重八二キロ。堂々たる体軀《たいく》である。二十代、三十代の男たちにまじっても、引けをとらぬどころか目立つくらいだ。

「光政くんよ、卒業したらうちサこねか」

柔道部や相撲部のある役所からしばしば声をかけられた。

「はあ。考えてみるス」

ぼそりと光政は答えるだけだ。

光政の無口はここでは知られている。表情がつねに柔和なので、返事がなまぬるいといって怒る者はいない。

冷水摩擦を終えて、光政はさっぱりした気分で御田屋をはなれる。中ノ橋通りを越えて北へ向かうと、正面に盛岡中学の校舎が見えた。

白亜の雄大な二階建てだ。白い大きな正門の左右に白い木の柵が立ちならんでいる。正門までの道に沿って桜並木がつづいていた。すぐ南に裁判所がある以外、周辺は江戸時代そのままの侍屋敷の町である。

いやでも盛岡中学は目立った。有能な教師が何人もいて、奥羽地方でも有数の名門といわれているが、その声価にふさわしい風格である。生徒たちは白亜の校舎に誇らかな気分になり、胸を張って道をいそぐのだ。

早朝なのでまだ正門はあいていない。光政は一〇〇メートルばかり右手の通用門から校舎へ入り、控え所と呼ばれる体育館へ向かった。

控え所のすみに数十枚の畳が敷かれた一角《いっかく》があった。光政らはここを道場と見なし、泛《はん》虚館《きょかん》と呼んでいる。泛は浮かぶの意。幻の道場を意味するのだろうか。三年生になったときから光政は稽古をはじめた。柔道部はまだ愛好者によるクラブにすぎなかった。

校内はしずまり返っている。光政が泛虚館へ入ると、一人の生徒がすでに稽古衣姿で準備体操をしていた。

光政を見ると、その生徒は大声で、お早うございます、と挨拶した。照れたような、困ったような顔である。

またあいつか。光政は苦笑した。二年生の金田一京助《きんだいちきようすけ》だった。光政とは大人と子供ほど体格にひらきがある。光政はすでに茶帯で力量は有段者といわれているが、京助のほうは見るからに初々《ういうい》しい白帯だった。

体力にも技量にも、京助は自信がない。まだ猛者《もさ》たちがでてこない早朝を狙って稽古にやってくるのだ。しばしば光政と鉢あわせする。二人きりのとき光政はこのひ弱な下級生を稽古相手にせざるを得ない。

光政は稽古衣に着替え、準備体操をしながらしばらく待った。

だが、だれもあらわれない。光政は京助と稽古をすることにした。

「でははじめるか、金田一よ」

なるべくやさしく光政は声をかける。

「はい。よろしくお願いするス」

恐縮しつつ京助は光政の巨体と向かいあう。投げられるのが怖いわけではない。光政に気を遣わせるのが心苦しいのだ。

たがいに襟をつかんで機をうかがう。光政はかるく足払いをかける。ついで内股。二、三度くり返したあと、光政は京助の襟をつかんだまま、弾みをつけて自分から横転する。倒れながら掌《てのひら》で畳を叩く。受身の練習をするのだ。はずみで京助は光政のうえで一回転して畳に落ちる。

「うまいぞ。いまの返し、よく切れていた」

うなずいて光政は誉《ほ》めてやる。

首をすくめて京助は一礼する。向こうから倒れてくれたのだとわかっていても、誉められるとうれしい。その代り光政にたいしてますます頭があがらない気持になってくる。そんなことをくり返すうち京助少年の闘志に火がつく。もう萎縮しない。遮二無二《しゃにむに》突っかかってゆく。血相を変えて身をすて、一気に釣込腰《つりこみごし》の大技をかける。おう。光政は声をあげ、派手に宙で一回転して畳に落ちる。

「なかなかやるなぁ。いまのは効いたぞ」

上体を起して光政は真顔でうなずいた。

捨身の技には、仕掛けたのが初心者であっても、けっこうするどい切れ味がある。

京助は心から感謝して一礼する。光政の賞讃がお世辞でないのがわかっていた。おれは強くなった。京助は胸がふくらんだ。光政に揉《も》まれるうち、身をすてて相手のふところへ飛びこむすべをおぼえたのだ。

以来、京助は人一倍熱心に稽古にはげみ、生れつきの虚弱体質を克服した。

後年、金田一京助はアイヌ語の研究を基軸に日本を代表する言語学者になった。長じてからはとくに健康不安にかられることなく八十九歳まで長生きした。米内光政による朝稽古が長寿のもととなったのだろう。

柔道部の生徒がつぎつぎに登校してくる。骨のある生徒をえらんで光政は稽古をつづける。のちに海軍中将となった八角三郎《やすみさぶろう》は同級生で、学業も柔道も好敵手だった。競争意識を燃やして、毎日のように乱どりのペアを組み、投げたり投げられたりをくり返した。

光政の柔道は最初、力まかせだった。

腕力がなみはずれて強い。相手の襟をつかみ、腰を落してかまえると、押されても引かれてもびくともしなかった。だが、それでは柔道にならない。全身の力をぬき、気持もすなおに保たないと、技もかけられないし相手の技に対応もできない。

師範代格の上級生にやかましく指導され、すこしずつ改良をかさねた。いまはコツを呑みこんだ。釣込腰、大外刈《おおそとがり》、背負い投げ、巴《ともえ》投げ。すこしも強引でなく大技をきめる。

巨体のせいで一見鈍重に見えるが、技をかける瞬間の動きはだれよりも速い。

一日一日強くなってゆく実感が光政にはあった。胆力も一日一日すわってくるようだった。

光政は口べたで議論は苦手である。いい争いはなるべく避ける主義だった。だが、柔道で自信がつくにつれて、議論のときもおちついてことばをえらべるようになった。授業中とつぜん指名されても、教訓でヘマをやっても、もううろたえることはない。

男の度胸や勇気は結局のところ格闘の能力にゆきつくところが大きい。柔剣道が何段だろうと現実の暮しにはたいして役に立たない時代になったが、そこでつちかわれた精神力はあらゆる争闘において男の支えになる。意見の衝突で火花の散る場面でも、双方の学識や知見に大差がなければ、腕におぼえのある者が優位に立ちやすいのだ。

毎日、光政は柔道にはげんだ。流行《はや》りはじめた野球でも長打を連発して学校中に名を知られていたが、まだ野球部は設立されていないので、熱中しようにもできない。

すでに光政は海軍兵学校進学をきめていた。家がまずしいので、進学するには学費のいらない軍関係の学校をえらぶ以外になかったのだ。親友の八角三郎が海兵志望だったのに影響されたせいもある。独露仏による三国干渉でせっかく日清戦争で得た遼東《りようとう》半島を清国に返還させられて、日本中が歯ぎしりして軍備の増強につとめていた時期だった。

昼休みや放課後、光政はときおり盛岡城跡を散策する。同じように城内をぶらついている女学生にしばしば出会った。道ばたの石のベンチに彼女らが腰をおろして、おしゃべりしていることもある。

ベンチにいる彼女らのまえを通るのが光政は苦手だった。こちらにもつれがいれば平気だが、一人のときは気怯《きおく》れする。高下駄をはいた自分の素足が、彼女らにじっとみつめられているような気がするのだ。

「あれ、大きな足だこと。高下駄からハミ出ているよ」

「バカの大足というからね。あの人きっと勉強はだめなんだべ」

そんなことをいわれているようで、光政は顔が火照《ほて》り、背中に汗がにじんでくる。

いつも逃げるように立ち去った。

ある日の夕刻、光政は一人で盛岡城跡に出かけた。北門を入ったところで金田一京助に出会った。京助の家は、光政の家とは反対方向の大沢河原小路《おおさわかわらこうじ》にある。

「お、金田一。いいところで会った。ちょっといっしょにきてけれ」

光政は立ちどまって命令した。

五〇メートルさきのベンチに三人の女学生が腰をおろしている。一人でまえを通りたくない。

「は、なんでしょうか」

京助はけげんな面持でついてくる。

女学生らのいるベンチの三〇メートル手まえで、光政は胸のうちで悲鳴をあげた。まんなかにいる米田《よねだ》しゅんという女学生に以前から想いをよせていたのだ。しゅんは素封家《そほうか》の娘で、たやすく近づける相手ではない。

女学生らは道の右側のベンチにいる。光政は京助の左側にまわって彼を楯《たて》にし、

「いそげ金田一」

いうなり猛烈な勢いで歩きだした。

あわてて京助はあとにつづく。疾風のようにしゅんのまえを通りすぎながら、光政は背中が汗まみれだった。一〇〇メートルも遠ざかってから、光政はようやく歩をゆるめる。

「どうしたのスか先輩。あの女学生たちとなにかあったのスか」

京助はあっけにとられていた。

「いや、なんでもない。ちょっとだけ――」

光政は手拭で汗を拭いた。

デカい足をしゅんに見られたくなかった、などとはとてもいえない。

後年、どこかの料亭で米内光政は芸妓《げいぎ》たちにこの思い出話をしてきかせた。

米内さまにもそんな純情な時期があったのね、と女たちは感に堪えるはずだった。

ところが芸妓らはバカにして笑った。

「なにいってるのよ米内さま。中学生の素足って女が見れば色っぽいのよ。高下駄をはいた素足って、大きいほどグッとくるわ」

「そうなのよ。足に接吻してやりたいわよ。惜しかったねえ米内さま。知らなかったの」

そうだったのか。米内は天をあおいだ。

人生、とかく手遅れである。必要な知恵がつくのは、あとの祭になってからだ。まったく人間はなにも知らないまま大人になるものだと、あらためて米内は感じ入った。

米内光政の先祖は代々為心流の剣道師範として、盛岡藩主南部家に仕えた。菩提寺は盛岡市南大通《みなみおお》りの円光寺《えんこうじ》。初代米内秀政《ひでまさ》以来の家柄で、光政は九代目にあたる。

明治十三年に光政は生れた。父受政《ながまさ》二十二歳、母ミワ二十歳の子である。二つ年上の姉がいた。出生地は盛岡市愛宕《あたご》町だった。

光政の祖父秀政には子供がいなかった。光政の父母はともに養子である。米内家の身分は低いが父受政は上士の出であり、母ミワの実家は家老の家柄だった。二人が米内家へ迎えられたのは戊辰戦争の数年後、明治七、八年のころだったと思われる。

戊辰戦争には祖父秀政が出征した。盛岡藩は執政楢山佐渡《ならやまさど》が天下の情勢を見あやまり、江戸から四国、九州までがすでに九分どおり新政府の傘下に入っているのに、奥羽越列藩同盟に加わって新政府軍と戦った。秀政は佐渡にしたがって勤王の秋田藩領へ攻め入って、それなりの勲功があったらしい。まだ戦争が終らないうちに、藩主から褒美《ほうび》に短銃をあたえられている。

明治元年、盛岡藩は降伏した。楢山佐渡以下数名の責任者の処罰と賠償金七万両の支払いが降伏の条件である。

新政府軍は盛岡に進駐し、盛岡城を接収した。藩は東中務《ひがしなかつかさ》（のちの南部次郎《なんぶじろう》）ら新しい執行部が再建にあたることになった。

盛岡藩は明治元年の末、禄高二〇万石を一三万石に減封され、旧仙台領の白石《しろいし》（宮城県）へ国替えを命じられた。藩士の俸給はこれまでの六割五分に削られることになった。

藩士は代々定住した盛岡の地を、離れなければならなくなった。泣く泣く引越しにとりかかった。敗残の藩はどこもそうだったが、乗り物も食物もろくにない惨憺《さんたん》たる移住だった。

白石へ着いても生活が成り立たない。盛岡が恋しくてたまらない。旧盛岡藩領の領民に連絡して、復帰運動をはじめさせた。必死で明治政府へ陳情をくり返した。おかげで明治二年、賠償金七〇万両を条件に、盛岡復帰がゆるされることになった。

帰国後、盛岡藩知事（旧藩主）の南部利恭《としゆき》は他藩にさきがけて版籍（領地と領民）を朝廷に奉還し、紆余曲折をへて明治三年に盛岡県、明治九年になって現在の岩手県が発足した。

盛岡藩士一五一八名は失業者となった。明治政府は彼ら失業者にたいして金禄公債《きんろくこうさい》（国家の借金証書）を交付し、その利息を生活費に充《あ》てさせるという妙手を打った。

減俸ぶんを差引いて、旧盛岡藩士は平均四八一円の公債を支給された。金利は年八分。米が一石五円の時代に藩士は平均三〇円四八銭の年収を得られるようになった。薄給ながらなんとか餓死は免《まぬか》れたのである。

ちなみに勤王方だった隣藩の秋田藩士は、一人あたり一〇五四円の金禄公債を支給された。岩手県の二倍以上である。藩の指導者が時代の流れを読みまちがうと、藩士がどんなにひどい目にあうかの好例だった。

旧盛岡藩士の多くはそれぞれほかに収入の道をさがす必要にせまられた。高禄の者は公債を担保《たんぽ》に銀行から借金して事業をはじめたが、武士の商法で破産者が続出し、公債はみるみるうちに豪商の手に移った。

米内光政の父受政も、米内家を維持するため苦心惨憺していた。

受政は後年の光政を思わせる白皙《はくせき》の偉丈夫である。良家の出らしくおおらかで、豪放で、面倒見のよい人柄だった。半面、かなりのあそび人で、花街の茶屋などの上客だった。光政の三歳のころ祖父が亡くなり、一家は花街である八幡町《はちまんちょう》へ引越していたのだ。

盛岡は市制が敷かれるまでは、市街地も「村」に区分され、それぞれ戸長《こちょう》がおかれた。受政は若年ながら戸長に任じられ、役場に勤務して将来はさらに大物になると期待されていた。

八幡町へ移った年の暮、盛岡は監獄から火が出て大火災となった。一〇〇〇戸以上の家屋が焼失し、米内家も類焼した。以来、一家は筋向いにある受政の実家の敷地のなかへ居を移し、光政はそこで子供時代をすごした。

父の受政は大火で焼けだされた士族のために義捐金《ぎえん》をつのったり、町の再開発にあたったりして働いた。やがて役場を辞め、士族仲間とはかって植林、養蚕、畜産などの事業を起したが、すべて失敗して無一文になり、実家からの援助も打切られてしまった。

光政が尋常小学校へ入った年、父受政はとつぜん姿を消した。事業の資金ぐりにゆきづまり、第九十《だいくじゅう》銀行に勤務する兄に金策を依頼するため上京したのだ。だが、兄は銀行の幹部でありながら、相場に失敗して破産寸前だった。この父と伯父の血を引いて、光政も生涯、蓄財に縁がなかった。

盛岡へ帰れば父受政は債鬼に追われる。そのまま東京にとどまって、一旗あげる道をさがすことになった。当時東京と盛岡は今日の東京とニューヨークほどの距離感があった。債鬼もちょっとやそっとでは追いかけてこられない。留守宅では、妻のトミ（ミワから改名）が針仕事などでなんとか家計を支えてゆく羽目になった。

三年後、明治二十二年にようやく父受政は帰省した。小学四年になっていた光政は、これで母の苦労も終るだろうと一安心した。この年盛岡に市制が敷かれ、父が初代市長に推されるという話だったからだ。

受政は市議会多数派の自由党の支持をとりつけていた。ところが石井《いしい》省一郎《しょういちろう》知事が反自由党で受政に難色をしめし、維新時の盛岡藩勤王派のリーダー目時《めとき》隆之進《りゅうのしん》の一子敬之《たかゆき》を内務大臣に推薦し、市長に任命してしまった。

「だめだ。知事は岩手県人をいまだに賊徒だと思ってるんだから。勤王の志士の息子をなにがなんでも知事にしたかったのだ」

父の支持者が口惜しがるのを見て、光政は子供心に大きなショックをうけた。

教育勅語《ちょくご》の公布される一年まえだったが、国家神道の教義は学校で叩きこまれている。日本は万世一系の天皇陛下が治める世界でたった一つの国である。天皇の祖先は天照大神であり、今上《きんじょう》天皇は現人神《あらひとがみ》である。だから日本は不滅の神州なのだ。国民はそれを誇りに思い、天皇陛下に忠節をつくすことを最大のつとめだと信じているというわけだ。

生れてこのかた、日本ぜんたいが天皇と国体に至高の価値をおく社会だった。賊藩だった岩手県にも天皇陛下は皇恩をあまねくくだしおかれ、他県といっさい隔《へだ》たりなく県民の忠節を嘉賞《かしょう》されている——光政らはそう教わり、なんの疑念もなく吸収してきた。その教えを否定する大人は一人もいなかった。

だが、父は賊徒と見なされて市長になれなかった。勤王の志士の息子が市長にえらばれた。天皇陛下がわるいはずはない。知事や内務大臣が不公平なことをやったのだ。

父受政は市長になりそこねて、盛岡の生糸商「九福」に役員として入社した。ところが入社して知った同社の内情は、すでに倒産寸前である。まもなく社長が死去して同社は倒産、経営に参画していた受政は莫大《ばくだい》な借金をかかえこみ、しばらく発明に凝って糸車やタバコの葉巻き機械を試作したりしていた。だが、やがて完全にゆきづまり、ふたたび行方をくらましてしまった。

母のトミは急場しのぎに自宅のはんぶんを他人に貸した。ところが家は父の借金の抵当に入っていた。追立てを食って母子三人は近所の長屋に引越した。どん底の暮しになったが、旧藩士でおちぶれたり夜逃げした者はめずらしくない。べつに恥ずかしくもなく光政は日々をすごした。

父がいなくなってから、借金とりがしばしば長屋へやってきた。

「受政はどこにいる。正直に答えろ」

取立屋はどいつもこいつも威丈高《いたけだか》である。

光政は心配でいつも母につきそった。

「申しわけないス。ほんとにおら、なんも知らねえのス。おらも子供たちも捨てられたのス。なんとかゆるしてください」

トミは畳にひたいをすりつける。光政もいっしょに平伏した。

中学生になってからも、年に何度か取立屋はやってきた。留守でないかぎり光政は、母のうしろに正座して控えていた。

一年生のときはまだ取立屋は横柄《おうへい》だった。だが、二年生になると相手はおっかなびっくり凄《すご》むようになり、三年生になるとふつうにものをいうように変った。四年生になると取立屋のほうがむしろご機嫌をとる。光政は巨体になり、柔道の猛者であることは街中に知れわたっていた。

「立派になったねえミツ。母さんは大船に乗った気でいられるよ」

しみじみとトミはよろこんでいた。

三年生まで光政は文学少年だった。だが、四年になると受験勉強に専念した。柔道との両立は大して苦にならない。

明治三十一年、光政は四年修了、五年在籍のまま兵学校を受験した。八角三郎ほか二名が同じ盛岡中学からの受験生である。

志願者は全国で三〇〇〇名以上にのぼった。東北、関東、中部、関西、中国、四国、九州の七地区に分けて試験はおこなわれた。光政ら四人は仙台へゆき、親戚の家に泊る一人をのぞいて小田原《おだわら》町の下宿に滞在した。中学卒業者は英語、数学、漢文だけが受験科目だったが、五年在籍者はさらに地理、歴史、物理、化学、図画までテストされねばならなかった。

試験は一日一科目。結果は二日後発表である。合格点にたっしない者はそこでふるい落される。全科目を終るまで一カ月もかかる。合格者はさらに厳格な身体検査を課せられる。

下宿のめしのおかずはタケノコかチクワのどちらかだった。閉口しつつもがんばりぬき、四名の盛中生は光政、八角ともう一名が合格した。全国で合格者は一三七名である。

賊領出身のハンディはあるにしろ、学問をし大学を出ればだれにでも立身出世の道がひらける世の中になっていた。中央では数多くの岩手人が各界で頭角をあらわしつつある。のちの首相原敬、斎藤実をはじめ後藤新平《ごとうしんぺい》、東条英教、新渡戸稲造《にとべいなぞう》、田中館愛橘《たなかだてあいきつ》、那珂通世《なかみちよ》、原勝郎《はらかつろう》。湧きでるように人材が、社会の上層部を目ざしていた。

明治三十一年十二月、米内光政は広島湾江田島《えたじま》の海軍兵学校へ第二十九期生として入学した。

江田島はYの字のかたちの大きな島である。面積の大部分を古鷹山《ふるたかやま》が占めていた。Yの字の分岐点の内側に兵学校がある。中央に赤煉瓦《あかれんが》、二階建ての生徒館があり、そこを中心とする同心円の円周上に水交館《すいこうかん》、庁舎、教員官舎などが配置されていた。

海軍兵学校はその規模と教育水準の高さで当時すでにイギリスのダートマス、アメリカのアナポリスとならぶ世界三大兵学校の一つにあげられていた。全寮制で通常の一年生、二年生、三年生が三号生徒、二号生徒、一号生徒と呼ばれている。全員が一号から三号までをふくむ八つの分隊に振りわけられて団体生活を送る。

米内は八角とともに第一分隊へ配された。同分隊には盛岡中で一級上だった二号生徒原《はら》敢二郎《かんじろう》がいて、なにかと世話をやいてくれた。

規則ずくめの厳格な教育が課されるものと光政は覚悟していた。ところが校内の空気は明朗活発で、学科も実科もきびしいが、苦しくて音をあげるほどではなかった。食事も充実している。カレーライスを生れてはじめて食べて、美味いので陶然となった。

米内は相変らず口が重い。ゆったりとかまえて激することがない。学業もとくに目立たなかった。米内は課題をテキパキと処理する才子ではなく、論理的にじっくり練りあげて結論を出す頭脳だったので、万事にスピードを重視する兵学校の教室では、実力を発揮できなかったようだ。

そのうえ自分の価値観にそぐわない事柄にはあまり身を入れない。無口なのと体が大きいのとで鈍重、横着ととられる損な面ももちあわせていた。多少の軽侮をこめてグズ政と光政は呼ばれていた。

だが、柔道の力量は群をぬいていた。教官とほぼ互角にわたりあい、三段の免許をうけた。中学時代とはちがって待ちの柔道に変った。辛抱づよく相手の仕掛けを待ち、相手が動いた瞬間つけこんで撥《は》ねあげにゆく。

力まかせに相手をふりまわして隙をつくることはしない。冷静に仕掛けを待って投げ返しにゆく。その瞬間だけ凶暴で向こう見ずな獣となる。勝負がつき、われに返って自分自身に恐怖をおぼえることもあった。白熱するとなにをやらかすかわからない。めったなことで逆上しないよう注意せねばならない。

「牛のように鈍重で、稲妻のように速い。米内は二十九期生の嘉納治五郎《かのうじごろう》だな」

同期生たちは感嘆していた。

一三七名の同期生のうち、米内と互角に勝負できる者は一人もいなかった。

米内はよく本を読んだ。盛岡中のころは一冊の本を三回、じっくりと読むのを習慣にしていたが、兵学校時代にもすくなくとも一回は読み返したはずである。点数かせぎには無《む》頓着《とんちゃく》だった。卒業席次（ハンモックナンバー）は一二六名中の六八番。昇進にハンモックナンバーが終生影響する海軍にあって、とても将来、大将になれる人材の成績ではない。

日本海軍は創設時からイギリス海軍を模範としてきた。

明治四年、新政府は海軍兵学寮（のちの海軍兵学校）の生徒ら一二名を選抜し、海軍の技術、兵術の習得のためイギリスへ派遣した。のちに連合艦隊をひきいて日本海海戦に大勝利をおさめた東郷平八郎《とうごうへいはちろう》もその一員である。

またイギリス海軍はダグラス中佐（のち中将）以下三四名の教官を兵学寮へ派遣して海軍士官の養成にあたった。イギリスがこれほど日本に協力的だったのは、ロシアの対抗勢力として日本を評価したためである。中国に多くの権益をもつイギリスとしては、満州、朝鮮へのロシアの進出を食いとめる必要があった。その点で日本と利害が一致していたのだ。さらにイギリス海軍は、ヨーロッパ海域でフランス、ロシアと緊張関係にあった。いつ戦争になるかわからない。協力国としてイギリスと似た海洋国である日本を、強化育成せねばならなかった。

三年間の兵学校生活で、米内はイギリス海軍の兵制とそれを支える基本精神をよく理解し、脳裡にしみこませた。

日英のような海洋国家は、まず戦争があり政治があとを追う運営では成立しない。海洋国家の国防には強力な海軍が必要だが、陸軍の戦力がおもに兵員なのにたいして、海軍の戦力は艦船の量と性能に左右される。つまり海洋国家の防衛には、大陸国家のそれよりもはるかに金がかかるのだ。だから海洋国家の軍隊は、政治の意向を無視して勝手に戦争をはじめられない。

必要だからといって艦船をむやみに増やせば、国家は破産する。軍令にたいする軍政の優先、軍事にたいする政治の優先は、だから絶対につらぬかねばならない。長期にわたる大規模な国家計画が最初に立てられ、それによって軍備をととのえ、最後に作戦を発動する。陸海軍は政府の手足にならなければ、イギリスのような発展はとても望めない。

ここまではイギリス海軍の模倣でことが足りた。だが、日本には「統帥権の独立」というきわめて特殊な事情がある。陸海軍ともに軍政部門（編制、予算、人事など）が統帥部門（作戦など）をコントロールしにくい仕組みになっていた。

日本の軍隊は天皇の軍隊であり、天皇には陸海軍を統帥（指揮）する権限がある。軍政部門も統帥部門も、あらゆる面で天皇が陸海軍の最高指揮官である。陸海軍大臣は軍政を、陸軍参謀総長、海軍軍令部長は統帥を、それぞれ天皇から委託されて掌握する。

陸海軍大臣はそれぞれ内閣の一員である。ところが統帥部門は天皇と直結し、天皇の指揮、命令によってのみ行動する。政府の指示にしたがわなくてもよいのだ。

日本海軍の場合、軍令部は人事、予算、艦隊の編制などで海軍省にコントロールされるが、作戦の立案、出兵撤兵などは天皇の裁可さえあれば自由に発動できる。海軍省からも政府からも許可をもらう必要はなかった。

「海軍の兵備や作戦に関しては、徹底的な合理主義でのぞまなくてはならぬ。海軍は機械で戦争をするのだからな。だが、精神はあくまで国体第一主義だ。日本の軍隊は創設以来、陛下の軍隊である。陛下すなわち国家である。否も応もない。そうきまっているのだ。われわれは陛下を奉じて戦い、陛下のためによろこんで生命をすてる。そこが合理主義一本槍《いっぽんやり》の欧米の海軍とのちがいだ」

米内らは教官にそう叩きこまれた。

日本海軍がイギリス海軍とちがう最大の点は、万世一系の天皇をいただく点であり、その特異性、神秘性は世界に向かって誇りうる事柄である。海軍は現人神である天皇のご命令によってのみ動く。ほかの何者からの干渉もうけないというわけだ。

イギリスにも王室はある。だが、史上いくつかの王朝の交代があり、現君主はとても万世一系といえない。しかも立憲制の王なので現実の政治に干渉はできない。これにたいしてわが天皇は国務大権、統帥大権などを有し、輔弼《ほひつ》（天皇を支えること）、補佐機関をつうじて大権を行使する。権威と権力をあわせもっている。立憲君主とは重みがちがうのである。この偉大な天皇に統治されているおかげで日本国民は固く団結し、列強の脅威に対抗できる。

小学校から兵学校にいたるまで、どの段階でも教員、教官はそう解説していた。帝国憲法に「統帥権の独立」が導入されたのは、政治家が統帥権を握ると自己の利益のためそれを行使し、新しい幕府を復活させるのではないか、と起草した法学者らが心配したからである。だが、国民はことの意味を知らず「統帥権」の独立は、天皇による日本の統治とならんで不動の真理だとうけとっていた。

明治三十四年十二月十四日、米内は海軍兵学校を卒業して少尉候補生となった。最初の乗艦は練習艦隊の「金剛《こんごう》」だった。三隻で練習艦隊は編制されている。ただちに近海へ出航し、横須賀、室蘭《むろらん》、大湊《おおみなと》、新潟、舞鶴《まいづる》、杵築《きつき》を回航して年末に呉《くれ》へもどった。航海中、甲板に立って潮風に吹かれると、栄誉ある海軍士官となったよろこびで、胸囲がぐんと広がったような気分だった。

正月、米内は盛岡へ帰省した。

母、姉とつれ立って八幡宮へ初詣《はつもう》でに出かけた。海軍士官は私用外出のさい背広を着るのがふつうだが、米内は制服姿だった。少尉候補生は制服着用を義務づけられている。目立つので、行儀よくせねばならないからだ。

体格がよいので、制服を着ると米内は大尉ぐらいの貫禄があった。人々のまぶしげな視線をあびて照れくさかったが、母と姉がうれしそうなので、報われたような気分になる。

何人かの顔見知りに声をかけられた。

「どうだスか光政さん。ロシアと戦争になるのだべか」

余裕の笑みで米内は答える。

「よくわからねス。しかし戦争になっても心配はいらねスよ。海軍はものすごい訓練をしています。あれで負けるはずがない」

米内はそう信じていた。

戦技の訓練では日本の兵学校が世界一だとイギリス人教官がいっているのだ。

二月十九日、三隻の練習艦隊は恒例の遠洋航海に出発した。ゆくさきはマニラ、シンガポール、オーストラリア、ニュージーランドなどである。

冬から夏へ。季節の急変を生れて初めて体験した。白い夏服に着替え、寄港地で南洋の果物に舌つづみを打った。

　この一月三十日、日英同盟が締結されたばかりである。シンガポールでは滞在中のイギリス艦隊から大歓迎をうけた。シドニーでも同じように好待遇だった。

　日本は日清戦争に勝利し、その後目ざましく発展して世界に注目されている。マニラでもシンガポールでもシドニーでもアジア人は下層民あつかいだが、日本人だけは神州の民にふさわしく白人なみに待遇される。

　阿片《アヘン》戦争が終って半世紀あまり、米西戦争が終って約四年。アジアがすっかり白人に支配されているのを候補生らはたしかめた。

「外国の植民地になると、国民はまったく悲惨だな。日本はよくぞ独立をつらぬいた。明治の先勲に感謝しなくてはならん」

「戦争には絶対に負けてはならぬということだな。戦技演習でしぼられる意味がわかったよ。おれたちはどの国と戦争しても勝てる海軍にならなくてはならんのだ」

　市内見物のバスのなかで、候補生たちは殊勝な面持で語りあった。

　遠洋航海が終って、八月二十五日、練習艦隊は横須賀へ帰港した。まもなく米内は一等巡洋艦「常磐《ときわ》」乗組みを命じられた。九九〇〇トン、乗員数六四〇の主力艦である。

　ロシアが朝鮮への進出意欲をあらわにし、鴨緑江《おうりょくこう》畔の資源開発に着手した。

ロシアはさきに日本を脅して清国へ返還させた遼東半島へ進出し、大連《だいれん》、旅順《りよじゆん》の経営に乗りだした。ついでに満州へ進出させた約二〇万の兵員を清国との約束どおり撤兵させない。日本海軍は対露戦争を想定して、日夜すさまじい訓練をつづけていた。

明治三十六年一月、米内は少尉に任官した。まもなく失踪《しつそう》中の父受政から会いたいという手紙がとどいた。

指定された浅草の小料理屋を米内はたずねた。小学六年のとき以来一〇年ぶりの再会である。飲みながら父は待っていた。

「おお立派になったな。たいしたものだ」

制服姿の米内を、父は気圧《けお》された表情で見あげた。

少尉に任官したのだから、ふつうは背広姿で外出する。きょうは父に見せるため、制服姿でやってきたのだ。

ごぶさたしました。米内は両手をついて一礼した。胸をつかれていた。父受政はまだ四十五歳のはずだが、五十代に見える。それなりに苦労したのだろう。

親子で酒をくみかわした。父は社交的な性分だが、家族には無口である。米内のほうは家のなかでも外でも無口だった。いっこうに話がはずまない。話すことが多すぎて、かえってものがいえないということもある。

それでも二人はぽつりぽつり近況を語りあった。父はこの近くの造花屋の二階に間借りして、以前から手がけていた発明の研究中だという。新式の織機、照明器具などを開発したが、ものにならないでいるらしい。

暮しは困窮している。放蕩《ほうとう》癖も相変らずのようだ。自宅に息子をさそわないところを見ると、女と同居しているのかもしれない。それでも父はめげていなかった。

「いま手がけている発明が一つ当れば、あらゆる問題がすぐ解決するのだ。なんも、心配することはねえよ」

酔って父は気炎をあげはじめた。

相変らずだな。米内は苦笑した。非難がましい気持にはならない。懸命に足掻《あが》きながら父はまだ陽の目を見ていないだけなのだ。

親をえらぶわけにはいかない。うだつのあがらぬ父をもったということは、そんな星のもとに自分が生れたということだ。男なら笑ってうけいれるしかない。

「盛岡に帰られないのであれば、お母さんを東京サ引きとってやれよ。ずっと一人であんたを待っていたんだから」

父に注文するのはそのことだけだ。

姉のヒサはおよそ十年まえに嫁ぎ、母は盛岡で一人暮しをしている。米内は母が心配でならない。いつロシアと戦争になり、出征するかもしれないのだ。

「な、そうしてけれ。引きとってくれるのだば、おらもすこしは力になるから」

身を乗りだして米内はせまった。

父は目を大きくして米内をみつめた。

息子が出征を控えた身であることに、やっと気づいたらしい。

「わかった。ミワのことは引きうける。嬶《かか》ア一人ぐらいなんとか養ってやるから」

父はすわりなおして、胸を一つ叩いた。

身辺整理の必要があるので、きょうあすというわけにはいかない。だが、おそくとも春までにはきまりをつけるという。

母ミワは改名していまはトミである。不運つづきなので名を変えた。説明するのがめんどうで、米内はそのことをいわなかった。

「良かった。これでもう後顧の憂いはない。お父さん、きょうは大いに飲もうぜ」

父子はともに腰をすえて飲みはじめた。

係の仲居があきれるほど何度も呼びつけて、銚子のお代りを命じた。

米内光政が盛岡中学の体育館で金田一京助に稽古をつけていた時期、東条英機は東京の城北中学《じょうほく》の一年生だった。

城北中学は飯田橋《いいだばし》にある。英機少年は豊多摩郡《とよたま》大久保村《おおくぼ》の自宅から通学していた。家から学校まで一里半ほどある。往復とも英機少年は徒歩だった。

「おまえは将来軍人になるんだから、人一倍鍛えておかなくてはいかん。片道一里半ばかりの通学に電車やバスを利用するようではとても軍人にはなれんぞ」

「一里や二里の道のりがどうだというのだ。お父さんは数え年十七のとき、盛岡から歩いて東京へ出てきたんだぞ」

小学校のときから父にいわれてきた。

父は陸軍中佐東条英教。現在参謀本部で「日清戦争史」の編纂部長をつとめ、陸軍大学校教官を兼務している。

父英教は陸大一期生一五名のうち、卒業席次が一番だった。戦術研究では陸軍の第一人者と評されている。日清戦争では川上操六《かわかみそうろく》参謀次長のもとで片腕といわれる働きをし、将来の陸相候補と見られていた。

英機は小学校は学習院初等科だった。家から四谷若葉町《よつやわかば》の校舎までやはり一里以上あった。学習院では馬車や人力車で通学する子供が多かったが、父は断固としてそんな贅沢《ぜいたく》をゆるさない。一年坊主のときから英機は徒歩で通学し、中学生になったいまは鉄道馬車なども まったく利用する気になれない。

学習院中等科へすすまなかったのは、中学一年修了後、東京陸軍地方幼年学校を受験するためだった。万事にのどかな学習院よりも府立中のほうが有利だろうと父母が判断したのだ。

その日、英機が夕刻帰宅すると、家のなかが妙にざわついている。母と二人の女中のほか二人の女が台所で働いていた。

英機には六人の弟妹がいる。上三人が妹、下三人が弟だった。英機は三男なのだが、兄二人が夭折《ようせつ》したので事実上の長男となった。

「どうしたんだ。なにかあったのか」

子供部屋にいた妹たちに英機は訊《き》いた。

「お父さまが昇進されたのよ。大佐になられたの。今夜お祝いをするんだって」

「お客さまが大勢いらっしゃるんだって。南部の若殿さまもお見えになるのよ」

「若殿さまはキンキンという魚がお好きなんだって。岩手の海でよく捕れるそうよ」

妹たちがこもごも教えてくれた。

南部の若殿さまとは旧盛岡藩（南部藩）の当主、南部利恭の嫡男利祥《としなが》である。現在、東京陸軍地方幼年学校在学中で、父英教は南部利恭にたのまれて教育係をつとめていた。

利祥は英機より三つ年上だが、すでに伯爵を継いでいる。頭脳明晰《めいせき》、身体強健で、負けん気の強い少年だった。英教や同郷の政治家原敬らは利祥の将来に大きな期待をよせている。

「そうか。お父さまは大佐になられたのか。すごいなあ」

英機は大きく息を吸いこんだ。

南部伯爵にはさほど関心がなかった。

学習院初等科には華族の子弟が山ほどいた。皇族はべつとして華族が高貴な人種だという意識はない。話をしたことはないが、南部利祥の顔を英機は知っている。彼が家へくるときいても、べつにたいした事件だとは思われなかった。

英機は自室へ入り、寝ころんで少年雑誌のページをひらいた。下校後は一休みし、夕食のあと勉学にとりかかるのが日課である。

幼年学校受験を控えている。勉強は好きではないが、逃げるわけにもいかない。

「英機。いまのうちに勉強しておきなさい。今夜はお客さまが多くて、おちついて本が読めないかもしれないから」

母のチトセがいいにきた。

口やかましい母だった。勉強や礼儀作法、操行《そうこう》などにいちいち注文をつける。怒ると金切声をあげて英機を閉口させるのだ。

「お父さま、大佐に昇進されたんだって。すごいなあ。もうすぐ連隊長だね」

母の機嫌がよくなりそうなことを、英機はいってみた。

「なにいってるの。連隊長なんかよりお父さまたち参謀本部の将校のほうがずっと偉いのよ。陸軍でいちばん頭のよい人たちが配属されるんだから」

笑いながら母はたしなめた。

「参謀本部って作戦を立てるところなんだろう。戦地には出ないんだ」

「そうよ。日清戦争に日本が勝ったのも、お父さまたちが立てた作戦のおかげなのよ。第一線の兵隊さんたちは、参謀本部の作戦にしたがって戦争をするの。師団長だって連隊長だってそうなんだから」

「でも、いちばん偉いのは大将なんだろう。参謀はどうして大将にならないの」

「大将はみんなおじいさんでしょう。年をとらないとなれないの。頭がよくて、年をとって初めて大将になる資格ができるの」

日清戦争のころ、新聞で大きくとりあげられたのは、前線で清国軍と戦った師団、旅団ばかりだった。

第一軍司令官山県有朋大将、第三師団長桂太郎《かつらたろう》中将、第五師団長野津道貫《のづみちつら》中将、第二軍司令官大山巌《おおやまいわお》大将、第一師団長山地元治《やまぢもとはる》中将、第二師団長佐久間左馬太《さくまさまた》中将らの名前はまだ学習院初等科の四年生だった英機の記憶にもはっきり刻みこまれた。彼らは朝鮮や北支の山河を縦横に駆けまわり、清国軍をさんざんに破った名将、勇将であった。

参謀本部関係では次長の川上操六中将の名前がたまに新聞に載るだけだった。それも平壌《へいじょう》の占領とか旅順口の攻略とかいう大きな戦果とは無縁の記事ばかりだった。

英機少年としては父に陸軍の頭脳であるよりも、華々しい攻防戦の主役であってほしいのが本音である。できれば参謀本部を出て実戦部隊の長になってもらいたかった。

「お父さまは陸大を一番で卒業されたんですからね。参謀中の参謀なのよ。もっとはやく大佐になられてもよかったんだけど」

母は他人の耳をはばかる口ぶりになった。

英教の同期生、秋山好古《あきやまよしふる》、井口省吾《いぐちしょうご》、長岡外史《ながおかがいし》、藤井茂太《ふじいしげた》らもそろって大佐に昇進した。母にすれば今回英教は一足さきに大佐になってもよかったのだ。それが叶《かな》わなかったのは長州閥のせいだときめこんでいた。

陸大第一期生のうち山口県出身者は長岡外史ひとりである。一期生の大佐昇進に閥の力が作用したはずはないのだが、勝気なチトセはそう思わずにいられなかったのだ。

父英教が帰宅するまえに来客があった。伯爵南部利祥と二名の中央幼年学校教官だった。教官はともに岩手県出身である。朗報をきいて駆けつけてきたらしい。

「まだ正式に発令されたわけではなくて、内示があっただけですのに。若さまにまでわざわざお越しいただいて――」

チトセは感激して、ひたいを畳にこすりつけていた。

「とんでもありません。幼年学校生徒の分際でお祝いなんておこがましいのですが、参謀どのは私の師匠なので、じっとしていられなかったものですから」

南部利祥は幼年学校のサージの制服がよく似合う、さわやかな雰囲気の若者だった。

呼ばれて英機も挨拶にいった。

「英機くんも来年幼年学校を受けるんだそうだね。がんばりたまえ。ま、お父さんの血を引いているのだから、まちがいなく一発で合格するだろうけど」

いわれて英機は内心恥じ入った。

学問はあまり好きではない。父ほどの秀才にはとてもなれないと思っている。

「いいえ、この子はあまり勉強しないのですよ。軍記だとか講談だとか、つまらない本ばかり読んで。受かるのかどうか心配です。若さまからよく注意してやってくださいませな」

チトセがそばから口をはさんだ。

英機が学問を好まぬのはおまえの血を引いたせいではないかな。一度夫に冗談をいわれたのをチトセは気にしている。

「なあに、幼年学校は二度受けられますからね。一度失敗したとしても、やりなおしがききます。落ちたのがきっかけになって、本気で努力する者がけっこう多いのですよ」

教官の一人がとりなしてくれた。

「おたがいにがんばろう英機くん。われわれは岩手の先人のかぶった賊軍の汚名をそそがなければならない。とくにぼくは旧藩主の息子だからね。きみたちの助けを借りて、なんとか名誉回復をしたいのだ」

熱をこめて南部利祥が英機に語りかけた。

「はい。わかりました。やります」

感激して英機はうなずいた。

城北中学ではそんなこともないが、学習院では賊軍の子孫だといわれて、喧嘩になったことが何度もある。旧藩主の血を引く利祥はたぶんもっとひどい目に遭ってきたのだ。

「いま陸軍は長州閥が全盛だからね。私たちはきみの父上や利祥さまを中心にして岩手閥をつくるつもりなんだ。はやくきみもその一員になってくれ。たのみますぞ」

もう一人の教官が英機をはげました。

「わかりましたァ。やります」

声を大きくして英機は誓った。

洋々とした前途が自分のまえにひらけているような気がしていた。

やがて父英教が馬車で帰宅した。

陸大同期生の井口省吾中佐、長岡外史中佐がいっしょである。井口中佐は陸大教頭、長岡中佐は陸軍省歩兵課長の職にあった。

かるく一杯やってきたらしく三人とも上機嫌だった。

さっそく奥座敷で、南部利祥らも加えて酒盛りがはじまった。

「若君、どうぞこちらへ」

英教に上座をすすめられて、利祥は赧《あか》くなって固辞していた。

少年が参加できる席ではなかった。井口や長岡に挨拶したあと、英機は二階の自室にこもって数学の学習にとりかかった。

しばらくして階下で新しい人声がした。来客が増えたらしい。気にもとめず英機は勉学に取組んだ。

足音がして部屋の障子があいた。

「英機、おいでなさい。お父さまがいまから舞いを披露されますから」

笑いをこらえた声で母が呼んだ。

「なんだって。舞い――」

英機はびっくりした。

先祖が盛岡藩南部家の能楽の師範だったことは知っている。少年のころ父は、祖父から舞いを教わったということだ。

だが、軍人になってから父は能楽と縁を切った。家で舞ったこともない。それがきょうは初公開されるらしい。よほど心地よい夜なのだろう。

英機は階段をおりて奥座敷へいった。弟妹や女中も敷居のそばにあつまっている。鼓《つづみ》、笛の奏者と謡曲の歌い手が待機していた。新しい来客はこの三人だったのだ。

衣冠束帯《いかんそくたい》に身を固めて父がとなりの部屋から姿をあらわした。鼓と笛が鳴り、歌い手が渋い声で謡曲をうたいはじめる。

扇子をかざして父が舞いはじめた。鼻下にひげを生やしたいかめしい顔が、いっそういかめしく固まっている。

だが、姿勢がよい。背すじが直立し、腕や体のバランスがすばらしい。動きもかろやかである。五尺八寸の巨体が、燕のようにゆききする白扇を遣って軽快に舞った。

一区切り、一区切りの姿勢がみごとだ。しだいに父は若々しく見えてきた。手足のさきまで神経がゆきとどき、全身がやさしく高貴なかがやきをおびてくる。美しくてしかも凛《りん》としていた。うっとりするほどの舞い姿である。

ふだんのいかめしい父とはちがう父がそこにいた。家で和服に着替えたときも父は目に見えない軍服を着ていた。いまはその見えない軍服の気配が消えている。父は軍人でなくなっていた。かといって能楽の師範でもない。ほんものの東条英教にもどって舞っている——英機はそんな気がして、目を瞠《みは》って父を眺めていた。

二人の中佐も南部利祥らも息を呑んで英教を見まもっていた。英機は父にたいする親愛の念で胸が熱くなった。が、半面かすかな不安にかられた。有能な軍人でありつづけるために父がひどい苦労をしているのではないかという気がしたのだ。ふだんの父には、舞っている父とちがって、重い荷物を背負ってでもいるような苦しげな雰囲気がある。

やがて一曲目の謡曲が終った。すがすがしい面持で父は一礼する。

「やんややんや。さすが宝生《ほうしょう》流の家元」

大声で長岡外史がさけび、拍手を送る。

いあわせた者全員が拍手喝采《かっさい》した。力をいれすぎて英機は掌が痛くなった。

英機の父東条英教は数え十七の年、盛岡を出て陸羽《りくう》街道を江戸へ向かった。徒歩の旅だった。

家族の者たちが街道のそばまで見送りにきていた。英教は一家の希望を双肩に負っての旅立ちである。

東条家は代々盛岡藩に能楽宝生流の師範として仕え、一六〇石を給されていた。江戸の家は山下町の南部屋敷のなかにあり、藩主の帰国のたびにお供をして盛岡へきていた。

盛岡東条家は宝生流家元の分家である。英教の祖父が請われて盛岡藩主南部家へ仕えるようになった。

戊辰戦争の結果、盛岡藩主は二〇万石から一三万石に減封された。

主家はもう能楽どころではない。東条家も盛岡で困窮するしかなくなった。明治三年七月、藩主南部利恭が版籍を奉還したのを機に、英教は上京を決意したのである。上級学校へ入り、良い成績をおさめれば、賊藩出身者でも世に出られる社会になった。

明治四年の初夏に英教は東京へ出た。宝生流の一門の家に身を寄せて勉学し、明治六年四月、下士官の養成機関である教導団へ入った。ここで一年半をすごし、卒業後は軍曹として熊本鎮台《ちんだい》へ勤務することになった。

国家神道教育は、すでに政府系のあらゆる学校でおこなわれていた。

かつて維新実現のため薩長両藩は、幕府に対抗しうる権威を必要としていた。国学の援《たす》けを借りて彼らは朝廷を最高位に祭りあげ、天皇こそ国の最高権威者であり、幕府は朝廷から政権を借りうけているにすぎないと喧伝《けんでん》した。その幕府は失政をかさねている、いまこそ天皇に政権を返還すべきだとして薩長両軍は幕府に戦いを挑んだのである。尊王攘夷《そんのうじょうい》、王政復古が薩長両軍のスローガンだった。

討幕戦において、官軍の象徴である「錦の御旗」は敵味方の戦意に大きな影響をおよぼした。「錦旗《きんき》」を押し立てて官軍は大いに闘志を燃やし、賊軍はたじたじとなった。京都に逼塞《ひっそく》し、幕府の援助でほそぼそと存続していた朝廷にたいする畏敬《いけい》の念を、国民は思いだしたのである。

この精神的権威を利用しない手はない。伊藤博文、井上馨《いのうえかおる》らは神道の組織整備をいそがせるとともに、教義の作成につとめた。「古事記」「日本書紀」などの古典を根拠にして、天皇の日本統治の正当性、天皇の神格化、天皇と国民の伝統的むすびつきなどが盛りこまれたのだ。明治政府は神道の政治への適用を意味する「祭政一致」と、キリスト教流入防止のための国家神道の普及を精神上の二大方針として発足した。

律令制度の官庁だった神祇官《じんぎ》（のちに内務省へ吸収）が復活し、全国の神社を組織化し、諸制度をととのえていった。官幣社《かんぺいしゃ》（宮内省認可）、国幣社《こくへいしゃ》（旧国司認可）の神職の多くは判任官、一部は奏任官（高等官）となって厚く処遇された。

「天子様は天照大神の御子孫にてこの世の始めより日本の主にまします。官位などはすべて天子様よりくだされる。一尺の地一人の民もみな天子様のもので、その身は日本国の父母といってよい。敵対した大名などその生命を召されても当然のところ、叡慮《えいりよ》まことに寛大であり、不心得者の出るのは教化の不ゆきとどきゆえと申され、会津《あいづ》藩主のような賊魁の生命を助けられた。会津に加担した藩主も減封や所替えで済まされ、家も知行も存続させたあたり、このうえないお慈悲ではないか。（中略）日本人はすべて赤子《せきし》とお考えになり、万人を保護されるおつもりである」

こうした教育は徴兵制の実施後、軍隊内でくり返し実施された。

兵士たちは除隊後、郷里へ帰って天皇、国体尊重の念を周囲に伝える。たちまち日本は神国となり、天皇は全国民の父、全国民は天皇の赤子と化していった。

神道の純化のため明治政府は元号が明治になる寸前、「神仏分離令」を発した。これが民間の排仏毀釈《はいぶつきしやく》運動を引き起した。神道家などが中心となって、各地で寺院仏像の破壊や僧侶への還俗《げんぞく》要求がおこなわれたのだ。

全国の寺院の約半数が破壊されて廃寺となった。鹿児島、津和野《つわの》など国学の勢力のつよい地域ではとくに破壊がひどかった。

明治憲法にはいちおう宗教の自由がうたってある。近代国家の必須条件だと、国際常識ではされていたからだった。

だが、実際には憲法発布とほぼ同時にすべての学校で宗教教育が禁止され、国家神道のみが「宗教にあらず、宗教を超えた教育の基礎なり」と積極的に導入されたのである。翌年「教育勅語」が発布されると、国家神道は政治、教育、道徳、文化のすべてを包みこむ日本精神の土壌ということになった。

明治十年二月、東条英教は曹長に昇進し西南戦争に出陣した。所属の歩兵第十四連隊は、乃木《のぎ》希典《まれすけ》少佐にひきいられていた。

第十四連隊は鎮台を包囲していた薩摩軍と交戦、軍旗を奪われて敗走した。乃木連隊長が自責の念にかられ何度も自決をはかったことは有名だが、東条英教曹長がどんな働きをしたかはわかっていない。のちに陸軍有数の戦術家となった英教のことだから、冷静に戦局を観察して兵学の糧《かて》としたのだろう。

明治十一年九月、英教は陸軍少尉となり、二十二歳で結婚した。相手は小倉の万徳寺《まんとくじ》の娘で、チトセというしっかり者の女性だった。

明治十六年四月、開校した陸軍大学校へ英教は一期生として入学した。同期生は一五名。全員が陸軍中尉である。

当時、日本の陸軍は幕府の系譜をひいてフランス式兵制を採用していた。だが、普仏戦争が勃発し（一八七〇年）、プロイセンが勝利して統一国家ドイツがその後誕生するにおよんで日本陸軍はドイツ式兵制への切りかえを決定した。

明治十八年三月、陸軍大学校教官としてメッケル独陸軍少佐が来日した。同少佐は参謀システムの開発者モルトケ参謀総長の秘蔵っ子で、ドイツ陸軍の逸材である。

メッケル少佐は英教ら陸大生たちに数々の新戦術を伝授した。軍制、装備、兵站《へいたん》、教育、憲法など、各部門とも世界の最高水準にあった。

下級指揮官の独断が状況によってゆるされることや、戦時にあっては参謀本部が政治に左右されないなどの思想が、彼によってもちこまれた。陸軍の下剋上《げこくじょう》の風潮や、統帥権の独立はここが源となっている。

十八年の末、陸大一期生は卒業した。最初一五名だった一期生は五名が脱落して、一〇名になっていた。全員が大尉に昇進し、東条英教は首席で天皇から双眼鏡を贈られた。

前年の七月三十日、三男の英機が誕生した。上二人の男児が生後すぐ他界したので、長男として英機は育てられた。

父英教は二十一年からドイツへ留学、三年後に帰朝して大本営参謀となった。

以後、川上操六参謀次長の片腕として日清戦争に貢献することになる。

東条英機は父英教が大佐に昇進した二年後、明治三十二年に東京陸軍地方幼年学校へ入学した。

父の薫陶をうけて、幼年学校であらためて皇国史観を叩きこまれるまでもなく、すでに強固な天皇、国体主義者だった。

入学時はまだ十五歳である。全寮制で世間から隔絶され、毎日天皇への忠誠を誓わされる。実直な英機でなくとも、天皇のため生命を捧げるのを無上の栄誉とする陸軍将校魂はあっというまに形成されるのである。

少年英機は勉学があまり好きでなく、目立った生徒ではなかった。体も頑健だとはいえない。それでも負けん気は旺盛で、他人との衝突を恐れず突っかかってゆく。

当時ロシアは満州を不法占領し、朝鮮への進出をはかっていた。教官が毎日のようにその話をし、反ロシア感情と危機感をあおった。ロシアとの戦争を想定して、幼年学校の軍事教練もきわめて苛酷になる。

英機少年は休日、剣舞の稽古にかようようになった。父英教の舞い姿から強烈な印象をうけたからだ。寮生活をしながら厳格な能の稽古はできないので剣舞をえらび、名手の日《ひ》比野雷風《びのらいふう》に弟子入りした。祖先の血がそうさせるのだろうと見て、父も反対しなかった。

三年後、英機は中央幼年学校へ進学した。

ある日、柔道の有段者である生徒と喧嘩をし、惨敗して、格闘技はいくら稽古を積んでも体格の良い相手には勝てないとさとった。ならば学業で勝つしかない。父の血を引いている以上、努力すれば首席になれるはずだ。上昇志向のつよい父母に育てられて、英機は競争心がきわめて旺盛である。

人が変ったように英機は学業に身をいれるようになった。東京陸軍地方幼年学校の卒業時の席次はビリに近かったが、中央幼年学校へすすんだあとはたちまち成績が向上した。だが、まだトップクラスではない。中央幼年学校の卒業記念祭で英機は剣舞を披露したが、その姿がいちばんあざやかに級友たちの脳裡に残ったらしかった。

この間、日露の関係は、日ごとに切迫の度を増していた。

ロシアは満州を不法占領し、鴨緑江流域へ進出したあと、韓国を脅迫して釜山《プサン》の西方の馬山《ばさん》に碇泊地を租借、巨済島《きよさいとう》と対岸の陸地をロシア以外には貸さない、という秘密条約をむすんだ。おかげで旅順、馬山、ウラジオストックの連絡が密になり、日韓の交通を遮断し韓国を囲いこむことが可能になった。

明治三十六年十月、参謀本部次長田村怡与造《たむらいよぞう》少将が死去した。時局が重大化しているので、政府は内務大臣兼台湾総督の児玉源太郎《こだまげんたろう》中将を、台湾総督兼任のまま参謀本部次長に就任させた。対露強硬論の児玉中将の参謀本部入りは、政府の戦争決意の表明である。

六月より日露交渉がおこなわれていたが、ロシア側に譲歩の意思は最初から見られない。政府と統帥部は協議をかさね、三十七年二月四日の御前会議で開戦を決定した。

東条英機が陸軍士官学校へ入学したとき、すでに日露戦争ははじまっていた。生徒たちは危機感にかられ、まなじりを決して教課にはげんだ。将校補充の必要から三年間の就学年限が一年三カ月に短縮され、よほどの努力なしでは一人まえの将校になれなかった。

なかでも東条の発奮ぶりはすさまじかった。休講時間にも教科書を読みつづける。休日には自宅へ教程をもち帰って学習にはげんだ。食事と睡眠の時間以外は、一日のすべてを勉学についやした。東京陸軍地方幼年学校時代あまり学業に身が入らなかったのは、陸大を首席で出た父親にはとてもかなわないと周囲にいわれ、自分でもみとめていたからだ。

だが、やってみると予想以上に成果があがった。もともと父ゆずりで頭は良い。集中力、持続力がつけば鬼に金棒である。たちまち成績はあがり、卒業成績は三六〇名中一〇番だった。生徒全員が発奮したなかでの急上昇だから、周囲は目を瞠った。

東条もこれで自信を得た。努力すればかならず報われる。努力は人を裏切らない。「人ひとたびこれを能《よ》くすれば、己れこれを百たびす」を心に刻み、軍務の習得に、すさまじいエネルギーを投入するようになった。

だが、努力偏重はしばしば精神主義につながる。「戦力の不足は努力と根性で打開すべし」の思想に傾斜しがちである。陸海軍を問わず日本軍にはこの気風《きふう》がみなぎっていた。

英米にくらべて経済力の見劣りするわが国では、精神主義は自然の風土だった。それはまた天皇のために死ぬことを最高の栄誉とする国家神道の教義にもかなっている。東条英機はこうした意味で、日本陸軍の精髄といってよい人格を形成しつつあった。

東条英機は明治三十八年三月三十日に陸軍士官学校を卒業、まもなく少尉に任官した。日露戦争は日本軍が奉天（瀋陽《しんよう》）を攻略し、ヤマが見えはじめていた。

同期生の大半は内地勤務となったが、東条は近衛歩兵第三連隊の補充兵となり、大陸へ渡った。だが、幸か不幸か戦争終結まで第一線へ出る機会はなかった。

日露戦争

父と一〇年ぶりの再会をはたす直前、米内光政は一等巡洋艦「常磐」乗組みを命じられた。

排水量九九〇〇トン、速力二一ノット。英国製の新鋭艦である。二〇センチ砲四門、一五センチ砲十四門を搭載し、乗組員六四〇名。「三笠《みかさ》」「富士《ふじ》」ら六戦艦に次ぐ主力艦だ。

同艦の母港は佐世保《させぼ》である。同期生数名とともに米内は勇んで赴任した。

ところが思いがけない災難が待っていた。やや遅れて赴任した艦長野元綱明《のもとつなあきら》大佐が、なぜか米内を嫌ってことごとに辛く当るのだ。

野元は短気で口やかましい男である。いつもなにかに苛立《いらだ》って、せかせかして、余裕が感じられない。対照的に米内は無口で悠然としている。恰幅《かっぷく》は米内のほうがはるかに立派だ。米内を見て野元が生理的焦燥にかられるのも多少は無理からぬところがある。

それにしても度がすぎていた。米内の仕事にことごとく難くせをつける。演習時の動きがにぶいといってビンタをとる。上陸しての飲み会に米内だけさそわない。バカの陰語でもあるボラールヘッド（繋船橋《けいせんきょう》）のそばに長時間米内を立たせて見せしめにしたりする。

「いくらなんでもひどすぎるよ。米内、くじけるな。艦長はすぐ異動になるから」

「岩手県人の斎藤実さんが次官になったのでおもしろくないんだ。だから米内に八つ当りする。艦長は根性がねじ曲っているよ」

同期生たちがしきりに気づかってくれた。

だが、当の米内は大して傷つかない。器の小さな男だと内心艦長を見くだしている。

野元は薩摩の出身で、兵学校七期生である。同期には加藤友三郎《かとうともさぶろう》、島村速雄《しまむらはやお》らの俊秀がいた。日清戦争後三年間ロシアに駐在し、野元は有数のロシア通とされている。

一〇年まえまで海軍は薩閥に牛耳られていた。正規の海軍教育を受けていない薩摩隼人《はやと》が維新の論功行賞のまま主要ポストにすわり、芸もなく忠君愛国をふりまわしていた。

こんなことでは海軍の近代化はできない。当時海軍大臣官房の主事だった山本権兵衛《やまもとごんべえ》大佐は、海相西郷従道《さいごうつぐみち》を動かして、薩摩出身の将官八名、佐官以下八九名を一気に予備役入りさせる大改革をやってのけた。おかげで埋もれていた兵学校出の気鋭の将校らが然《しか》るべきポストに浮上し、生き生きと活動して日清戦争に勝利をもたらした。

野元は薩摩出身だが、山本改革で日のあたる場所へ引きあげられ、ロシア駐在武官に起用された。のち巡洋艦「浪速《なにわ》」艦長をへて「常磐」へきたのだ。岩手県人を憎む原因があるとすれば、自分たち薩摩人ではなく一期上の斎藤実少将が次官に登用されたことだろう。薩長側の賊藩蔑視《べっし》も一筋縄ではいかなかったのだ。野元は屈折した恨みを、若い米内に向けていたらしい。

米内はそれでも日露開戦となった場合は、新鋭艦「常磐」の一員として奮戦する気で猛訓練にはげんでいた。ところがわずか四カ月で舞鶴水雷団第一水雷艇隊へ異動になった。

明らかに左遷である。野元艦長は目ざわりな大男、米内を追っ払ったのだ。

新鋭の巡洋艦から水雷艇へ。最初、米内も衝撃をうけた。当時の水雷艇は排水量一五〇トン以下の小船で、長さ三、四〇メートル、幅四メートル以内。ほとんどの艇が二本煙突で、乗組員は一五名以内である。魚雷発射管三、六センチ砲、五センチ砲一、二門ずつを搭載していた。

日清戦争のとき、わが水雷艇隊一〇隻は清国の軍港威海衛《いかいえい》へ夜襲をかけ、清国の戦艦「定遠《ていえん》」を大破、擱座《かくざ》させた。さらに翌朝早くこんどは三隻で奇襲し、七発の魚雷を発射して「来遠《らいえん》」「威遠《いえん》」と汽船一隻を撃沈した。水雷艇はいずれも敵艦の二〇〇メートルまで接近し、魚雷発射後すばやく避退したのだ。

要するに水雷艇はひそかに敵に忍び寄ってとつぜん襲いかかり、一撃をくれて逃亡する小太刀《こだち》の使い手のような戦法を得意とする艇だった。小編制だから、新品少尉でも砲台長、水雷長、航海長などなんでも経験できる。大艦勤務ではありえない、多様な部門を勉強できる職場である。

「よし、それなら万能選手になってやろうじゃないか。いい修業になる」

すぐに米内は気持を切り換えた。

どんな境遇におかれても、その境遇を自分なりに稔《みの》りあるものにつくり変える――米内のモットーだった。どん底にはどん底なりの稔りが、さがせばきっと見つかるのだ。

三十六年五月、米内は舞鶴鎮守府に移った。

同鎮守府は対ロシア戦略上、日本海側に海軍基地が必要だとして、二年まえ、明治三十四年に建設されたばかりである。

舞鶴湾は入口がせまく、湾内は波がしずかで多くの艦船を碇泊させられる。山を削った湾岸の敷地には鎮守府の赤煉瓦《あかれんが》の建物をはじめ工廠《こうしょう》、倉庫、病院などがならんでいる。

初代司令長官東郷平八郎中将がまだ在任中だった。戦艦「三笠」以下一九隻の艦艇がここを母港にしている。海兵団、水雷団が鎮守府の傘下におかれていた。

米内は水雷艇勤務に入った。

日清戦争後約一〇年のあいだに、水雷戦法は一新していた。一つは魚雷の進歩である。一まわり太くなり、飛躍的に破壊力が増した。数隻がかりで敵を攻撃しなくとも、一隻でじゅうぶん巨艦を撃沈できるようになった。

もう一つは縦舵機《じゅうだき》の出現である。これを装着すると魚雷はまっすぐ走るようになる。三〇〇〇メートルの距離から一五ノットの低速で発射できるようになった。日清戦争のころは敵艦の二、三〇〇メートルまで近づいて発射せねばならなかったのだ。

縦舵機をつけた魚雷は「甲種魚雷」、つけていないものを「乙種魚雷」と呼んでいた。演習では爆薬をいれない甲種魚雷が使用された。

調定深度を大きくして発射すると、演習魚雷は目標艦の下を通り、数百メートル走ったあと浮上して火煙をあげる。その火煙を追って回収作業にとりかかるのだ。

「いいんですか。こんな遠くから撃って」

低速、遠距離の発射訓練をつづけながら、米内は艇長に訊《き》かずにいられなくなる。すくなくとももう四、五〇〇メートル接近しないと、実戦では命中率が低下するのではないか。

「大丈夫だよ。ちゃんと命中している。僚艦もみんな遠距離発射だ。せっかくの縦舵機の恩恵に浴さぬ手はない」

艇長にそういわれると反論はできない。

最近定められた戦闘任務要領や戦闘守則でも、遠距離発射はみとめられている。水雷艇は小さくて吃水《きっすい》線も浅い。すこし波が出ると、艇はひっくり返りそうになり、ざっと水が入ってくる。乗組員は高波がくるたびにマストや砲台や司令塔につかまって難をさける。

手が空いても、ゆっくり横になる空間もない。炊事場も厠《かわや》もなかった。排便には木のおまるを使わねばならない。

ロシアとの開戦は近い。習得せねばならない事柄は山ほどある。苛酷だが、張合いのある日々だった。一日一日、自分が一人まえの海軍士官に成長してゆく実感がある。

舞鶴鎮守府司令長官、東郷平八郎中将は身長一五〇センチそこその小軀《しょうく》で、米内に輪をかけた無口な人物だった。

そのわりに訓辞が好きである。毎日のように艦艇の乗組員や鎮守府の職員を集合させて訓辞をたれた。

鼻下とあごに短いひげを生やした精悍《せいかん》な風貌《ふうぼう》である。壇上に立つと、威厳で全身が大きく見える。

訓辞の内容は平凡で、米内はとくに拍手したい気にはならなかった。

だが、なんとも名状しがたい、ただならぬ雰囲気が東郷にはあった。たとえ訓辞の途中でとつぜん鎮守府の庭に砲弾が落下しても、長官は顔色一つ変えず話をつづけるだろう。そんな気がして米内は、日本海海戦のはるか以前から東郷に深い敬意を寄せていた。

「長官はもうすぐ定年だ。しかしロシアと戦争になれば戦艦の艦長に復帰されるだろう」

米内ら若手将校はそう噂していた。

明治三十六年九月十四日付で、諸艦隊の編制替えが実施された。舞鶴水雷団は解体され、米内の所属する第一水雷艇隊は第三艦隊の第十六艇隊となった。四艇編制。水雷艇隊は原則として四艇が一単位となる。

十月十五日、意外な高官人事が発表された。舞鶴鎮守府の司令長官東郷平八郎中将が、常備艦隊（連合艦隊の前身）の司令長官に任命されたのだ。

「おどろいたな。東郷長官は予備役か戦艦の艦長かと思っていたよ」

「山本海相は適材適所を見わける目をもっておられる。われわれとはべつの角度から東郷長官を見ておられたのだろうな」

「何にしてもめでたい。わが鎮守府の長官が一躍主役の座につかれたのだから。盛大にお祝いしなくてはならぬ」

鎮守府の将校らはよろこびあった。

その日、東郷長官は上京していた。内示をうけて山本権兵衛海相、伊東祐亨《いとうゆうこう》軍令部長らと会談していたのだろう。

舞鶴へ帰ってきたときは、寡黙な東郷にしてはめずらしく明るい、はにかんだような笑顔で将兵の祝福に応えていた。

「このたび重任を負って諸子とお別れをすることになった。持場は変っても天皇陛下のため祖国のため身命を投げ打つ覚悟に変りはない。おたがいしっかりやろう」

短く平凡な挨拶をして、東郷はバンザイの声に送られて舞鶴を去っていった。

十二月下旬、常備艦隊は解体され、新しく第一、第二、第三艦隊が編制された。うち第一、第二艦隊により連合艦隊（ＧＦ）が編制され、東郷は第一艦隊司令長官をかねてＧＦ司令長官に就任した。

第三艦隊は主力艦が旧式で速力が小さく、艦隊決戦に出られない。米内らの第一水雷艇隊は朝鮮海峡の哨戒《しょうかい》が任務となった。

「ちェッ。なんのための乞食暮しだったんだよ。情けないなあ」

水雷艇は設備が劣悪で、食事も粗末だ。乗組員は頬かぶりして飛沫《しぶき》を避け、すべりどめに足袋をはいている。乞食稼業だと他から揶揄《やゆ》されてきた。

「まああせるな。朝鮮海峡で案外良い敵と出会うかもしれんぞ」

米内はなだめ役にまわった。

憂さ晴らしの酒は大いに飲んだ。

明治三十七年二月六日、日本政府はロシアに国交断絶を通告した。

六日午前九時、連合艦隊は佐世保港から出撃を開始した。第一の目的はロシアの旅順艦隊を撃滅し、陸軍の遼東半島上陸を援護すること、第二の目的は陸軍を朝鮮半島の仁川《じんせん》へ上陸させることである。

「軍艦行進曲」がきこえた。第一戦隊の旗艦「三笠」、第二戦隊の旗艦「出雲」に乗組んだ軍楽隊の演奏である。

見送りの鎮守府汽艇隊の一隻にも軍楽隊が乗っている。三隊は代る代る「軍艦行進曲」「艦隊勤務」「君が代行進曲」などを演奏して門出を祝った。汽艇には鎮守府司令長官鮫島《さめじま》員規《かずのり》中将以下の将校たちが乗組んで、帽子をふりつづける。

昼近くには、佐世保港には一等巡洋艦「浅間《あさま》」のほか二等巡洋艦二、三等巡洋艦二が残っているだけになった。第二艦隊所属の第四戦隊（瓜生外吉《うりゅうそときち》少将）である。

朝出撃した東郷艦隊は旅順港に碇泊するロシア旅順艦隊に先制攻撃をかける計画である。いっぽう瓜生戦隊は仁川上陸部隊である第十二師団の一部（二〇〇〇名）の乗った輪送船三隻を護衛する使命を課せられていた。

米内光政はこの連合艦隊の出撃に参加も見送りもできなかった。所属の第三艦隊第十六水雷艇隊は対馬《つしま》の竹敷《たけしき》港を根拠地にして朝鮮海峡の哨戒にあたっていた。主戦場から離れているが、油断はできない。ウラジオストックにいるロシア艦隊が、いつ朝鮮海峡へ出てくるかわからないからだ。

瓜生戦隊（巡洋艦四主力）の勝ちいくさのニュースがさきにとどいた。

八日朝八時、同戦隊は仁川港へ接近し、同湾からぬけだしてきた三等巡洋艦「千代田《ちよだ》」と合流した。「千代田」は開戦にそなえ、居留民保護の目的で仁川へきていたのだ。

ロシアの一等巡洋艦「ワリヤーク」と砲艦「コレーツ」も「千代田」と同じ目的で仁川港にいた。両艦はまだ日本が対露国交の断絶を通告したのを知らない。仁川港にはほかにも数カ国の艦船が停泊している。

「千代田」を先導役にして瓜生戦隊は仁川に進撃した。午後五時半、旗艦「浪速」以下戦隊の半数が仁川港へ入り、錨《いかり》をおろして輸送船の陸軍部隊に上陸を開始させた。

「浅間」以下瓜生戦隊の残り半数は港外に投錨《とうびょう》し、予想されるあすの戦闘にそなえる。

九日朝、陸軍部隊の上陸が終ってから瓜生司令官は「ワリヤーク」司令官あてに挑戦状を送った。日露両国はすでに交戦状態にある、ただちに退去せよという内容である。同時に司令官は港内にいる各国艦船へ使者を送り、砲戦のとばっちりをうけぬよう警告した。

午後零時すぎ、「ワリヤーク」「コレーツ」は同時に錨をあげ、戦闘態勢で港外へ出撃してきた。

「浅間」以下の各艦がこれを迎え撃ち、砲戦の結果「ワリヤーク」は大火災を起し、「コレーツ」ともども港内へ逃げこんだ。ふたたび脱出をはかったが、さらに砲弾を浴び、二隻はともに自沈してしまった。

上陸した陸軍部隊（第二十三旅団、木越安綱《きごしやすつな》少将）はただちに京城《けいじょう》へ進駐し韓国政府との交渉に入った。日露間で中立を宣言していた韓国政府に日本との同盟を強要したのだ。二週間後に同盟協約が締結された。これによって韓国は否応《いやおう》なしに日本軍の便宜をはかることになった。

いっぽう連合艦隊は八日夕刻、旅順東方約四〇浬《かいり》（七四キロ）の円島《えんとう》沖にたっした。

連合艦隊はここから駆逐艦隊を旅順口および大連の攻撃に出発させる予定だった。

旅順口はせまく、奥は巾着《きんちゃく》のようにひろがる湾となっていた。そこにロシア旅順艦隊は碇泊している。湾の背後の山々は要塞《ようさい》化され、巨大な大砲が何百門も砲口を海に向けていた。山々は内陸に向けても要塞化され、日本陸軍を寄せつけないようになっている。

大型艦は旅順口を通過できない。駆逐艦に魚雷を抱かせて湾内へ突入させる以外、敵艦隊を攻撃する方法はなかった。

だが、冬は海が荒い。小さな駆逐艦は大波に揺られて湾口でモタモタするだろう。そこを要塞砲に狙われれば全滅しかねない。

そのために連合艦隊は駆逐隊を追って湾口へ近づき、猛烈な援護射撃によって駆逐隊を湾内へ送りこむ計画だった。

まだ宣戦布告はされていない。ロシア側は連合艦隊の奇襲など予想もしていないはずである。ハーグ条約の締結のはるか以前なので、奇襲は国際問題にならない。

八日夜、二つの駆逐艦部隊が「軍艦行進曲」に乗って円島沖を出発した。第一、第二、第三駆逐隊は旅順口へ、第四、第五駆逐隊は大連に向かうのだ。主力艦隊の乗組員は登舷礼式をとって駆逐艦隊を見送った。

「さいわい波がしずかだ。気温も華氏四〇度を超えている。これなら飛びこめるよ」

「戦艦を四、五隻は食えるだろう」

旗艦「三笠」の艦橋では、参謀たちが顔を紅潮させて話しあっていた。

ロシアの海軍力は強大である。太平洋艦隊（旅順艦隊および浦塩《うらじお》艦隊）とバルチック艦隊の二つをあわせて保有艦は五一万トンである。日本海軍の保有艦は二六万トンだった。

ロシア太平洋艦隊の戦力は戦艦七、装甲巡洋艦四、巡洋艦一〇がその大部分だった。うち装甲巡洋艦四はウラジオストックに碇泊している。これがいつ朝鮮海峡に出てくるかわからないので、米内らの第三艦隊の水雷艇部隊は、神経のやすまるひまがない。

ロシア艦隊はさらに戦艦一、装甲巡洋艦一、巡洋艦一などが旅順に向けて本国から回航の途上にあった。

日本陸軍は朝鮮のつぎに遼東半島へ上陸し、満州へ進撃する予定だった。満州は事実上ロシア軍の占領下にある。

遼東半島へ陸軍が上陸をはかれば、ロシア旅順艦隊が出てきて妨害するだろう。いまのうちに同艦隊を叩いておかねばならない。近海の制海権を握らぬうちは、陸軍部隊が満州へ進撃することはできないのだ。

さらにもう一つ、日本海軍には不安があった。戦争が長引けば、ロシアはいま首都ペテルブルクの近海にいるバルチック艦隊を日本近海へ回航させるにちがいない。太平洋艦隊とバルチック艦隊が合流すれば、わが連合艦隊に倍する戦力になる。万一、日本近海の制海権を奪われたら、大陸へ上陸した日本の陸軍部隊は孤立し、衰亡する以外にない。

こうした事情を背負って二つの駆逐隊は円島沖を出発した。途中、第四、第五駆逐隊の八隻は針路を北に向けて大連を目ざした。だが、着いてみると大連港には敵艦の影もなく、Uターンして本隊を追った。

第一〜第三駆逐隊の一〇隻（二隻欠）は午後十時三十分旅順口沖にたっした。海上、海面ともまっ暗である。第一、第二、第三駆逐隊は一列になり敵艦の探照灯目がけて突進した。だが、隊列は乱れて各艦がばらばらになった。手さぐりで各艦は行動し、九日午前零時三十分から魚雷攻撃を開始した。第一駆逐隊は距離四〇〇〜八〇〇メートル、第二駆逐隊は一〇〇〇メートル、第三駆逐隊は一五〇〇メートルで発射。目標は敵艦の探照灯だ。

旅順艦隊は国交断絶の通知はうけていた。だが、駆けだしの小国日本が大国ロシアへまさか戦争を仕掛けてくるなど予想もしていなかった。

何発か魚雷の命中音がきこえ、火柱が立った。ロシアの各艦は錨をあげるひまも、状況を確認するひまもない。将兵は大あわてで配置につき、やみくもに撃ちはじめた。数十本の探照灯が海面を駆けまわり、交錯する。ときおりちらと日本艦の影がうかび、弾雨が集中するのだが、命中弾は一発もない。

魚雷を撃ち終った日本の駆逐艦は、いたずらして逃げるワルガキのように動きがすばやい。ときおり砲を撃ちながら逃走した。

日本の駆逐隊は七隻の敵戦艦のうち五隻ぐらいは撃沈できる状況だった。敵艦の多くは港外で錨をおろしていたし、攻撃はまったくの奇襲だったからだ。だが、二〇本の魚雷を発射して命中はたった三発。戦艦二、巡洋艦一を大破させたものの、一隻も撃沈できなかった。

暗闇で相互の位置がわからず、組織的攻撃ができなかったせいと報告された。だが、攻撃、避退をいそぎすぎたのは明らかである。遠くから撃って逃げる「臆病撃ち」をやってしまったのだ。遠距離発射可能な魚雷の開発されたのが裏目に出た。陛下のため国のため戦って死ぬのが武人の名誉、という信念に揺らぎはなくとも、いざとなると屁《へ》っぴり腰の攻撃しかできない。怯《ひる》むのはそれだけ余裕があるからだ。人間、ほんとうに死を恐れなくなるのは、完全に追いつめられてひらきなおったときだけなのだろう。

連合艦隊の本隊はすでに碇泊地円島付近を出発し、旅順口へ近づいていた。午前一時をすぎると、砲声がきこえ、おびただしい探照灯の光線が旅順沖の海面に交錯するのが遠望できた。要塞砲も火を噴きはじめる。わが駆逐隊はロシア旅順艦隊を壊滅させるにちがいない。連合艦隊の将兵はほとんど確信して遠い探照灯の光線を眺めていた。

朝になって敵情が判明した。ロシア艦隊は戦艦七、巡洋艦六などが健在で、旅順口の近くに浮かんでいた。湾口がせまくて大型艦は湾内へ逃げこめずにいるらしい。東郷長官は敵の戦艦部隊を攻撃する決心をした。

連合艦隊は第一戦隊（戦艦六）、第二戦隊（一等巡洋艦五）、第三戦隊（二等巡洋艦四）

の順番で単縦陣をつくり、しだいに速力をあげて旅順口沖へたっした。

距離八五〇〇メートルで東から西へ敵前通過を試みる。挑発して敵艦隊を旅順沖へ引っぱりだすのが目的である。だが、敵は乗ってこない。やむなく「三笠」以下各艦は砲撃を開始した。触発されたように敵艦と陸上の要塞砲も火を噴いた。しばらく砲戦がつづき、双方に被害が出る。敵艦が外洋へ出てこないので、連合艦隊の主敵は要塞砲となった。

軍艦と要塞の砲戦は要塞が有利である。要塞のベトン（コンクリート）壁は軍艦の装甲よりも頑丈であるうえ、海上からの砲撃は照準がむずかしく命中率が低くなるのだ。しかも要塞砲は口径が大きく、数も多い。このまま砲戦をつづけても、収穫はなさそうだ。

東郷GF長官は午後零時二十七分、引きあげを命じた。前哨戦というべき砲戦だった。

二月九日と十日、ロシアと日本は宣戦布告の交換をおこなった。連合艦隊は仁川湾へもどり、当分ここを基地とすることになる。

二月十一日、第四駆逐隊が旅順口へ出撃、荒天の海を乗り切って旅順艦隊の旗艦「ペトロパウロウスク」を魚雷攻撃で大破させた。

旅順艦隊は湾内に引っこんだまま外洋へ出てこない。日本軍が遼東半島上陸作戦を開始するまで戦力を温存する気なのだ。

それなら旅順口をふさいで旅順艦隊を湾内へ封じこめてしまえ。第一艦隊首席参謀の有《あり》馬良橘《まりようきつ》の立案した旅順口閉塞《へいそく》作戦が実施されることになった。

旅順港口は幅が二七三メートル。両側の底が浅いため、戦艦、巡洋艦の通れる幅はわずか九一メートルである。そこへ老朽船を何隻か沈めて通行を不可能にしようというのだ。

東郷長官はこの案になかなか同意しなかった。老朽船を沈めて帰る閉塞隊員は、敵の要塞砲や艦砲の弾雨にさらされる。ほとんど生還はできまいと東郷は見ていたのだ。

だが、このままでは陸軍の上陸作戦がむずかしくなる。旅順艦隊が日本近海へ出てきて輸送船を攻撃するかもしれない。なによりもロシア海軍の主力バルチック艦隊が本国からはるばる遠征してきて旅順艦隊と合同するようなことになると、手がつけられない。

閉塞作戦をやるしかなかった。二月十八日、下士官、兵の閉塞隊員募集がおこなわれた。応募者は二〇〇〇名を超えた。天皇のため生命をささげる「名誉の戦死」を引受けようとする者が大勢いたのだ。国の指導者と同じ危機感を彼らは抱いていた。

人柄、能力、係累の有無などが参照され、七七名の閉塞隊員が選抜された。

二月二十三日、第一回の閉塞作戦は実施された。夕刻、閉塞隊員らは五隻の老朽船に分乗し、仁川近くの港を出航した。第五駆逐隊と二つの水雷艇隊が護衛と閉塞隊員の救出のために同行する。

二十四日午前一時半、閉塞隊は旅順口へ接近し、四時半、突入を開始した。だが、探照灯と敵の弾雨にさらされて自沈の場所へ到達できず、港口の灯台下の岩礁へ乗りあげた一隻をのぞいて、四隻は空しく海中に沈んだ。かろうじて目的をはたした「報国丸」は、情報将校広瀬武夫《ひろせたけお》少佐が指揮していた。

広瀬はロシア駐在が長く、ペテルブルクの社交界の花形となった逸材だった。彼をこの作戦に参加させたのは、上層部が「情報」の価値をまだ認識していなかったせいである。

第一回の閉塞作戦は失敗に終った。だが、兵員の損害は戦死一、戦傷三にすぎない。東郷長官は意を強くして第二回作戦を命令した。

三月四日、米内らの第三艦隊も連合艦隊に組みこまれた。

「いよいよ実戦だな。待っていたぜ」

米内や同僚はあらためて気合をいれた。

だが、艦隊の配置換えはない。相変らず哨戒と猛訓練の日々がつづく。

さきに仁川へ上陸し京城を占領した第十二師団は、北上して平壌を占領した。

三月十一日、同じ第一軍麾下《きか》の近衛師団と第二師団が、平壌の西、鎮南浦《ちんなんぽ》へ上陸した。

第一軍司令官黒木為楨《くろきためもと》中将は、この三個師団（四万名）を掌握して、鴨緑江の北岸にいるロシア軍との決戦準備に着手した。

このころロシア旅順艦隊は名将マカロフ中将を新司令官に迎えて活気づいていた。

ロシア軍の高官にはめずらしくマカロフは平民出身で、貴族ではなかった。超一流の戦術理論家であるうえに海洋学、造船学の権威でもある。歴戦の勇士であり、人柄は思いやり深く、将兵の敬愛の的であった。

マカロフは日本海軍の第二回閉塞作戦にそなえて、予想される閉塞船の航路に老朽船を二隻沈めた。さらに妨害用の駆逐隊を二隊編制して、襲撃を待ちかまえていた。

二十七日午前二時、第二回閉塞作戦は実施された。四隻の閉塞船が一列になって旅順口へ突入をはかった。おびただしい探照灯が四隻をとらえ、要塞砲の砲撃がはじまる。今回は横合から駆逐艦も襲いかかった。

閉塞船は前回同様探照灯に目がくらみ、一番船は港口右の黄金山《おうごんさん》付近で自沈、二番船はその横で駆逐艦の魚雷を食って撃沈された。三番船、四番船は港口で自沈した。

二番船に乗っていた広瀬少佐はボートで脱出をはかったさい、敵の砲弾をうけて戦死した。脱出のさい部下の杉野孫七《すぎのまごしち》上等兵曹がいないのに気づき、沈没寸前の船内を三度さがしまわったエピソードはのちに文部省唱歌「広瀬中佐（戦死後昇進）」により全国民に知られることになった。

第二次閉塞作戦も結局は失敗だった。

二度目の作戦には敵が対策を立てて待ちかまえている。わかっていても日本軍は愚直に強行する。合理主義よりも「闘魂」を優先する体質は、「機械で戦争をする海軍」においても当時は濃厚だった。天皇と国体のために戦って死ねば英霊となり、なかでも模範的だった者は軍神として崇拝されるのである。

四月十二日深夜、わが水雷敷設船は降雪にまぎれて旅順口へしのび寄り、機雷網を敷設した。作業が終った早朝、護衛のわが駆逐隊はパトロール中の敵駆逐艦を発見した。日本の四隻は敵駆逐艦に接近して集中砲火をあびせ、撃沈してしまった。

急をきいて敵巡洋艦「バヤーン」が駆けつけてきた。駆逐艦は四隻が束になっても巡洋艦一隻に勝てない。すぐに避退を開始する。

このとき沖合にわが第三戦隊（一等巡洋艦二、二等巡洋艦四）がさしかかった。すぐに同戦隊は「バヤーン」を攻撃にかかる。

砲声をきいて港内から戦艦三、一等巡洋艦一、三等巡洋艦一、駆逐艦九が出撃してきた。旗艦「ペトロパウロウスク」にはマカロフ提督が乗っている。彼の方針は、戦力温存を基本としながら、日本艦隊の跳梁《ちょうりょう》が目にあまれば出撃、決戦するというものだった。

砲戦が開始された。第三戦隊は沖合へマカロフ艦隊を誘導しようとする。沖合にはわが連合艦隊の主力部隊が待機していた。待望の艦隊決戦になるかもしれないのだ。

マカロフは進撃し、連合艦隊の主力（戦艦六、一等巡洋艦二など）を遠くに発見した。

決戦の不利をさとって彼は艦隊を反転させ、要塞砲の着弾距離内へ逃げこんだ。とつぜん「ペトロパウロウスク」が大爆発を起した。機雷にふれたのだ。爆発は二度起り、一分三〇秒で同艦は沈没した。約六三〇名の将兵とともにマカロフは戦死した。ロシア海軍の希望の星を失って、以後、旅順艦隊はますます湾の外へ出てこなくなった。

五月二日深夜から三日にかけて、連合艦隊は三度目の閉塞作戦を実施した。今回は閉塞船一二隻、閉塞隊員二四四名を動員する大型作戦である。参加希望者は六〇〇名にたっしていた。近く陸軍の第二軍が遼島半島へ上陸する予定なので、旅順艦隊をぜひとも港内へ封じこめねばならない。

米内光政の所属する第三艦隊第十六艇隊は第九、第十、第十四艇隊とともに第三次作戦に参加するよう命じられた。閉塞船を護衛し、沈没後は船からボートで脱出する閉塞隊員を救助するのが任務である。

「閉塞船から直接隊員をひろいあげる気で突っこみましょう。そうすればかならず近くに獲物がいます。魚雷をぶっ放してから、隊員の救助にあたればいい」

艇長に米内はそう進言した。

初陣だからむろん不安はある。だが、歴史に残る作戦に参加するよろこびのほうが、はるかに大きい。

当夜はひどい悪天候だった。閉塞隊の指揮官林三子雄《はやしみねお》中佐は円島泊地を出航したあと、作戦中止を決意した。だが、一番船をふくむ三隻にしか命令はとどかず、残り八隻は怒濤《どとう》をついて旅順口へ接近してゆく。

「これはひどい。閉塞船はとても目標地点へたどり着けないのではないか」

艇長は弱気になりはじめていた。

「いや、チャンスですよ。敵はまさかこんな晩に閉塞隊がくるとは思わんでしょう。熟睡していいます。こんどこそ作戦は成功だ」

米内はいって自分自身をはげました。

全身ずぶ濡れである。飛沫が弾丸のように顔を叩く。水雷艇は波にほうりあげられ、叩き落されをくり返して、先頭をゆく「三河丸《みかわまる》」を懸命に追いかけている。

探照灯が海面に交錯し、要塞砲の砲撃が開始された。第十六艇隊は湾口付近で探海灯をともし、敵の砲台と砲戦をかわした。砲撃担当の米内は自分の射つ砲弾がつぎつぎに要塞へ吸いこまれるさまに、胸の鬱屈《うっくつ》が晴れわたる思いである。あわせて米内らは牽制《けんせい》運動をしたり隊員の救助に奔走したりした。

戦闘が終り、第十六艇隊の四隻は帰途についた。米内の艇の甲板には、救助された一〇名ばかりの閉塞隊員が死んだように横たわっている。米内も疲れはてて、立っているのがやっとだったが、任務を終えてぶじに生きて還る自分を意識すると、夜明けの空へ向かって哄笑《こうしょう》したい歓喜にかられた。

第三回閉塞作戦では突入した八隻のうち、岸に打ちあげられた一隻をのぞき七隻が沈んだ。それでも敵の戦艦の通路をふさぐことはできなかった。一五八名の隊員のうち九一名が戦死または行方不明となったが、うち一七名が負傷して捕虜となっていた。

荒波によってボートを岸に叩きつけられた閉塞隊員らは投降をすすめられても応じず、砲台へ突撃して負傷者以外は全員が戦死した。ロシア側は日本の将兵の精神構造が理解できず、驚嘆して戦記に書きとめている。

五月五日、第二軍所属の第三師団が遼東半島のつけ根にあたる塩大澳《えんたいおう》へ上陸した。第一艦隊は旅順口沖で敵艦隊の出撃にそなえ、第三艦隊は上陸部隊の支援にあたった。

マカロフ提督の後任アレクセエフ大将は戦力温存をはかり、湾内から動かなかった。おかげで上陸作戦は順調にすすみ、十三日には第一次輸送部隊の上陸が完了した。

しかし、海軍は失策つづきだった。

五月十二日には水雷艇一、十四日には通報艦「宮古《みやこ》」が旅順付近で触雷、沈没した。十五日には巡洋艦「吉野《よしの》」が新鋭巡洋艦「春日《かすが》」と衝突して沈没、死者三一九名を出した。

同じ日、旅順口の南東を巡航中の戦艦「初瀬《はつせ》」「八島《やしま》」がほぼ同時に敵の敷設した機雷に触れ、「初瀬」はすぐに沈んで死者四九三名を出した。「八島」は付近の岩礁へ乗りあげ、乗組員は全員救助されたもののやはり沈没した。機雷は艦底をぶちぬくので、一発で戦艦を沈めてしまう威力がある。

十六日には特務艦どうしが衝突沈没、駆逐艦「暁《あかつき》」も触雷して沈没した。

ＧＦ司令部は機雷でマカロフの「ペトロパウロウスク」を沈没させておきながら、ロシア側の機雷網については考えなかった。第一戦隊の六隻の戦艦は二組に分れ、交代で同一航路を通って旅順沖をパトロールしている。ロシア側がその航路に機雷を敷設したとの情報がありながら、ただちに航路変更に踏み切らなかった。

合理主義に徹すれば、欧米諸国にたいしてただ一つ誇るにたる神国日本の独自性がそこなわれてしまう。だから最後の詰めが甘くなる。いわば自己防衛のため日本人は、一定の線で合理主義の手をゆるめるくせがついた。なにを措《お》いても合理的でなければならぬ戦場で、その習性があらわれてしまうのだ。

二戦艦の沈没は公表されなかった。だが、連日のように掃海作業や哨戒に追われる米内らは、いやでも事実が耳に入る。

「日本人はどこか甘いな。やはり世界の田舎者ということなのかな」

考えながら米内は酒を飲んだ。

こんなことを話しあえる人間は身近にいない。ますます無口になった。

遼東半島の塩大澳に上陸した第二軍は、まず大連を目ざして南西方向へ進軍した。途中、金州《きんしゅう》、南山《なんざん》でロシア軍と激突した。ロシア軍は五〇〇〇の兵と多数の大砲を配置して日本軍を待ちかまえていた。とくに機関銃が威力を発揮した。第二軍は金州を攻略したが、南山攻略は成らなかった。だが、二十六日、海軍の艦艇が黄海海上から南山城の砲撃を開始し、ロシア軍を旅順へ退却させた。

ややあって第二軍は大連を確保したまま、矛《ほこ》さきを北に転じ、遼陽に向けて進撃を開始した。

いっぽう仁川に上陸した第一軍も鴨緑江をわたり、遼東半島の根もとを分断する方向で遼陽目ざして進撃中だった。第一軍は南東から、第二軍は南西から遼陽にせまるのだ。

だが、一、二軍の間隔は二〇〇キロもある。中間へロシア軍が入りこむと、両軍は分断され、戦力低下をきたす怖れがあった。

大本営はそこで両軍の中間地点へ一個軍を上陸させ、分断をふせぐ計画を立てた。

ところが、この時期大本営は旅順攻略のため第三軍の編制に着手していた。旅順艦隊が外洋へ出てこないので背面（内陸側）から同要塞を攻略してくれと海軍が申しいれたのだ。一、二軍の中間へ送りこむ第四軍を編制しようにも、一個師団（第十師団、川村景明《かわむらかげあき》中将）しか手もちの兵力がない。やむなく第十師団に一個軍なみの重責を負わせ、独立第十師団として第一、第二軍の中間点へ上陸させることになった。

独立第十師団は第二十旅団（丸井政亜少将）と第八旅団（東条英教少将）より成っていた。第八旅団の本部は姫路《ひめじ》にある。

東条英教は日清戦争で参謀次長川上操六を補佐して勝利をおさめた。明治三十二年、川上が病没したあとも参謀本部の要職に残ったが、二年後四十六歳で姫路へ転勤した。長年参謀職や教職にあり、実戦部隊をひきいるのはこれが初めてだった。

英教の妻チトセは異動が大いに不満だった。陸軍の上層部は長州閥で固められているので、庇護《ひご》者の川上がいなくなった中央から地方へ追われたと受けとったのだ。

チトセは小倉の万徳寺の娘で、少尉に任官寸前の英教に嫁いできた。感情の起伏が激しく、軍における夫の地位に関心が深かった。

「お父さまは陸大を首席で出られたのよ。兵学や戦史では陸軍一といわれておられる。そんなかたがなぜ田舎の旅団長なのよ」

休日に帰宅した英機に向かって、チトセはそう不平をいった。

当時英機は十七歳。東京陸軍地方幼年学校の三回生だった。母の不満に同調してよいものかどうかよくわからない。

長州閥のことは何度も母からきかされていた。お父さまは長州閥外なのに要職についておられる。ほんとうに偉い人なのだとこれまで母はいっていたのだ。

「でも、大臣や参謀総長になるには、実戦部隊の指揮官の経験も必要なんだろう。お父さまの場合はそれじゃないのかな」

母をなだめる気で英機は異論をのべた。

「いいえ、ちがいます。西南戦争ではお父さまは乃木閣下の連隊におられたのよ。実戦経験はじゅうぶんに積まれました」

「しかし当時お父さまは曹長だった。指揮官の経歴とはいえないよ」

「それもあるかもしれないけど、最大の原因は派閥なのよ。お父さまは長州の出身じゃないから中央を追われたの。陸軍は長州出身でないと大臣や大将にはなれないのよ」

「そうなのですか。幼年学校では出身地などだれも問題にしないけどなあ。幕臣の子弟も大勢いるから、こだわっていたらキリがないと思うけど」

「生徒のうちは気にならないわ。みんな公平に試験で点数がつくのだから。でも卒業後はそうはいかないのよ。出身地べつにいろいろしがらみができる」

そうかもしれない。東京陸軍地方幼年学校にも、たしかに田舎者を見くだす空気があった。

「奥羽の軍人は鈍重で、取柄は忍耐づよいだけかと思っていたが、東条のお父上のような知謀の士もおられるのだな。見なおしたぜ」

級友に英機はそういわれたこともある。

父を誉《ほ》められたのはうれしかったが、たいして努力もせずに田舎者を見くだす江戸っ子には反発した。母のいうとおり派閥人事があるなら、ぜひともあらためなければならない。

英教は妻子を自宅に残し、明治三十四年五月、姫路へ単身赴任した。七人も子供がいれば、そうせざるを得ない。その間に英機は中央幼年学校（のちの陸軍予科士官学校）へすすみ、卒業をあとわずかに控えたころ、日露戦争の開戦に直面したのである。

日露開戦から約二カ月たった明治三十七年四月十六日、歩兵第八旅団長東条英教少将に動員命令がくだった。

上陸地点はまだ明らかにされていない。

英教の同期生たちはそれぞれの配属さきで戦時の軍務に服している。

藤井茂太少将は第一軍参謀長として鴨緑江渡河作戦を準備中だった。親友の井口省吾少将は参謀本部総務部長の要職にあり、長岡外史少将は第九旅団長から参謀次長への抜擢《ばってき》がきまって、すでに参謀本部へ移っていた。騎兵第一旅団長秋山好古少将は現在、満州の野を疾駆している。

第一期生首席の英教としてはやや遅れをとった思いがある。勇んで上京し、公私にわたって出征の準備に奔走した。

第八旅団の所属する独立第十師団(川村景明中将)は第一軍、第二軍の上陸地点の中間にある大孤山《たいこさん》へ上陸し、両軍と連絡をとりつつ遼陽へ向かって進撃すべし。五月、ようやく使命が明らかにされた。

川村師団は三梯団《ていだん》に分れてつぎつぎに神戸港から出航した。東条旅団は五月三十日、大孤山の南へ上陸した。

独立第十師団の最初の攻撃目標は、上陸地点より五〇キロの岫巌《しゅうがん》という町だった。山岳地帯のふもとにあり、人口は一万五〇〇〇。古くからコサック騎兵の拠点となっている。

攻撃予定日は六月五日だった。ところが同日の朝、第一軍から分離派遣されてきた近衛歩兵第一旅団（浅田信興《あさだのぶおき》少将）がそこを占領してしまった。

川村師団は重責を背負ったわりに弱体である。そのため一個旅団を応援に出せと大本営が第一軍へ命令したのだ。

岫巌に入った川村師団は六月十三日、大本営命令をうけとった。遼東半島の背中、大陸との境界近くにある海城《かいじょう》、蓋平《がいへい》の二つの町を占領せよというのだ。人口は海城三万五〇〇〇、蓋平二万五〇〇〇。後者にはロシア軍基地がある。川村師団は二つの町を占領したあと第二軍と合流して遼陽へ進撃することになる。

川村師団長は新しく指揮下に入った浅田旅団をふくむ傘下の部隊を二分して両市を攻略する決心をした。浅田旅団および川村師団の主力が海城へ向かい、東条旅団および川村師団の一部が蓋平へ向かうことになった。両集団はそれぞれ岫巌を出発した。

ゆくさきは山岳地帯である。海城街道の分水嶺にはロシア軍陣地があり、蓋平街道にもロシア軍が待機していた。

二十四日、川村師団長は分水嶺攻略の命令を発した。浅田旅団が正面攻撃をかけ、二十七日分水嶺を攻略する。丸井旅団は分水嶺のうしろにまわり、敵の退路をさえぎるのだ。

東条旅団は一部をもって岫巌を守備し、主力は丸井旅団の援護を命じられた。

東条旅団は丸井旅団の応援のため蓋平街道を前進した。待ちかまえた敵と激戦になり、苦戦におちいった。東条は旅団を後退させ、逆に迎撃態勢をとった。

丸井旅団は迂回《うかい》作戦に成功し、分水嶺から敵を追いはらった。戦闘中の東条旅団を砲撃で援護する余裕ぶりである。東条旅団は傘下の第四十連隊を浅田旅団との協力作戦に奪われ、実質は第十連隊のみだった。

師団長から尻を叩かれ、東条英教は奮起して翌朝第十連隊を二つに分けて前進させた。一つの高地を攻略したが、増強したロシア軍に反撃され、かろうじて踏みとどまった。

分水嶺担当の諸部隊はほぼ目的をたっし、東条旅団のみがもたついている。蓋平街道の敵は予想よりもはるかに強力だった。

夜になると、分水嶺完全占領の報《しら》せがとどいた。主作戦が終った以上、枝葉の戦場で敢闘しても意味がない。東条は独断で旅団を進撃まえの地点へ後退させた。

この数日まえ、満州軍総司令部が新設された。総司令官に大山巌元帥（前参謀総長）、総参謀長に児玉源太郎大将（前参謀次長）が就任した。遠く大本営から指揮をとるのがまどろっこしい。現地へ乗りこんで戦局の変化にすばやく対応したいというわけだ。

留守役である在東京の参謀総長には山県有朋元帥、参謀次長には長州出身、陸大一期生の長岡外史が就任した。明らかな薩長閥人事だ。

満州軍司令部は七月初めに海をわたり、大連、蓋平へ進出する計画だった。あわせてこの機会にいま川村師団がその役割にある第一、第二軍連絡部隊の強化を決定した。召集直後の後備歩兵第十旅団とこれまで第二軍の所属だった第五師団（上田《うえだ》有沢《ありさわ》中将）とが川村師団と合同し、第四軍（野津道貫大将）が編制された。

七月中旬、第四軍は岫厳で勢ぞろいした。

司令官の野津道貫大将は維新、戊辰戦争、西南戦争の大功労者野津鎮雄《しずお》の弟である。兄は四十五歳で死去したが、弟道貫はいま六十二歳。欧州視察の経験もあり、日清戦争では第五師団長、第一軍司令官として勇名をはせた。黒木、奥《おく》両軍司令官に遜色《そんしょく》のない名将である。

北上中の第二軍は七月九日蓋平へ入城、二十五日に大石橋《だいせききょう》を攻略した。新編制の第四軍は第二軍に呼応して析木城《せっきじょう》（大石橋の東三〇キロ）を攻略することになった。

析木城は一〇世紀に建てられた古城で、貴重な遺跡が多い。周辺の山岳地帯にロシア軍は陣地をかまえていた。

野津軍司令官は第五師団を右翼、第十師団を左翼に配置した。川村第十師団長は師団を右翼、中央、左翼、予備の四つに分けた。東条旅団は二つに分けられ、小野寺実大佐のひきいる第十連隊が左翼の中央、鎌田《かまた》大佐の四十連隊が左翼の左翼を担当することになった。左翼の右翼は第十旅団、予備は第二十旅団である。

東条の第八旅団は今回は第四軍左翼の主役である。岫巌分水嶺攻略戦の不始末を、なんとか挽回《ばんかい》しなければならない。

第十師団の三隊は七月三十日、析木城の西高地に向けて進撃を開始した。翌朝、東条のもとへ口頭で師団命令がとどいた。

「中央隊および左翼隊は共同して瓢簞山《ひょうたんやま》を攻略し、つづいて章山峪の北方陣地に拠《よ》る敵の側背へ接近すべし」

瓢簞山も章山峪も日本軍がつけた名である。双方とも析木城の西にあった。

小野寺、鎌田両連隊は析木城正面を第五師団にまかせ、西側の要地瓢簞山の奪取にとりかかることになったわけだ。

ただちに両連隊は進撃を開始、谷をへだてて瓢簞山と向かいあう山腹に着いた。敵は山頂近くの七カ所の散兵壕から猛烈に撃ちおろしてくる。斜面は急で、日本兵が身をかくす場所がない。前進は不可能だった。

午前七時半、後備歩兵第十旅団が析木城の前方高地を占領したむね報告が入った。

老兵の後備旅団に先手をとられた。刺激されて小野寺、鎌田両連隊は砲兵の援助のもと遮二無二《しゃにむに》瓢簞山の絶壁に挑んだ。十一時まえ、両連隊はようやく同山を占領した。

川村師団長は山を確実に確保するか、敵を追撃するかは東条の判断にまかせるといってきた。東条は確保のほうをえらんだ。猛暑の日で日射病に倒れる兵も多く、だれが見ても両連隊には休養が必要である。

ところが夕刻、ロシア軍が砲口を東条旅団に向けて猛烈に砲撃してきた。ふいをつかれて旅団は沈黙し、反撃にそなえた。

午後六時、鼓笛隊の演奏とともに一個旅団のロシア軍が攻撃してきた。瓢箪山の北側は東条旅団がよじのぼった断崖とは対照的な緩斜面で、樹林に覆われている。ロシア兵たちはらくらくと駆けのぼってくる。

ようやく味方の砲兵隊が撃ちはじめた。だが、距離が近すぎて効果はない。

鎌田連隊の第一中隊長藤原大尉が兵の先頭に立ち、自刃をかざして敵中へおどりこんだ。三人斬ったあと撃たれて戦死した。兵たちはこの奮戦に鼓舞され、喚声をあげて一斉に突入、敵を撃退した。

小野寺連隊の第十一中隊長富山大尉は白兵戦で数名を斬り、一息つくたびに日の丸の扇でバタバタと自分に風を送った。兵士たちも見習って扇を使いはじめる。戦闘の切れ目ごとに一様に日の丸扇をとりだして自分をあおいだ。数百の兵が山上や山腹に腰をおろしてバタバタやると、無数の日の丸が飛び立とうとするようだった。

「敵の射撃目標になるからほどほどにしろ」

東条旅団長は各中隊長に伝達させた。

だが、たまたま視察にきた野津司令官は、

「将兵には余裕があるな。これなら大丈夫」

と勝利を確信していた。

激戦の場では藤原、富山両大尉のような正邪を超えた闘魂が必要になる。野津大将は戦場においてすべてを超越し、エネルギーのかたまりと化す人間がどんなに必要かをよく心得ていた。そのエネルギーは天皇のために死ぬことを最高の栄誉とする国家神道の価値観からきている。これにたいして東条は、参謀上りらしく常識が勝って、目さきの利益得失をまず念頭においた。戦略の第一人者であっても、前線の指揮官には不向きだったのだ。

ロシア軍は四度逆襲してきた。ようやく午後九時に砲声、銃声が消えた。東条旅団はいくつかの中隊が大損害をこうむったものの、ともかく瓢箪山をまもりぬいた。

午後七時、まだ銃声が消えないうちに、川村師団長の命令がとどいた。第十師団の諸部隊は今夜それぞれの現在地に夜営し、あす瓢箪山北方の敵を攻撃する。東条旅団は本日の占領地を確保し、最左翼の第二十旅団の進出を待ってこれに連携せよというのだ。

東条旅団長は、師団司令部に副官を送り、つぎのように申告させた。

「本日の敵の逆襲はまことに惨酷《さんこく》で、わが旅団の損害は甚大であります。敵は瓢簞山の北方に拠っていますが、再三ご説明したとおりこの方面の地形はきわめて険難であります。疲労損傷多きわが旅団は現状維持が精一杯と思われ、あす瓢簞山北方の敵を攻略するのはとうてい無理と判断しております」

東条旅団長の申告は、いかにもメッケル学校の優等生らしい内容だった。なんとしても敵を撃滅するといった不抜の意志が感じられない。多くの死傷者を旅団は出した、これ以上殺すにはしのびない、というのは人間としてまともな情念である。だが、戦場で指揮官は人間である以上にしばしば鬼であらねばならない。指揮官の目的は勝利である。それをつかむのは円満な常識人ではなく、凶悪粗暴な悪鬼なのだ。天皇絶対主義の生んだこうした気風を陸軍の首脳は共有していた。

川村師団長は一喝して申告をしりぞけ、命令遵守をいいわたすべきだった。だが、川村も麾下の将兵に無理を強要する蛮勇がなかった。午後九時、川村は第四軍の参謀長上原勇《うえはらゆう》作《さく》少将に使者を送り、第十師団は戦力が甚《はなは》だ低下したので、あすは現在地にとどまると伝えたのである。

野津司令官はこれを一蹴《いっしゅう》した。予定どおり攻撃を続行すべし、と命じてきた。

「無茶をいう。兵には休息が必要なのに」

東条は顔をしかめたが、拒絶はできない。

八月二日の早朝、第十師団の砲兵隊は目標地点への砲撃を開始した。だが、ロシア軍の大砲は沈黙したままである。ふしぎに思って師団司令部は騎兵隊を偵察に出した。目標地点の高地へ駆けあがった騎兵隊は、息を呑んで立ちつくした。ロシア軍ははるか遠くへ退却中だった。前日の激烈な反撃は擬装だったのである。兵力を温存し、遼陽方面で大合戦をおこなうべく撤退を開始したのだ。東条旅団は疲れ切って敵の意図を見ぬくことができなかった。

あわてて第十師団は砲兵隊を前進させ、退却するロシア軍に砲撃を加えた。だが、すでに手遅れである。析木城から瓢箪山にかけての一帯には、もう敵の姿はなかった。

六月上旬に第三軍（第一、第九、第十一師団など。乃木希典大将）が大連に上陸、旅順と第二軍を遮断する壁となった。おかげで第二軍は後顧の憂いなく北上が可能になり、八月上旬には海城へせまった。ところが敵は意外に頑強に抵抗し、第二軍は数百名の死傷者を出した。析木城、瓢箪山方面から撤退した敵が海城へ入ったのだ。

「東条旅団がやすやすと敵の退却をゆるしたので、損害が大きくなった」

第四軍司令部でそんな声があがり、その声は満州軍司令部にもとどいた。

東条英教は八月二十六日、第八旅団長を罷免《ひめん》されて帰国の途についた。

「やっぱり薩長の出でないとだめなのよ。お父さまを帰国させるなんて陸軍の損失だと井口少将などはいっておられるのに」

休日に帰宅した英機に向かって、母のチトセは恨み言をのべた。

陸軍士官学校へ英機は入学したばかりである。戦時の速成教育で、来年春には卒業、少尉に任官し出征することになる。

「そうかもしれませんね。軍の主要ポストはおおむね薩長出身者が占めています。師団長一三名のうち七名が薩長出身ですから」

以前よりも真剣に英機は答えた。

上層部の人事など士官学校生徒にとっては雲の上の話だが、父親が旅団長を解任されたとなると、無関心ではいられない。

「なにか不本意なことがあったのよね。お父さまはなにもおっしゃらないけど」

「たしかに変ですね。第八旅団がとくに苦戦したという話はきかない。軍司令官や師団長と意見が合わなかったのかな」

「野津閣下も川村閣下も薩摩のかただものねえ。川上操六閣下もそうだったけど」

脚気《かっけ》を理由に父英教は更迭された。

だが、帰国した父には病気の気配もない。血色も良いし、皮膚も艶《つや》を保っている。

父は数え年五十である。平均寿命の短い時代だとしても、まだ老けこむ年齢ではなかった。父は待命《たいめい》となり、たまに陸軍省へ出向く以外、書斎で原書を読んでいる。向上の意欲はまだ十二分にあるのだ。

思いきって英機は父に訊いてみた。

「陸軍の上層部は薩長閥で固まっているときさます。閥外の者はなかなか大事な役目につけないとか。ほんとうにそのようなことがあるのですか」

父は新聞に目を通していて、意表をつかれたように英機をみつめた。

苦笑いをうかべ、座敷机に新聞をおいた。茶を一口すすってから答えた。

「そんな傾向がなくもないな。げんにわしはこうして帰還を命じられた」

「なにか失敗が――。作戦上のことで」

胸をつかれて英機は父をみつめた。

父は陸軍一の戦術理論家のはずだ。

「それは上の判断にかかっている。一つのことでも見る人によって評価は変るのだ。ある人が見れば成功、ある人が見れば失敗。なかなか一筋縄ではいかぬ」

「評価に薩閥による評価がからむのですね。長州と薩摩の出身者には点が甘い」

「そうだな。一品会の会員などはたがいに力を貸しあっている。情実がないとはいえまい」

口もとを歪《ゆが》めて父はつぶやいた。

少将以上の長州出身者は「一品会」という会をつくっている。長州藩の主家、毛利《もうり》家の家紋にちなんだ会名である。山県有朋、桂太郎、寺内正毅《てらうちまさたけ》、長谷川好道《はせがわよしみち》、乃木希典らお歴々が名をつらねていた。児玉源太郎は長州出身だが、閥にはあまり係わりがない。最近留守参謀本部次長となった長岡外史少将も一品会の所属だった。陸大一期卒業生一〇名のうち卒業成績がビリだった男である。

いっぽう大佐以下の山口県人は「同裳会《どうしょうかい》」という結社に拠っていた。他府県の出身者からは白い目で見られている。

「陸大ではドイツ人のメッケル教官が指導しておられました。官軍も賊軍もなかったから、お父さまは首席になられたのですね。しかし、任官後はそうはいかない――」

「そうだな。海軍は日清戦争まえに山本権兵衛閣下が薩摩閥の大整理をやられた。あれで海軍は良くなった。陸軍であれができるのは山県元帥だけだが、あの人は長州閥を強化することで自分の発言力を増そうとしている。当分現状はつづくだろうな」

きいて英機は重い衝撃をうけた。

やはり父は長州閥のせいで不当な処遇をうけたのだ。父ほどの頭脳の持主でも、些細《ささい》なことでポストから引きずりおろされる。閥は怖い。うかつに隙は見せられない。薩長閥に牛耳られている陸軍は、閥外の人間にとって油断も隙もならぬ敵地なのだ。こんごは一挙手一投足に気をくばって、他人につけこまれる余地をつくらぬようにする必要がある。

ふいに父は明るい声でいいきかせた。

「長州閥がどうのと思案するのは、まださきの話だよ。おまえは修業中の身なのだから、いまは勉学ひとすじでよろしい。戦争が終ったら、陸大受験で大変だぞ」

それで父との問答にはけりがついた。

陸軍士官学校へ、けわしい面持で英機はもどった。校内の風景がけさまでとは一変して、荒涼として目に映った。母校へ帰ったという安堵《あんど》の念がまったく湧かない。外国へ迷いこんだような警戒心と緊張にとらわれる。

努力、努力。隙を見せると、味方はすぐに敵に変る。自分にいいきかせて英機は宿舎の階段をのぼった。

米内光政の所属する第十六艇隊は、旅順口閉塞作戦のあと、遼東半島南の裏長山列島《りちょうざん》の基地を根拠地にしていた。

旅順口の封鎖、パトロール、掃海や機雷敷設の護衛などで毎日が多忙である。

六月二十三日、パトロール中の艦艇から旅順艦隊が外洋へ出てきたとの報せが入った。

同じ裏長山列島にいた連合艦隊はただちに出撃した。第十六艇隊も同航する。

敵の兵力は戦艦六、巡洋艦五、駆逐艦五ということだ。わが艦隊のほうが優勢である。

「とうとう旅順艦隊は出てきたか。要塞に食料がなくなったんだろう」

「こっちの出番はどうせ夜だ。艦隊どうしの砲戦をゆっくり見物させてもらおう」

米内も同僚たちもおちついていた。

すっかり実戦馴れしてきたのだ。

午後三時、まず両軍の駆逐隊が砲戦を開始した。敵巡洋艦「ノーウィック」が応援にきたので駆逐隊は避退し、沖にいるわが第三戦隊（巡洋艦四）へ引きついだ。

敵の主力艦隊もやってくる。だが、沖合にわが第一戦隊（戦艦四、巡洋艦二）と第二戦隊（巡洋艦六）があらわれると、すぐに回頭し、要塞近くへ逃げこんでしまった。

やがて夜になった。敵の主力艦はせまい旅順口を通るのが不安なので、港外に投錨している。駆逐隊と艇隊の出番である。

午後十時半、両隊は砲火と探照灯の光をかいくぐって敵艦隊を襲撃した。だが、どの艦艇も肉迫攻撃はしない。距離二五〇〇〜三〇〇〇メートルで魚雷発射。あとはさっさと避退する。米内の艇も例外ではない。耳をすましたが、命中音はきこえなかった。

米内は艇尾の六センチ砲が担当である。艇が回頭するあいだ、砲を旋回させて敵艦を撃ちつづけた。だが、艇が避退をはじめると標的はみるみる小さくなり、闇に消える。艇は波に翻弄《ほんろう》され、水しぶきで全身ずぶ濡れである。

「あーあ、せめて一二センチ砲ならなあ」

いつものように米内は嘆いた。

六センチ砲で敵艦を沈めるのは無理だ。

「まったくです、しかし下瀬《しもせ》火薬だから、案外敵は泡を食っているかもしれませんよ」

射手がなぐさめをいった。

日本海軍は下瀬雅允《まさちか》という技術者の発明した火薬の入った砲弾を使っている。その火薬は軍艦の鋼鉄板をつらぬく力はないが、艦上で爆発すると、すさまじい破壊力で艦橋、司令塔、マスト、砲塔を吹っ飛ばしてしまう。殺傷能力も大きい。敵艦を沈めるよりも戦闘力を奪うのが、下瀬火薬の特長なのだ。

「そうだな。そう思うしかないな」

大砲を離れて米内は夜空を見あげた。

きょうもぶじに帰還できる。よろこびと解放感で胸がふくらんでくる。神の加護をいちばん身近に感じるのはやはり軍人なのだ。

八月十日早朝、旅順艦隊がこんどこそ外洋へ出てきた。報せをきいて、連合艦隊はおっとり刀で旅順沖に駆けつけた。

「今回は敵も決戦の覚悟をしたんだろう。かなり手強いかもしれんぞ」

「陸戦隊の砲撃が効いて、肚《はら》をきめたんだろう。このままではジリ貧だからな」

張りきって米内らは戦闘準備をした。

陸軍の第三軍が六月下旬、遼東半島へ上陸した。同軍は近く旅順へ総攻撃をかける計画で、周辺の前進基地を占領したりしている。

その第三軍の傘下に海軍陸戦重砲隊が加えられた。同重砲隊は一二センチ速射砲六、八〇ミリ速射砲二〇、一五センチ速射砲四を保有している。内陸部から旅順要塞と街を越えて湾内の艦隊を砲撃する能力があった。

七月下旬から砲撃は開始された。監視所がないため、遠距離、山越えで不正確ながら、旅順港や市街へ毎日砲弾が撃ちこまれるようになった。戦艦一が大破、同二が火災を起し、陸と海で多数の死傷者が出たらしい。

「旅順艦隊はなにをしているんだ。日本の艦隊と戦わないのか」

「艦隊が港内にいるから市街地も砲撃されるんだ。外洋へ出て戦ったらどうだ」

陸軍や市民からそんな声があがった。

仕方なく旅順艦隊は出てきたのだ。

旗艦「ツェザレウィチ」以下戦艦六、巡洋艦四、駆逐艦八の勢力である。

わが連合艦隊は戦艦四、巡洋艦八が主力である。しかもパトロールや封鎖つづきで故障が多く、舷側にカキやフジツボが付着して速力の出ない艦が多い。戦力では旅順艦隊のほうが優位に立っていた。

連合艦隊はしばらくとまどった。決戦を挑んでくると見た旅順艦隊にその気配がない。最初から離脱をはかっている。

あとでわかったことだが、旅順艦隊は皇帝からウラジオストックへいけと命令されていた。旅順にいて市民らの不信を買うよりは、安全なウラジオストックへゆき、本国からバルチック艦隊が回航してくるのを待てというわけだ。

連合艦隊は単縦陣で南西へ急行し、丁《てい》字戦法で敵の頭をおさえにかかった。距離六〇〇〇〜八〇〇〇メートルで砲撃開始。たちまち敵の一、二、三番艦に火災が起る。

血路をひらこうとして敵も必死の反撃に出た。旗艦「三笠」に砲弾が集中し、数発が命中した。一弾は大檣《だいしょう》をつらぬいて分隊長以下数名を死傷させる。血肉が飛び散って、現場は凄惨《せいさん》な様相となった。

東郷長官は双眼鏡を手に艦橋に立っていた。至近弾が炸裂《さくれつ》しても動じない。司令塔へ入れと参謀長らにすすめられてもきかなかった。司令塔は頑丈だが、窓が小さいのだ。

逃げる敵艦隊を、連合艦隊は砲撃をやめて追跡した。ウラジオストックへ逃げこまれては、きたるべきバルチック艦隊との決戦が不利になる。海上輸送も攪乱《かくらん》されるだろう。なんとしても捕捉せねばならない。

二時間後ようやく両艦隊の距離はちぢまり、砲戦が開始された。敵の旗艦「ツェザレウィチ」に大爆発が起り、同艦はとつぜん左へ回頭、後続の艦列へ突っこんでいった。操舵手が舵桿《だかん》を握ったまま死んだのだ。

敵艦隊は混乱して団子状になった。三方から囲んでわが艦隊は猛砲撃を加える。敵は四《し》分五裂《ぶんごれつ》になった。

「ツェザレウィチ」は大破し、司令官は戦死した。左へかたむきつつ膠州《こうしゅう》湾方面へ向かう。ロシアの同盟国ドイツの租借している同湾へゆけば、国際法により武装解除され、終戦まで繋留されることになる。駆逐艦三がそれにつづいた。

敵巡洋艦二、駆逐艦数隻はわが第六戦隊に痛撃され、大損害をうけて逃亡した。戦艦四隻もそれぞれ損傷し、生命からがら旅順港へ逃げもどってゆく。

夜になった。午後八時、東郷長官は駆逐隊、水雷艇隊に出撃を命じた。

両隊は旅順へ逃げ帰る敵艦隊を全速力で追跡した。一時間もすると、敵の艦影がはるか前方にうかんできた。

「それいけ。敵はもうヨレヨレだぞ」

米内の艇で水雷長がさけんだ。

「針路左二五度。敵の左後方へ出ろ」

艦長が指示する。いまの位置では標的が小さすぎて魚雷発射ができない。

「うわあ、危い」

「もどせ、もどせ。ぶつかるぞ」

数人の声が艇の前方からきこえた。

前部砲塔で米内は息を呑んだ。すぐ左手の闇の上方にまっ黒な艦影が出現し、大波をすべりおりてくる。味方の駆逐艦だ。衝突——。米内が観念した瞬間、ザーッと水音を立てて艇首が右へ立ちもどる。助かった。ほっと息を吐いたとき、駆逐艦から罵声がきこえた。向こうも肝を冷やしたらしい。

「右前方。水雷艇。近いぞ」

「後方、駆逐艦。距離七〇メートル」

見張員の声がつぎつぎに飛んだ。

なんということだ。前後左右、味方の駆逐艦と水雷艇でごった返している。一瞬も気をぬけない。たえまなく艇は波に乗りあげる。全員が衝突回避で必死である。

つづけざまに水柱が立ちあがった。敵艦が砲撃をはじめたのだ。破損されているが、まだ大砲は残っているらしい。ぱっぱっと赤い発射炎が敵艦から吐きだされ、一度に数本ずつ水柱が立ちあがる。

「第一砲塔、戦闘。目標、右前方巡洋艦」

艇長の声が拡声機から流れた。

ようし、いくぞ。意気ごんで米内は砲塔員に水圧弁をひらかせ、装塡《そうてん》を命じ、尾栓《びせん》をとじさせる。よろし。砲手がさけび、装薬手が装薬をぬいて砲尾においた。

砲手が装塡する。米内は旋回手、射手とともに照準点、照準線を調整し、一息いれたあと、撃ちかた始め、の号令をかけた。

轟然《ごうぜん》と弾丸が飛びだしてゆく。暗くて着弾点がよくわからない。測距儀も距離時計もない時代なので、射手の照準にまかせるより仕方がなかった。ときおり米内は修正を命じる。六センチ口径でも速射砲はバカにならない。赤い尾をひいて砲弾がつぎつぎに敵艦へ吸いこまれてゆく。

敵艦のマストの下に赤い火煙が立ちのぼった。命中である。米内らは歓声をあげた。僚艦、僚艇も撃っているから自分の艇の手柄かどうか厳密にはわからないが、弾着の時間はたしかに自分たちの砲撃と合致している。

「水雷長、発射用意――」

艇長の声がきこえた。

距離三〇〇〇メートル。まだ遠すぎる。だが、甲種魚雷だからこれでいいのだろう。標的の巡洋艦は燃えている。だが、沈みそうもない。仕上げは魚雷にまかすのみだ。

発射。声とともにブザーが鳴った。ざぶん、ざぶんと二本の魚雷が発射管から飛びだし、仄白《ほのじろ》い航跡を一瞬見せて闇に消える。

魚雷のゆくえを見まもるひまもなく、

「うわあ、近いぞ」

だれかがさけんだ。

数十メートルまえに味方駆逐艦の艦尾の影が、波に乗ってビルのようにそびえている。

艇長が懸命に指示を出し、艇はきわどく針路を変えた。魚雷は駆逐艦の横すれすれを通りぬけたらしい。その間にも敵の砲弾がつぎつぎに水柱を立てる。衝突、敵弾。二重にも三重にも剣呑《けんのん》な状況だった。

艇は懸命に左へ斜行し、ようやく危険水域を脱した。魚雷の命中音はきこえない。なんのための追跡だったかと腹が立つが、やれやれこれで終ったという思いのほうが濃い。疲れはてて一同は帰途につく。砲音がしだいに遠くなった。駆逐艦も水雷艇も混雑にわざわいされて敵を捕捉できなかった。遠距離ながら魚雷を発射できたのが、せめてものなぐさめである。

この日の一戦は「黄海海戦」と名づけられた。敵艦隊はほぼ例外なく大破されたが、撃沈された艦は一隻もなかった。戦艦「ツェザレウィチ」は膠州湾へ逃げこみ、武装解除された。巡洋艦「アスコリド」「ディアーナ」は上海およびサイゴンで武装解除された。駆逐艦隊も各地へ分散し、それぞれ同じ処置をうけた。一隻は日本艦に拿捕《だほ》されるのをきらって自沈した。

巡洋艦「ノーウィック」は樺太《からふと》のコルサコフ湾へ逃げこんだが、巡洋艦「千歳」「対馬」に発見されてみずから擱座《かくざ》の道をえらんだ。

ウラジオストックへゆきついた艦は結局一隻もなかった。その意味ではわが連合艦隊の勝利だったが、傷つきながらも敵艦隊の主力が旅順港へ舞いもどったからには、苦しい封鎖作戦をこんごもつづけなければならない。

日本側の損害も軽微ではなかった。なかでも旗艦「三笠」は集中砲火の標的となり、三十数発の砲弾を食らった。九五カ所が破損し、三〇センチ砲塔二基、艦首砲が使用不能となった。

全艦隊をつうじて死傷者は二一六名。さいわい撃沈された艦は一隻もない。

裏長山列島へ帰ってから、第十六艇隊司令の若林少佐は、ほかの数名の艇隊司令とともに「三笠」へ報告に出向いた。さきに駆逐隊の司令たちが報告を済ませていた。

二時間後、若林司令は宿舎へもどってきた。米内は同じ艇隊の少尉、中尉たちと休息所で一杯やってくつろいでいるところだった。

若林司令のひげ面は頰がこけている。

「クビだ。全駆逐隊および全水雷艇隊の司令と艦長・艇長は全員入れ替えだとよ」

血を吐くように若林は告げた。

なんですって。米内らはおどろいて若林司令に椅子をすすめ、説明をきいた。

開戦時、駆逐隊、水雷艇隊は旅順口外に碇泊する敵艦隊に奇襲をかけ、一隻も撃沈せずに帰ってきた。戦艦三隻から五隻を葬れる状況にあったにもかかわらずだ。

今回また戦果はゼロに終った。連日の封鎖パトロールなどで隊員が疲れきっているのはわかる。が、根本は甲種魚雷の性能に甘えて肉迫必中の精神をわすれたからだ。思いきって接近すれば開戦時といい昨夜といい、戦艦二、三隻は撃沈できたにちがいない。以上が司令部の所見だったという。

「しかし、せっかく長距離発射が可能なのに、その性能を利用してはいかんのか」

若林司令は冷酒をあおりはじめた。

司令らの報告を東郷司令長官はだまってきいていた。報告が終ってから参謀長の島村速雄大佐が別室へ司令らをあつめ、更迭《こうてつ》をいいわたしたということだ。

「わしも責任をとって辞める、と参謀長はいうておられた。後任は未定だそうだ」

だいたい海軍は大艦優先だ。戦術研究も大艦に関してだけで、駆逐艦や水雷艇はほったらかしではないか。責任だけ問いやがって。

若林司令はつづけざまに飲んだ。

米内にはなぐさめのことばもない。できるのはヤケ酒につきあうことだけだ。

蛮勇なのだ。知力のかぎりをつくしたうえで、最後には闘争心の火の玉と化さなければ勝利はつかめない。大事なことを学んだ思いで、米内はコップ酒をかさねた。

その四日後、朝鮮半島南東部の蔚山《うるさん》沖で、もう一つ重大な海戦がおこなわれた。ウラジオストックから出てきた敵艦隊を第二艦隊（上村彦之丞《かみむらひこのじょう》中将）がついに捕捉したのだ。

浦塩艦隊は装甲巡洋艦三基幹である。開戦以来、日本海に出没していた。

二月十二日、四月十六日に日本の商船各一が同艦隊に撃沈された。また六月十五日には輸送船「常陸丸」および「佐渡丸」が同じく撃沈された。「常陸丸」には近衛後備歩兵連隊の将兵約一一〇〇名、「佐渡丸」にもほぼ同数の工兵隊員が乗っていて、救助された者は一割にも満たない。

第二艦隊（一等巡洋艦六、二、三等巡洋艦各二）は浦塩艦隊出現の報せをきくたびに快速を利して追跡したが、濃霧などのせいでいつも逃げられていた。向こうも巡洋艦部隊で足が速い。

「上村長官はなにをやってる。逃げられたのは濃霧のせいでなく無能のせいではないか」

と議会でからかわれる始末だった。

勇猛で負けず嫌いの上村長官は、

「敵を発見したらただちに接戦距離に入り、各艦とも砲弾のすべてをつくして砲撃せよ。本官みずから砲手となって撃ちまくる」

と将兵を叱咤《しった》しつづけていた。

その上村艦隊が蔚山沖で十四日朝、とうとう浦塩艦隊をつかまえたのだ。砲戦になり北へ逃げる敵艦隊を上村艦隊はひたすら追った。巡洋艦二が黄海へ出撃していて、巡洋艦は四隻しかいなかったが、敵は三隻なのでわがほうが優位に立っている。

砲戦になった。両艦隊とも単縦陣である。敵の四番艦「リューリック」がまず舵機を破壊され、航行能力を失った。残る二隻も大破したが、ともに一万二〇〇〇トンの大型艦なので、なかなか沈まない。「リューリック」を救援にもどってくる。

だが、「リューリック」が沈没間近なのは明らかだった。あきらめて二艦は北へ向かって逃走を開始する。第二艦隊は追跡したが、弾丸が尽きたので追跡を中止した。沈没した「リューリック」の乗組員約五〇〇名を、駆逐隊が救助にあたる。逃走した二艦は損傷がひどく、結局廃艦になった。

この蔚山沖海戦で日本近海の制海権は完全にわが海軍が掌握した。上村長官は「無能」から一転して英雄になった。


乃木希典大将のひきいる第三軍は八月十九日、第一回旅順総攻撃を実施した。

結果は無惨な失敗だった。第一、第九、第十九師団とも要塞砲と新兵器である機関銃の猛射によって一万六〇〇〇名もの死傷者を出した。

中央部の二つの山が日本兵の遺体で埋まっているのを見て、乃木軍司令官は、

「強攻を中止し、ほかの方策を考えるべきではないのか」

と作戦会議で提案した。

ところが参謀長の伊地知《いぢち》幸介《こうすけ》少将は、

「いや、要塞は大砲でつぶせる。以後、歩兵が大和魂を発揮して突撃すればよい」

と一歩もゆずらなかった。

伊地知は薩摩出身。独仏英に駐在経験のあるエリートだが、プライドと能力の釣合わぬ男だったらしい。自分の頭にある青写真にこだわり、現実を見ようとしない机上の秀才だった。日清戦争では第二軍の参謀副長だったが、目立った功績はない。五月、第三軍参謀長に起用されたのだが、明らかに薩摩閥人事だった。

第三軍の作戦会議で伊地知に反対したのは一人しかいない。やむなく乃木は、伊地知の顔を立てた。

旅順の攻防戦を尻目に、八月二十四日から九月四日まで、遼陽会戦が実施された。

日本軍は第一、第二、第四軍の一二万五〇〇〇名、ロシア軍は一五万八〇〇〇名の大兵力で正面からぶつかりあった決戦だった。

遼陽は人口八万。城壁に囲まれた整然とした街並である。ロシアの満州軍総司令官クロパトキン大将は、城の東、南、西に第一線、第二線の防御陣地を設けた。

八月二十四日に第一軍は進撃を開始し、二日後にロシア軍の第一戦陣地を攻略、さらに夜襲によって要衝弓張嶺《きゅうちょうれい》を占領した。

第二軍は二十五日夜半に進撃を開始し、北上した第四軍と協力して三十日、首山堡《しゅざんぼ》を攻撃する。両軍の大砲八〇〇門が終日、砲音をとどろかせて歩兵の援護をつづけた。

第二軍は保有する二八センチ攻城砲二門で遼陽停車場とその付近を砲撃し、ロシア満州軍司令部やクロパトキン司令官邸を破壊してロシア軍の士気を大いに減退させた。

クロパトキン司令官は遼陽東方を主戦場と見なし、七万の兵をおいていた。日本の第一軍が東方戦線を突破したので、九月四日、彼は撤退命令を出した。日本軍をさらに内陸部へさそいこみ、奉天で大包囲戦をやろうと構想したのである。

もともと軍隊には、現実無視を助長する性質がある。あらゆる理非分別を超えて、猛獣なみの戦闘性をしばしば要求されるからだ。白兵戦が究極の戦闘である陸軍は、とくにその性質がはっきりしている。天皇陛下のためならばなんで生命が惜しかろう。名誉の戦死のみを将兵は念頭におき、自分たちの生命がどれほど無造作に浪費されているか、見ようとしない。そのほうが楽に死ねるからだ。

エリート将校らも例外ではない。彼らは絶望のバンザイ突撃を強いられる心配はない。だが、多数の兵士の生命を浪費する心の痛みには耐えられず、あらぬ方向に目を向けて突撃命令を出すのである。この会戦で秋山支隊は敵陣深く攻め入って、第二軍司令部へしばしば正確な意見具申をした。だが、落合豊三郎《おちあいとよさぶろう》参謀長は、二八センチ攻城砲による遼陽停車場の砲撃以外、秋山支隊の進言をまったく受けつけなかった。

一流と見なされながら、クロパトキンもまた現実無視の戦略家だった。日本軍の現実無視癖と反対に、彼は理にこだわりすぎて、勝利の一歩手前にある現実を把握できなかった。一兵でも多くの兵を無傷で引きあげさせ、兵力、弾薬、食料、地勢などすべての面で優位に立って戦わないと気が済まないのだ。

敗北したわけではないので、ロシア軍は整然と撤退し、日本軍は九月五日遼陽へ入城をはたした。日本軍の戦死者は五五五七、負傷者は一万七九七六、ロシア軍の死傷者は一万五八〇九と発表された。

ロシア軍は遼陽から撤退したあと、奉天の南二〇キロを東西に流れる沙河《さか》の右岸に防衛線を敷いた。

河をはさんで日本軍は左岸に待機した。遼陽会戦と同様東から第一軍、第四軍、第二軍の位置どりで、戦線は七〇キロにおよぶ。

遼陽会戦で日本軍は疲れきっている。弾薬も残りわずかである。大本営は旅順攻略戦中の第三軍への補給に追われて、沙河戦線にまで手がまわらない。おまけに脚気が蔓延《まんえん》しはじめた。いまは追撃どころではなく、ひたすら戦力の回復をはかるしかない。

十月に入ると、ロシア軍は南下の気配を見せはじめた。防禦主体だったこれまでの戦法を一変する気らしい。

クロパトキンは本国での評価が下落し、近く更迭されるという情報もある。彼はあせって攻撃に出てきたのだろう。

十月九日の小競合のあと、十一日、ロシア軍は総攻撃を開始した。戦線の東部に主力を配し、東北部の山岳地帯などにいる梅沢、島村旅団を全滅寸前にまで追いこんだ。

だが、児玉総参謀長はすでに大作戦を立て、各方面へ伝達していた。防衛線の中央部にいる第四軍、西部にいる第二軍を遮二無二前進させ、東部にいる梅沢旅団を軸に全軍を右へ大旋回させて東北の山岳地帯へロシア軍を追いこもうというのである。

十二日夜、第四軍は六万の兵力で正面の敵を夜襲した。史上初の大規模な夜襲であり、みごとに成功してロシア軍は敗走した。ややおくれて第二軍も西部の敵を突破し、東北方向へ進撃する。梅沢、島村旅団は息を吹き返してつぎつぎに失地を奪回してゆく。

十三日夜からロシア軍は退却を開始した。万宝山《まんぽうざん》攻略に失敗した第二軍の山田《やまだ》支隊をのぞき、全戦線で日本軍は勝利をおさめる。

沙河会戦における日本軍の死傷者は二万四九二名。ロシア軍の死傷者は四万三六八六名である。弾薬不足で日本軍は追撃できず、この地で越冬せざるを得なくなった。


この時期、米内光政はひどい腹痛に耐えながら哨戒、掃海などの軍務に服していた。必死で頑張ったが、数日後には痛みで一晩中呻《うめ》いてすごす羽目になった。へその周囲が錐《きり》を揉《も》みこまれるように痛い。やがて痛みが右下腹部へ移り、盲腸炎だと見当がついた。

朝になったが、起きられない。高熱が出て、動くと目がくらんだ。観念して米内は軍医を呼んでもらった。

「痛いのにここまで引っぱるバカがいるか。腹膜炎を起したら死んでしまうぞ」

軍医はあきれて病院船ゆきを命じた。

盲腸炎が進行して盲腸周囲炎を起しているらしい。ふつうなら手術後一〇日もすれば抜糸、退院できるが、こじらせたのでしばらく療養せねばならないという。

「ツイてないな。戦さのさなかに――」

折歯扼腕《せっしやくわん》しながら米内は内火艇で病院船「神戸丸《こうべまる》」へはこばれた。

日本海軍にはまだ正式の病院船を建造する余裕がない。商船を改造して医療施設を乗せ、医師とスタッフを勤務させていた。

十月十二日、手術をうけた。かなり長時間の手術になった。もう一、二日ほうっておいたら、生命が危かったろうといわれた。

数日後、この十五日にバルチック艦隊がロシアのリバウ港を出航したというニュースが新聞に載った。日本海軍と戦うため、ウラジオストック目ざして航海に出たのだ。

来年早々日本海へあらわれるだろう。わが連合艦隊は総力をあげて迎え撃つことになる。それまでにはなんとか回復して決戦に参加しなければならない。入院予定は三週間だった。その後軍務に復帰できる体力をとりもどすまでどのくらいの日数を要するのか。焦燥にかられながら日を送った。

十月二十日、米内は第十六水雷艇隊勤務をとかれ、待命となった。佐世保の海軍病院で療養することが条件である。

佐世保鎮守府へ米内は送られ、海軍病院へ入院した。木造二階建て。おそろしく長い廊下のある病院だった。付近には舞鶴鎮守府よりも大きな赤煉瓦の鎮守府と海兵団がある。

米内は模範的な患者だった。つい先日までの緊迫した、多忙きわまる日々が嘘のような、ゆったりした日々がつづいた。傷の痛みはさほどでもない。酷使された体の節々に新鮮な血液がゆきわたって、一日一日元気をとりもどした。

とつぜん自由な日常がもどると、本が読みたくてたまらなくなる。戦術や戦史に関係のない文芸書をひもときたかった。戦さに明け暮れて読書の欲求をどれだけ抑圧していたか、しみじみ実感させられる。

病院内に書店があった。坪内逍遙《つぼうちしょうよう》や泉鏡花《いずみきょうか》、徳田秋声《とくだしゅうせい》らの著作に読みふけった。

佐世保海軍病院にはロシア海軍の負傷兵の捕虜四十数名が収容され、治療をうけていた。蔚山沖海戦で撃沈した巡洋艦「リューリック」の乗組員である。

将校も下士官、兵もいた。艦長以下上級将校はすべて戦死したということで、入院している者は全員が若者だった。

彼らの病室は一般から隔離されている。半数は寝たきりだったが、あとの者は松葉杖をついたり、義足を引きずったり、義手をかかえたりして庭を散策していた。

どの若者も陽気である。出会うと人なつこく笑って、コニチワ、ゲンキデスカなどと話しかけてくる。まるで屈託がない。医師や看護婦に冗談をいって笑いあっている。

ハーグ条約を遵守して日本は捕虜を優遇している。おかげで彼らは顔色もよく、傷の治療も順調で、日本人に好意を寄せていた。

だが、あの屈託のなさはいったい何なのか。捕虜の屈辱は感じないのか。生き恥をさらしている意識はないのか。交戦国の人間になぜあんなに親しげにできるのだろう。

同じ人間ながら、ロシア人はずいぶん日本人とちがうようだ。米内はロシア人をもっとよく知りたい欲求にかられた。自分たちが戦っている相手はいったいどんな人間なのか。なにを彼らは考えているのか。

まずロシア語をおぼえなければならなかった。兵学校で習ったので、すこしは心得がある。佐世保の町の書店にたのんで教本と辞書をとりよせ、勉強をはじめた。

「妙なものだな。学生のころあまり勉強しなかった人間にかぎって、卒業すると勉強したくなるのだよ。自由な時間のありがたみがわかるからだろうな」

勤勉ぶりを同室の士官に誉められて、米内は笑った。

気力は横溢《おういつ》しているが、体力の回復ははかばかしくない。手術後三週間たってから、もう三週間の療養が必要だと軍医にいわれた。手術の傷はかなり回復したものの、体が衰弱して軍務に耐えられそうもない。

焦燥に米内はかられた。現在の身分は「待命」だが、あまり回復がおくれると予備役に入れられるかもしれない。

転地療養を軍医にすすめられた。彼の出身地である佐賀県の田舎町が適当だろうという。

米内は転地の許可をもらい、その町へいってみた。山にかこまれた盆地にある人口三〇〇〇ばかりの町である。荒海を駆けまわっていた身には、山の気配がありがたかった。

米内は、間借りをし、自炊生活をはじめた。肉、卵、野菜など栄養ある食材をふんだんに摂るためには自炊のほうが好都合だ。

当時は脚気が多かった。原因がビタミンB_1の欠乏にあるとはまだ知られず、細菌感染による病だと一般には思われていた。

陸軍は細菌学、病理学、薬学の理論を重視するドイツ医学を採用していた。ドイツの細菌学は「脚気菌」をつきとめられず、日清戦争では三九四四名の将兵を脚気で死なせた。

日露戦争でも二一万名が発病、二万七八〇〇名を戦病死させている。

いっぽう海軍は臨床医学、予防医学、栄養学重視のイギリス医学をとりいれていた。海軍軍医総監石神豊民《いしがみほうみん》、弟子の高木兼寛《たかきかねひろ》が中心となっている。高木はイギリス留学のあと東京慈恵《じけい》医院の院長に就任した。

高木はイギリス海軍に脚気がすくないことに注目した。研究の結果「食事、栄養説」をとなえ、海軍食に麦めしを奨励した。

明治十七年高木は実験航海をおこない、麦めしの効果を確認した。以来海軍は洋食をとりいれ、脚気を追放したが、一人一日三八銭《せん》の食費が贅沢だとして議会で追及されたりした。盛りソバ一杯一銭五厘《りん》の時代である。

だが、脚気ビタミンB1欠乏説は理論的に証明されてはいない。陸軍は白米食にこだわり、

「陛下の軍人に囚人と同じ麦めしを食わせるわけにいかん。士気にかかわる」

と改革を断行しなかった。

第二軍の軍医部長、森林太郎《もりりんたろう》（鷗外《おうがい》）も強硬な細菌論者で、脚気を追放できずにいる。森は晩年、叙勲や爵位をいっさい拒んだが、この件がわだかまりだったようだ。

以上のような事情で海軍の食事は一般家庭よりも栄養価に富んでいた。なかでもカレーライスが日本人に愛された。だが、回復途上の米内にはそれでも物足りない。自炊してからは朝から肉や卵を大いに食べた。ただし療養期間中のみ麦めしではなく白いめしに替えた。

白いめしがしみじみと美味い。ああおれはやはり岩手の人間だという気になる。副食物が豪華だから、脚気の心配はない。一食ごとにみるみる体力が回復してゆく。

胃がみたされると、頭脳が飢えを訴えるようになった。ロシア語の学習に米内ははげみ、ロシアの歴史書と文学、経済や国際関係論の書物も読んだ。疲れて散歩に出る時間をのぞき、毎日学習に明け暮れた。

まるで海綿が水を吸いとるように、米内の頭脳はロシア語とロシアに関する諸知識を吸収していった。戦争でいつ死ぬかもしれないから、脳細胞ががむしゃらに活動する。

予定よりはやく十一月十七日、米内は全快したという報告書を軍医に送った。しばらく待ったが、病院からも鎮守府からもなんの音沙汰もない。ひょっとしたら予備役入りなのではないか。心配になって米内は十一月二十六日、佐世保に帰った。第三回旅順総攻撃の開始された日だった。

「あせることはない。近く配属さきをきめるよ。ともかく体力の回復につとめろ」

鎮守府の人事部でそういわれた。

人事部の紹介で同市の丸善《まるぜん》醬油の社長宅へ下宿することになった。

第三回旅順総攻撃は最初惨憺《さんたん》たる失敗に終ったが、十二月五日以後、児玉総参謀長の直接指導により二〇三高地を奪取、観測所を設けて後方から旅順艦隊を砲撃できるようになって一気に好転した。艦隊も要塞も標的になり敵艦はつぎつぎに撃沈されてゆく。

十二月三十日、米内は「佐世保鎮守府付」の辞令をもらった。ともかく予備役入りをまぬがれて一安心した。

明治三十八年一月一日、ロシア関東軍司令官ステッセル中将は特使を第三軍へ派遣し、降伏、旅順開城を申しいれた。

日本国内は沸き立った。盆と正月ではなく捷報《しょうほう》と正月が同時にやってきたのだ。佐世保の街には号外売りの鈴の音が交錯した。

連戦連勝の戦果と天皇の御稜威《みいつ》を号外がうたいあげた。米内は亀山八幡宮《かめやまはちまんぐう》へ初詣《はつもう》でをしたが、一日午後旅順開城が伝わってから、あらためて同社へお札参りをした。軍港佐世保の鎮守として海軍将兵の信仰をあつめている神社だ。

わが国には神の加護がある。やはり世界に類のない国なのだ。米内は鈴緒を引き、かしわ手を打ってしみじみ思った。

ロシアの国力は段ちがいに大きい。ふつうに戦力計算して勝てる相手ではない。そのロシアと戦ってここまできた。世界中が驚嘆している。やはり日本には、科学だけではとらえきれぬ目に見えない力があるのだ。形而下《けいじか》を超えた天佑神助《てんゆうしんじょ》がある。天皇陛下と国体を奉じ、国民が一致団結して戦えば、まちがいなく勝利を手中にできるはずだ。

すがすがしく緊張して米内は亀山八幡宮の石段をおりた。旗行列の一団と出会った。きょう米内は海軍中尉の制服姿でお参りにきた。制服がもっとも晴れがましく映る日のようだった。

「たのみますぞ中尉さん。バルチック艦隊をフカの餌にしてくれ」

「一隻残らず沈めてくれ。八幡さまがかならず力を貸してくれるからよ」

そんな声に米内は挙手で応えた。

手をふりながら旗行列の一行は八幡宮の石段をのぼっていった。


一月十二日、米内光政は駆逐艦「電《いなずま》」の乗組みを命じる辞令をうけとった。「電」は第一艦隊の第二駆逐隊に所属していた。僚艦は「雷《いかずち》」「朧《おぼろ》」「曙」の三隻。いずれも三四五トン、速力三一ノット、乗員数六二名の同型だった。八センチ砲二門、六センチ砲四門を搭載し、魚雷を二本抱いている。水雷艦よりは戦闘力、航続力ともはるかに大きい。

「電」は呉の海軍工廠《こうしょう》で修理中である。僚艦三隻も同じようにドック入りしている。乗組員の半数は休暇をとって帰省中だった。

米内は第二駆逐隊司令と「電」の艦長に着任の挨拶をしたあと、東京へ向かった。ふたたび第一線へ出るまえに、父母の様子を見ておきたかった。

父母は浅草で長屋住いをしていた。父は相変らず発明に熱中しているが、まだ成果はあがっていない。しかし、母を引きとってまず平穏に暮している。安心して米内は呉へもどった。

まもなく第二駆逐隊の四隻は修理を終え、すさまじい訓練に明け暮れるようになった。日本近海の制海権はすでに手中にある。戦局の大逆転を狙って遠征してくるバルチック艦隊の撃滅だけが、いまは連合艦隊の目標である。

駆逐隊、水雷艇隊の司令と各艦艇長は、黄海海戦のあと全員が更迭された。以後、「肉迫必中」が両隊のモットーである。演習時の隊員の表情には殺気がみなぎっていた。駆逐艦や水雷艇に乗組む将校たちは、スマートな海軍士官のイメージとはほど遠い野武士が多い。目を潮風で充血させ、無精ひげを生やし、長髪がゆるされているのに坊主頭である。作業服に草履《ぞうり》ばきだった。

駆逐艦乗務になってから、米内は長髪をきちんとととのえ、ひげも毎日剃るようになった。手入れのゆきとどいた服をきて、艦内でも靴をはいた。体格が立派なので、見映《みば》えのする海軍士官だった。水雷艇時代よりも、服装や身のまわりを気づかう余裕ができた。

いつ死んでも見苦しくないように、と殊勝な心がけがあったわけではない。野武士ふうの将校たちに、どこか人生を投げたような荒涼とした気配を感じていたからだ。

荒波に揉まれ、目標に向けて突進する日々がつづくと、否応なしに気持ちが荒《すさ》んでくる。どうせおれたちに明日はない。そんな思いにとらわれて酒ぐせがわるくなったり、部下に当りちらしたりするようになる。その防止のため米内は服装に気をつかうようになった。自分をくずさないための手間である。

「ぼくはガタイがあるからね。むさ苦しくすると、人の倍むさ苦しく見えるんだ」

周囲にはそう説明していた。

身だしなみの良否が芸者にモテるかどうかの重要なポイントだとむろん心得ている。

十二月下旬よりロシアの国内で革命運動がさかんになり、政府が鎮圧に苦慮しているとの情報がつぎつぎに入ってきた。ロシア政府は旅順艦隊が全滅したので、バルチック艦隊の東航をおくらせ、さきに奉天で大会戦をやって日本軍を叩き、戦争のかたをつける方針にしたようだ。

年が明けて、大本営は着々と奉天大会戦の布陣を敷いた。

東から西へ鴨緑江軍（川村景明大将）、第一、第四、第二、第三軍が並んでいた。第三軍は戦線の西端を北上し、東へ迂回して側背から奉天を突く計画である。

ところが一月二十五日、わが戦線の左翼後方にある黒溝台《こっこうだい》陣地を、一〇万名のロシア軍が攻撃してきた。ここを奪取して基地とし、日本軍の側背を突こうとしたのだ。

黒溝台を守る種田支隊（第八師団）は孤立した。第八師団長立見尚文《たつみなおふみ》中将は退却を命じ、追撃してくる敵を包囲する作戦をとった。

　ところが黒溝台を占領したロシア軍は追撃してこない。同地を修復して足場を固め、旋回して第八師団の所属する第二軍の側背を攻撃してきたのだ。第八師団はなんとしても黒溝台を奪回せねばならなくなった。

　凄絶な攻防戦となった。第二軍に所属する秋山支隊は大軍を相手に奮戦をつづけた。同支隊は騎兵第一旅団に歩兵、野砲兵各一個連隊、騎砲兵中隊、工兵一個中隊を配した万能旅団で、ロシアのコサック騎兵団と対抗するため編制された精鋭部隊である。その秋山支隊も一〇万の大軍が相手では苦戦を強いられた。総司令部は戦線の中央および左翼から抽出した部隊で立見部隊を編制し、黒溝台に投入してようやく失地を回復した。

　第八師団は寒冷地の青森、秋田、岩手、山形出身の兵で編制されている。だが、極寒馴れしたロシア軍に歯が立たず、第二軍の損害戦死一八七四名、負傷七二四九名、捕虜二二七名のほとんどを占めて一気に弱体化してしまった。

　最初ロシア軍が黒溝台を攻撃してきたとき、第八師団参謀長由《ゆ》比《ひ》光《みつ》衛《え》中佐が守備隊を退却させ、追撃してくるロシア軍を包囲攻撃しようとしたのが最大の判断ミスだった。

　日本兵はひたすら前進を心がける。小さな島国に育った身には一寸の土地でも貴重である。わずかでも領土をひろげようとする。だが、広大な国土で生まれ育ったロシア兵は、領土にあまりこだわらない。あっさり占領地を敵にわたす。大平原に敵を包みこんで殲滅《せんめつ》させるのを得意とする。陸大首席、イギリス帰りの秀才参謀である由比は、そのあたりを見誤った。

二月二十二日、日本軍はまず最右翼の鴨緑江軍が進撃を開始した。ロシア軍の注意を東に向けるための行動だった。

鴨緑江軍の第十一師団は第三軍から転用された部隊である。旅順攻略戦を経てきた精鋭だが、かなり疲労している。もう一つの後尾第一旅団は老兵部隊で、満州軍総司令部はあまり期待していなかった。ところが両部隊は優勢な敵を相手に健闘し、白兵戦をくり返して奉天の東約五〇キロにたっした。

これを見てロシア軍の有力部隊が東へ移動しはじめた。クロパトキン司令官は、鴨緑江軍を乃木司令官の第三軍と誤認したのだ。旅順を陥《おと》した第三軍を最大の脅威だと彼は見ていた。

二十七日、最左翼の第三軍がひそかに北上を開始した。思いきり北へ出て東へ折れ、東西に陣を敷いたロシア軍の側背を突く予定である。クロパトキンはそちらへも有力部隊を注ぎこまざるを得なくなるだろう。

中央の防備がうすくなる。第四軍、第二軍はそれぞれ満を持して動かず、ロシア軍の主力が右翼、左翼に分散するのを待って中央突破を仕掛けるのだ。

クロパトキンはまんまと乗せられた。その戦略予備隊を東部戦線へ投入し、鴨緑江軍を苦戦におとしいれた。

同じ日、第三軍の北上とともに正面の第一、第四、第二の各軍は猛烈な砲撃を開始した。敵陣地の破壊のほか、第三軍の北上を敵にさとらせないための砲撃だった。

三月一日、日本軍は総攻撃を開始した。

総兵力はロシア軍三一万、日本軍二五万。保有する大砲はロシア軍一二〇〇門、日本軍九九〇門。ただし日本軍の大砲はほとんどが旧式で、一分間に平均二、三発しか発射できない。ロシア軍の大砲は平均六、七発が発射できる。門数の差以上に両軍の火力には大きな差があった。

ただし砲弾は日本軍のほうがまさっていた。日本の野砲に榴弾《りゅうだん》と榴散弾《りゅうさんだん》があるのにたいして、ロシア軍には榴散弾しかない。榴散弾は広範囲に人馬を殺傷できるが、破壊力ははるかに榴弾におよばない。この点で両軍の火力の差は二割がた縮んでいた。

沙河会戦までとちがって、日本軍には一連隊に六挺《ちょう》ずつ機関銃が配備された。旅順攻防戦でさんざん痛めつけられたのを見た大本営がいそいで先進各国から輸入したのだ。

総攻撃を開始したものの、ロシア軍の陣地は堅固だった。鴨緑江軍、第一、第四、第二軍はそろって苦戦し、七日になってもろくに前進できずにいた。

第四軍の第十師団は万宝山攻略を命じられていた。万宝山は沙河会戦で日本軍が最初の敗北を喫した奉天南の要地である。以後ロシア軍が保持したまま今日にいたった。

二月二十七日、攻略にさき立って日本軍は万宝山陣地に集中砲火をあびせた。

だが、ベトン（コンクリート）壁と凍土にはね返されてさほど効果があがらない。やむなく数度にわたって肉弾攻撃を実施したが、いずれも失敗した。

いっぽう乃木大将の第三軍は奉天の西南数十キロまで進出し、敵と交戦しつつゆるやかに進路を変えた。最初の計画よりも配置の幅をひろげて大きくロシア軍を包囲しにかかる。

三月二日、秋山支隊は第二軍を離れ、第三軍の傘下へ入って同軍の騎兵第二旅団と合同した。騎兵のみで約三〇〇〇騎の大部隊を秋山好古少将はひきいることになる。課せられた任務は第三軍を追いぬいて北上し、奉天の数十キロ北で鉄道を爆破しロシア軍の退路を断つことだった。

三月三日、支隊は奉天西南四〇キロの地点で優勢な敵に遭遇した。兵力がこちらの三倍もある騎兵隊だったが、激戦のすえにこの敵を敗走させる。さらに支隊は北上した。だが、敵の防備はきわめて厳重で、なかなか鉄道には接近できない。

クロパトキンは予備兵団を東へ送り込んだり、西へ移したり、動揺していた。だが、第三軍の所在がはっきりすると、西方へ大兵力を集中する決心をしたらしい。

それでも第一、第四、第二軍は中央突破ができない。大砲四〇〇門を保有する第四軍は、連日すさまじい砲撃を加えるのだが、要塞のベトン壁は崩れない。ロシア軍の要塞建設の技術は、当時世界一であった。

三月六日の朝から、ロシア軍は第三軍にたいして本格攻撃を加えてきた。

鉄道沿線の大石橋にいる第三軍第一師団の少数の守備隊へ、ロシア軍の大部隊が襲いかかり、たちまち同駅を占領した。

守備隊は算《さん》をみだして敗走した。幹部が早々に戦死して戦線を立てなおすすべがなかったらしい。師団司令部の将校が駆けつけて制止したが、退却は止められなかった。

戦争の進行につれて老兵が後備歩兵旅団に増えていた。平均年齢四十五歳だから、弱いのも当然である。第三軍司令部は永田砲兵旅団を大石橋へ急行させ、大砲、山砲一五〇門の砲撃でようやく敵を追いはらった。

八日ごろから戦況に変化があらわれていた。クロパトキン司令官は七日夜、全軍に退却命令を出していたのだ。

「渾河《こんが》の線まで後退せよ」

ほとんどのロシア軍にとって、この命令は三、四〇キロの後退を意味していた。ロシア軍は全戦線でむしろ優勢を保っている。大部分の司令官が退却に反対した。

クロパトキンは命令を変えない。

「奉天北方二〇キロに騎兵隊を中心とする日本兵六〇〇〇名が進出」

という報告をきいて、退路となる鉄道を破壊される不安にかられたのだ。

むろん秋山支隊のことだった。西方に兵力を集中しすぎたため、中央戦線をいまにも突破されそうな不安をかかえてもいたようだ。

奉天の北七〇キロの鉄嶺《てつれい》が彼の頭にあった。東西を山岳地帯にはさまれて要塞の建設に適している。ここへロシア軍を集結させ、日本軍を迎撃すれば勝てる。敵は補給が苦しくなるから、とクロパトキンは考えていたらしい。

ともかくロシア軍は退却を開始した。目前の巨大な壁がとつぜん消えて、日本軍は勇躍する。兵はともかくロシア軍将校は鼻白《はなじろ》んで戦闘意欲をなくしたようだ。奉天をすてるわけではない、総反撃のための準備行動だと説明されて、しぶしぶ撤退に加わっていた。

第四軍が苦戦していた万宝山でも、七日夜とつぜんロシア軍は撤退を開始した。ほかの戦線も同様である。西部戦線の第三軍と後続の第二軍のみが苦戦をつづけている。

三月九日朝から、すさまじい烈風が南満州を襲った。黄塵《こうじん》を巻きあげ、樹木を倒し、煉瓦を吹きとばし、馬車をひっくり返した。眼鏡なしではなにも見えず、覆面なしでは砂塵が痛くて顔をあげられない。晴天つづきで大地はかわき、しかも凍りついていた。

南から吹く、この烈風のなかを、ロシア軍は朝から粛々と退却した。追撃の日本軍もこの強風ではほとんど砲撃できない。しかもクロパトキン司令官はこの日の夜、

「各軍は鉄嶺まで撤退し、こんごの会戦にそなえるべし」

などの命令を出したのである。

渾河の線まで、という当初の命令は反古《ほご》にされ、さらなる後退が指示されたのだ。まったくクロパトキンという人物は、将兵の士気を低下させるのが得意な司令官だった。日本軍の多くの指揮官と反対に、過度の合理主義に毒されていた。この戦争に負けると日本は国が亡びかねない。だが、ロシアは侵略をやめればそれで済む。一種の余裕がクロパトキンを凶暴にさせなかった。

日本の指導者たちには、天皇と国体にたいするひたむきな忠誠心がある。だが、彼にはそれに匹敵する情熱がなかった。皇帝にたいして忠実だったものの、それは自身の安全と栄達を左右する権力者への通りいっぺんの忠誠心にすぎない。国際的な常識ではむしろ彼のほうが標準的であり、日本の指導者らはきわめて特殊な宗教的熱意によって、困難を乗り越えていたのだ。

中部戦線、東部戦線はしずかになった。だが西部ではロシア軍の一部が鉄道防禦のため戦闘をつづけている。第三軍と秋山支隊はまだ弾雨のうちにあった。

奥大将の第二軍は奉天へ進撃した。なかでも精強の第六師団（熊本）は九日深夜、一睡もしないまま渾河をわたり、十日午前中に奉天へ一番乗りした。同日午後四時には第二軍の第四師団がつづいて奉天へ入城した。

奉天大会戦は鴨緑江軍が二月二十二日に行動を開始、第一軍が三月十七日に行動を停止するまで計二四回おこなわれた。攻城戦を除いて世界史に前例のない大会戦だった。

日本軍の損害は戦死一万六五五三名、戦傷五万三四七五名、捕虜四〇四名、計七万四三二名となっている。たいするロシア軍の損害は戦死八八九九名、戦傷五万一〇〇二名、失踪三万一五九〇名、計九万一五二名だった。日本軍の確保した捕虜は二万一七九二名。ロシア軍の損害の大部分は退却中に日本軍の砲撃をあびて生じたものだった。

二四日間の会戦期間中、満洲軍総参謀長の児玉源太郎大将は毎朝太陽を拝み、

「どうかわが軍に勝機をあたえたまえ」

と声にだして祈った。

日の神であり高天原《たかまがはら》の主神である天照大神はたぶん念頭になかった。キリスト、釈迦《しやか》、アラーなど明確な対象のないまま、あらゆる生命の源である太陽に祈りをささげたのだろ

う。危機に直面すると人は超自然的な、万能の神を思い描いてその力にすがろうとする。日本人にはよくわかる心境である。

もちろん児玉も国家神道を奉じていたはずだ。目のまえに伊勢《いせ》神宮があれば、それに祈りをささげただろう。だが、神社、神殿など神道の装置のない満州の大地では、人はあらゆる教義をはなれ、裸になって太陽に向かいあう。一人の個人となって広大な宇宙の神秘に打たれる。なにかの教義に縛られるよりも、明らかにそのほうが自然である。

奇蹟のように勝機がもたらされた。だが、明治の指導者は天佑神助を過大に見積りはしなかった。心の揺れの鎮静はそのときどきに出会う神にまかせるとして、現実的な判断はあくまで冷静で知的だった。あるいは冷静で知的であろうとして神の力を借りたのだ。

大山満州軍総司令官は、山県参謀総長にたいしてつぎのように進言している。

「大元帥陛下のご威徳と将兵の忠勇により奉天会戦は大勝利を博した。あとはわが戦力が回復するまで兵を動かすべきではない。

戦力回復後の戦略は国の政策と一致せねばならない。もし戦略上の成功により政策の方針を決定しようとするなら、軍隊は目的のない損傷をうけることになる。

満州よりロシアを駆逐する必要があるなら鉄嶺、長春さらにハルビンへ進撃することも可能である。だが、国の政策に拠らぬかぎりこの進撃も無用の運動にすぎない。敵にほぼ再起不能の損害をあたえた現在、こんごの戦略はあくまで政策にもとづいて立てる――」

外交交渉で和平を実現せよ。大山はそういっているのだ。

日本はすでに兵力を使いはたし、深刻な将校不足におちいっていた。反して大国ロシアにはまだ兵力の余裕がある。満州軍としてはもう戦争はやりたくない。

だが、大山はそれを主張はしない。シビリアンコントロールの必要性を説いているのだ。昭和の陸軍が統帥権をふりかざし、みずから政治の主役となって国を破滅させたのとは大変なちがいである。

この時期、T・ルーズベルト米大統領は金子堅太郎《かねこけんたろう》特派使節の要請をうけて日露の講和の周旋《しゅうせん》に動こうとしていた。だが、ロシア皇帝ニコライ二世にはまだ講和の意志はなかった。ロシアの国力に自信をもち、なかでもバルチック艦隊の日本近海遠征に期待をかけていたのだ。

皇帝以上に強硬なのが皇后だった。側近の入知恵、人種的偏見などがかさなってバルチック艦隊の必勝を信じている。アメリカ大使の講和提言に皇帝は動揺したこともあるが、皇后ははるかに頑強だった。

奉天会戦がたけなわのころ、東条英機は陸軍士官学校卒業を日前に控えていた。あいつぐ激戦で陸軍は多数の将校が戦死し、補充に苦慮していた。平時には隊付勤務を加えて卒業まで三年を要するのだが、戦時の特例で九カ月で卒業になる。

一刻もはやく一人前にならねばならない。生徒はだれもが寸暇を惜しんで教課にはげんでいた。なかでも東条英機の刻苦勉励《こっくべんれい》ぶりはすさまじかった。朝から晩まで教程を手放さず、ノートをとる。消灯の時刻がきても、懐中電灯のあかりで読書する。休日には自宅へ教程をもち帰って、ろくに家族と話もせず勉学をつづけた。体を壊しはしないかと周囲は気づかったが、勤勉が習い性となって本人にはすこしも苦痛ではなかった。

父英教はこの年一月、留守近衛歩兵第二旅団長に就任した。戦時中の軍人としては不名誉な閑職である。出勤はするが、自宅でする著作のほうへ熱をいれていた。

英機は休日に帰宅し、勉学のあいまに父といろいろ話しあった。

父がひきいていた第八旅団は第四軍に属し、万宝山攻略作戦で悪戦苦闘している。歩兵第十連隊（姫路）と第四十連隊（鳥取）は三月五日の総攻撃で死傷者一一〇〇名という壊滅的な打撃をうけた。

この種のニュースは伏せられている。だが、英教のもとには情報がとどいていた。

「バカな作戦だ。相も変らず正面突撃で兵を死なせている。注意ぶかく研究すれば、かならずつけ入る隙が見つかるはずなのに」

無念そうに英教は語った。

陛下と国のお役に立てないことが、軍人にはなによりの悲しみである。陛下にたいする不忠とさ
薩長閥に属さぬ者は、周囲にわずかな隙も見せてはならない。

れてしまう。戦場から追われた父の顔を、英機は脳裡に灼《や》きつかせた。

三月三十日、英機は陸軍士官学校を卒業した。三六三名中、成績は一二番だった。

「よくやった。しかし、ほんとうに苦しいのはこれからなのだ。気をゆるめるな」

父は祝福よりも激励に力を入れた。

速成将校はすぐに前線へ送られる。運がわるいと、たちまち戦死かもしれない。

卒業生たちは平時とちがってお祝い気分にひたる余裕はなかった。死地におもむく覚悟をきめて校門を出た。

まもなく英機は歩兵少尉に任官し、近衛歩兵第三連隊に配属された。近く大陸へ出陣する予定である。

連合艦隊は明治三十八年二月二十一日、南朝鮮の鎮海湾《ちんかいわん》に集結し、以後約三カ月、すさ

まじい訓練をつづけてきた。

ほぼ一年ぶんの砲弾が一〇日間で消費されるありさまだった。

一斉砲撃が開発され、大きな成果をあげていた。

昨年の黄海海戦まで、各艦の砲はそれぞれの砲塔長の号令で個別に砲撃を実施していた。だが、現在は砲術長の号令で、各艦の搭載する砲が一斉に火を噴くようになった。二月まで「三笠」砲術長だった加藤寛治《かとうひろはる》少佐が、この方式の開発者だった。のちに艦隊派のリーダーとなり、連合艦隊司令長官、軍令部長を歴任した逸材である。現在は海軍省副官、海相秘書官を兼務している。

バルチック艦隊は四月二十二日、ベトナムのヴァン・フォン湾で後続の黒海艦隊を吸収し、五月十四日に同湾を出航した。戦艦八、巡洋艦一〇、駆逐艦九、海防艦三のほか輸送船、工作船、石炭船、病院船など計約五〇隻の大艦隊である。その威容は海上を圧していた。

だが、ロシア本国から約一万八〇〇〇浬《かいり》（三万三〇〇〇キロ）、七カ月におよぶ航海を経てきている。乗組員、艦船ともに疲れきっているはずだった。

バルチック艦隊がウラジオストックを目ざしているのはたしかである。だが、迎え撃つ連合艦隊にとっては、彼らがどのコースを通るかが最大の問題だった。

対馬、日本間の対馬海峡（東水道）、対馬、朝鮮間の朝鮮海峡（西水道）、あるいは太平洋を迂回して津軽海峡または宗谷《そうや》海峡を通るのか、四つの航路が想定される。

各艦隊の司令部は熱心に討議をかわして連合艦隊に意見具申した。連合艦隊司令部は、敵は十中八九東西両水道のどちらかを通るだろうと見ていたが、不安は消えない。連合艦隊が満を持して待ちかまえている東西両水道へ、敵がのこのこ乗りこんでくるだろうかとの不安が残る。万一バルチック艦隊がウラジオストックに入港してしまうと、以後は大陸と日本の交通が同艦隊に妨害され、在満州の日本軍は補給を断たれて孤立するだろう。

海軍だけでなく、日本中がバルチック艦隊の動静に神経を尖《とが》らせていた。

同艦隊は五月十四日にベトナムを出航、以後は無線を使わずに、しずかに北上をつづけている。日本側は七十数隻の哨戒・通報艦を東シナ海に配備したが、五月二十三日になっても「敵艦隊見ゆ」の報は入らなかった。

米内光政中尉は第一艦隊第二駆逐隊の「電」において猛訓練のさなかにあった。

米内は魚雷発射係である。おもに艦首の四五センチ連装発射装置を操作した。

まだ方位盤は開発されていない。照準桿で狙いをさだめ、腰だめ式に発射した。標的は汽船に曳《ひ》かせた筏《いかだ》に立っている、戸板ほどの大きさのジンキー（鉄板）である。

軍艦による転舵発射、駆逐隊（四隻）の逐次発射、一斉発射など訓練は多様だった。連携機雷の投下訓練も反復した。

　四つの機雷をロープでつないだのが連携機雷である。敵艦隊の進路にこれを投下する。敵艦の艦首にロープがひっかかると、四つの機雷は艦側に引きよせられて激突、爆発するのだ。ふつうの機雷原よりも効率が良い。投下後一五分でセットされ、一時間後に無効化する仕組みになっていた。

　五月二十四日、各艦隊、各戦隊の司令部へ「密封命令」がくばられた。二十五日、命令が出しだい開封せよと指示があった。後日判明するのだが、なかの紙には「津軽海峡へ移動して待機すべし」と書いてあった。開封命令の出された瞬間、連合艦隊は対馬、朝鮮海峡へ見切りをつけ、津軽海峡へ向かうのだ。

　その二十五日の午前中、「三笠」に各艦隊、各戦隊の司令官、参謀長が集合し、津軽海峡への移動の是非について討議をおこなった。

　一人をのぞいて大勢は津軽海峡への移動に賛成だった。第二戦隊司令官の島村速雄少将がおくれて到着し、反対論をのべた。

「私はボートの故障でこの会議に遅刻してしまった。バルチック艦隊もなにかの都合でおくれているのさ」

　七カ月もの長旅でバルチック艦隊は疲れきっている。太平洋へ迂回する余力など残っていないというわけだ。

島村は前連合艦隊参謀長である。黄海海戦当時の駆逐隊、水雷艇隊の人事刷新に準じて、自分も職を辞したいさぎよい人物だ。

会議の模様は東郷長官へ報告された。東郷は島村の意見を容《い》れ、開封命令を一日延期して焦燥のときをすごした。

東郷をGF長官に起用した理由を、強運だからと山本権兵衛海相は説明したらしい。たしかに東郷は強運だった。

五月二十六日の早朝、バルチック艦隊の輸送船六隻が清国の呉淞へ入港したとの情報が大本営へ入った。GF司令部は愁眉をひらいた。敵艦隊は決戦にそなえて足のおそい輸送船を切りはなしたのだ。

もし敵艦隊が太平洋へ迂回するなら、洋上で石炭を補充せねばならない。石炭の輸送船を切りはなせるはずがなかった。彼らは対馬、朝鮮海峡を通過する気でいる。連合艦隊が衆議を重んじて津軽海峡へ移動していたら重大局面になるところだった。

二十七日未明、哨戒艦が「敵艦隊見ゆ」を打電してきた。バルチック艦隊は灯火を消し、無線も封印して対馬海峡へ向かっていた。

午前六時五分、南朝鮮の鎮海湾に碇泊していた「三笠」は抜錨《ばつびょう》し、出航した。敵発見の報がとどいたとき、ふだん無表情な東郷長官は上気して喜色満面だったということだ。

「敵艦隊見ユトノ警報ニ接シ、連合艦隊ハタダチニ出動、コレヲ撃滅セントス。本日天気晴朗ナレドモ波高シ」

　秋山真之参謀の起案になる有名な電報が大本営に寄せられた。

　第一戦隊（「三笠」以下戦艦四、一等巡洋艦二、通報艦一）、第二戦隊（一等巡洋艦六、通報艦一）、第四戦隊（二等巡洋艦二、三等巡洋艦二）および第一、第二、第三、第五駆逐隊、第九、第十四、第十九艦隊がつぎつぎに出撃する。総戦力は四五隻だった。

　諸艦のあいだを通って旗艦「三笠」は先頭に出る。諸艦艇から天皇陛下バンザイ、大日本帝国バンザイの声が沸き立った。両手をあげてさけぶ者、声だけの者。指揮官の発声がないので、全員好きなように絶叫する。

　米内光政中尉は第二駆逐隊「電」の上甲板で、感激にふるえてバンザイをさけんだ。誇り、よろこび、闘魂、一抹の不安などが胸のうちで渦を巻いている。

「三笠」以下の主力部隊は東へ直進し、対馬の北で南東へ針路を変える。正午ごろ、沖《おき》の島《しま》の北約一〇浬（一八・五キロ）にたっし、午後一時三十九分に敵艦隊を発見した。

　バルチック艦隊は単縦陣でも二列縦陣でもない奇妙な陣形をしていた。二列を一列に変えかけたときわが艦隊と出会ったのだ。

距離一万三〇〇〇メートル。霧が霽《は》れてロシア艦の特徴である黄色い煙突がはっきりと見えた。挑発するような色彩である。

午後一時五十五分、「三笠」のマストにZ旗がひるがえった。国家の存亡をかけた戦いに掲げられる万国共通の旗である。対角線で上が黄、下が赤、左が黒、右が青の四つの三角形に分けられている。

信号文が発せられた。

「皇国ノ興廃コノ一戦ニアリ。各員イッソウ奮励努力セヨ」

各艦の航海長が伝声管でこの文を各部署に伝え、水兵がメガホンを手に大声で復唱してまわった。感動して涙ぐむ将兵が多い。

バルチック艦隊は南西から北上してくる。わが主力部隊は東北東から西南西へ進撃し、敵艦隊の左へまわりこむように見えた。速力一五ノット。距離一万二〇〇〇メートル。

午後二時すぎ、東郷長官は針路を南へ変え、主力部隊はまっすぐ敵に近づいてゆく。

反航戦（一列になった二つの艦隊がすれちがいつつ砲戦をかわす）にもちこむ構えに見えた。だが、反航戦はすぐに終る。五〇隻もの大艦隊のうち五、六隻しか撃沈できない。

わが連合艦隊は一隻たりとも敵をウラジオストックに入港させてはならないのだ。

まともに丁字戦法をとると、敵は黄海海戦のとき同様左折してわが艦隊の後尾をすりぬけるはずだ。対策はぎりぎりまで接近して左へ折れ、敵の頭をおさえるしかない。

距離八〇〇〇メートル。接近しすぎて各艦の砲術長らは蒼白になった。

東郷司令長官は双眼鏡を左わきでおさえ、右手を高くあげて左へ倒した。取舵《とりかじ》一杯。艦隊は前進しつつ東北東へ変針する。

九〇度ではなく一七〇度の回頭だった。敵艦隊の頭をななめにおさえつけ、敵とほぼ同方向へ航進する。並航戦（並んで航進しつつ砲撃をかわす）を東郷は挑んでいた。

艦が急に左へ向きを変えると、遠心力で右舷が上にあがり艦体はかたむく。乗組員は砲塔などにしがみついて転倒をまぬがれる。この間砲撃はできない。

バルチック艦隊は狂喜した。接近してきた敵がとつぜん横っ腹を見せたのだ。撃ってくれといわんばかりである。

二時八分、旗艦「スワロフ」が砲撃をつづけた。「三笠」の後方で水柱があがる。

バルチック艦隊は猛烈な砲撃を開始した。砲音が海をふるわせ、砲煙で敵艦隊は見えかくれする。「三笠」の周囲につぎつぎに水柱が立ちのぼり、滝となって降りかかった。鼓膜をつんざくような砲音が連続する。

ロシア海軍の腕前はあきらかにわが海軍に劣っていた。それでも回頭中の艦は横向きになってほぼ静止している。砲弾の命中しないほうがふしぎだった。左舷側を中心に「三笠」は数十発を撃ちこまれた。

艦上にも艦内にも死傷者が続出する。多数の肉体が千切れて四散し、甲板は血塗られた。それでも艦橋に命中弾はない。

ようやく「三笠」は回頭を終え、敵艦隊とほぼ並行して航進に移った。後続の艦が同じスポットで回頭に入る。勢いこんで敵は撃ちこんできた。艦が変っても目標の位置は同じなのだから、狙いやすいはずだ。それでも命中率は高くなかった。

第一戦隊、第二戦隊がつぎつぎに回頭する。駆逐隊、水雷艇隊の「肉迫必中」につうじる冒険だった。残りの四つの戦隊は、敵の後尾をつくためにまっすぐ南下をつづける。

「三笠」「スワロフ」は六〇〇〇メートルに接近した。「三笠」は砲撃を開始する。三〇センチ砲四門、一五センチ砲七門、ほかの中小砲も一斉に火を噴いた。数十発の砲弾が「スワロフ」へ吸い込まれる。

後続の「敷島」「富士」「朝日」も回頭を終えて砲撃をはじめた。一等巡洋艦「日進《にっしん》」「春日」も砲撃に加わる。

午後二時五十分、旗艦「スワロフ」の火薬庫に砲弾が命中、大爆発を起した。甲板から上が完全に破壊され、燃えながら航走する。砲術長、操舵員が戦死し、ロジェストウェンスキー長官も重傷を負った。

下瀬火薬の入った日本の砲弾は、命中すると鉄板をまっ赤に熱する。加えて伊集院《いじゅういん》信管がおそろしく鋭敏で、ワイヤーやロープをかすめただけで砲弾を爆発させた。

「スワロフ」につづき左翼列の戦艦「オスラービア」が破壊され、火災を起した。艦側を撃ちぬかれて艦首が沈みはじめる。

右翼列の二番艦、戦艦「アレクサンドル三世」も大火災を起している。ほかの主力艦もほとんどが火煙を噴きだした。

わが第一、第二戦隊は敵を砲撃しつつ、つねに敵の前面を抑圧した。距離五、六〇〇〇メートルを保ちつつ丁字戦法を完成させる。敵の陣形はすでに混乱しきっていた。

「スワロフ」は戦線を離脱、「オスラービア」は三時十分に撃沈された。

「アレクサンドル三世」、戦艦「シソイ・ウェリキー」も列外へ出た。戦艦「ボロジノ」が北方へ逃走をはかったが、わが第一戦隊に頭をおさえられて、針路を変える。

開戦約一時間で大勢は決した。バルチック艦隊の主力各艦は北上すればわが第一戦隊の集中砲火をあび、東進すれば第二戦隊に攻撃されて混乱するばかりだった。

午後四時ごろ「アレクサンドル三世」が戦列に復帰、第二次戦闘が開始された。

わが砲火は大破した「スワロフ」へ集中。六時ごろ撃沈した。ロジェストウェンスキー長官は、幕僚たちとともに駆逐艦「ブイヌイ」に移乗したが、翌日捕虜となった。

駆逐隊、水雷艇隊に午後四時四十分、攻撃命令が発せられた。夜は魚雷攻撃の時間である。それまで戦場を遠巻きにしていた駆逐艦二一隻、水雷艇約四〇隻は勇んで出撃準備をはじめる。

「まだ大型艦が何隻か残っているぞ。天の贈り物だな」

たかぶって米内中尉らはいいあった。

すっかり敵を呑んでいる。油断をいましめあって出撃した。

バルチック艦隊にはまだ五隻の戦艦が残っている。彼らは単縦陣を組み、巡洋艦隊などをつれて北へ逃走をはかる。

午後六時、わが第一艦隊はこれを発見、五五〇〇メートルへ接近して砲火をあびせた。まだ駆逐艦や水雷艇に敵を引きわたすわけにはいかぬという姿勢だ。

午後七時「ボロジノ」「アレクサンドル三世」が沈没、「アリヨール」は大破した。

バルチック艦隊の主力艦は「スワロフ」「アレクサンドル三世」「ボロジノ」「オスラービア」「アリヨール」の五隻だが、うち四隻がすでに沈んだ。残る「アリヨール」も大破して沈没を待つばかりだ。

夕闇が濃くなり、やっと駆逐隊、水雷艇隊の出番がきた。東郷長官は主力部隊に砲撃を中止させ、明朝の鬱陵島《うつりようとう》集合を命じた。

わが駆逐隊と水雷艇隊は北、東、南の三方から敵艦を囲み、徐々に包囲網をせばめていった。米内の「電」は北方にいる。駆逐艦二〇隻、水雷艇四〇隻の大捕物だ。

敵艦隊の多くは火災を起している。それが絶好の目標となった。米内は魚雷発射装置の射出装置を握って攻撃の瞬間を待っている。

午後八時十五分、「電」の所属する第二駆逐隊はまっさきに突撃する。敵の砲撃は苛烈である。一番艦「朧」につづき、「電」は敵艦まで五〇〇メートルに接近して魚雷を発射した。砲音と命中音が交錯しあう。命中したかどうかよくわからない。

一度回頭し、再度戦艦に向けて魚雷を放った。ややあってズシーンという魚雷の音がきこえた。命中だ。米内は確信し、猛訓練の甲斐があったとしみじみうれしかった。

「電」はその後、火災を起した僚艦「雷」の乗組員の救助にあたった。戦死者が一人、負傷者が数名いた。戦死したのは池田宏平《いけだこうへい》中尉。同じ魚雷発射担当者だ。仲がよかったので、勝ち戦さのなかで米内は暗澹となった。

午後八時二十分に装甲巡洋艦「ナヒモフ」が撃沈された。ややあって戦艦「ナワリン」が連繋機雷につかまって大爆発を起した。

午後十時五分に戦艦「シソイ・ウェリキー」、つづいて装甲巡洋艦「モノマフ」が大破炎上した。これらの諸艦はいずれも翌日の正午までに沈没した。九カ月まえの黄海海戦で期待を裏切ったわが駆逐隊、水雷艇隊は「肉迫必中」の猛訓練により、最後の大海戦で花を咲かせたのである。

第一、第二戦隊は夜間に北上し、未明には鬱陵島の近海にたっしていた。

生き残りの敵艦隊をここで迎撃するのだ。連合艦隊としては一隻の敵艦もウラジオストックに逃げこませてはならない。

二十八日午前五時、わが第五戦隊が北上する敵艦隊を発見した。戦艦「ニコライ一世」と「アリヨール」さらに装甲海防艦二隻と二等巡洋艦一隻より成る艦隊だった。「アリヨール」は大破している。いずれも旧式艦で、戦闘力はさほどでもない。

この艦隊がこの地点まで逃げのびたのは無灯火航海のおかげだった。戦力に自信がないので、ひたすら逃げをはかったのだ。

第一、第二艦隊は砲撃を開始した。「ニコライ一世」は降伏旗を掲げた。艦隊の乗員二五〇〇名の生命を救うためだ。

艦隊の司令官ネボガトフ少将は数名の幕僚とともに「三笠」をおとずれた。悄然《しょうぜん》として彼らはタラップをのぼる。戦争は勝たねばならぬ、負けたらこれ以上みじめなことはない。日本の将兵はだれもがそう思った。

「三笠」の艦上はしずかである。東郷長官はネボガトフを迎えに艦橋をおりようとしていた。そのときとつぜん付近からバンザイ、バンザイの声があがった。

第二駆逐隊の四隻、「朧」「電」「雷」「曙」が祝賀にやってきたのだ。米内中尉も「電」に乗ってバンザイをさけんでいた。

運わるく「三笠」は敵の長官を迎えて、厳粛な交渉に入ろうとしていた。

「三笠」の艦橋で手旗が振られた。

「長官激怒サレアリ。当艦ヲ離レヨ」

助走

日露戦争が終って約二年後、明治四十年十二月に東条英機は陸軍中尉に昇進した。新大久保の実家から赤坂の近衛歩兵第三連隊本部へ電車、バスなどで通勤していた。中尉勤務は中隊長の補佐である。各小隊へ目くばりし、小隊長の相談に乗る。みずから小隊長になることも多い。

ほぼ毎日、練兵場で演習をくり返した。近衛師団は皇居の守備と儀仗《ぎじょう》が本務なので、毎日のように宮城へ出入りする。天皇のすぐ近くに勤務するよろこびと誇りは師団全員のものだったが、なかでも東条はその意識がつよく、きびしく自分を律していた。

「努力即権威」が座右の銘である。中央幼年学校から陸軍士官学校にかけて学業に渾身《こんしん》の力を注ぎ、目ざましい成果をあげてから、努力こそが男の人生を価値あるものにするか否かの鍵、と信じるようになった。

「努力即権威」はなにかの文献からの引用ではない。自身の創作である。つまり東条の努力は権威を獲得するための営みだった。権威こそが彼の人生目的だったといってよい。おかげで東条の勤務ぶりは誠実で、ひたむきだった。毎日、朝から晩まで公務に全力をつくした。必要事項はすべて克明にメモをとり、整理して頭に叩きこんだ。後年「メモ魔」と呼ばれるようになった下地は、このころすでにつくられつつあったのだ。

朝から晩まで努力につぐ努力だった。なんの趣味もない。囲碁、将棋、玉つき、麻雀、映画、芸能などにいっさい関心がない。人生に彩《いろど》りをもたらすさまざまな営みは、すべて時間のむだとしか思えなかった。

幼年学校時代に叩きこまれた軍人勅諭を東条ほど真摯《しんし》に血肉化し、理想の軍人であろうとつとめた者は、いなかったといってよい。軍人勅諭の誠実な実践によって、東条は同期生のなかで突出した存在になる気でいた。

軍人勅諭は山県有朋の命をうけて法学、哲学、政治学などの権威である西周《にしあまね》が起草した。そこへ福地源一郎《ふくちげんいちろう》、井上毅《いのうえこわし》さらに山県自身が加筆して明治十五年に完成した。大日本帝国憲法（明治二十二年）、教育勅語（同二十三年）よりさきに、軍人の精神的支柱の確立、統制の徹底がはかられたわけである。

勅語はふつう漢文だが、軍人勅諭は将兵が暗誦《あんしょう》しやすいように変体仮名まじりの文語体で書かれている。総字数は二七〇〇。陸軍は全将兵に暗誦を命じたが、海軍はその精神をくみとれば良しとして、ほかの令則をおぼえさせることに力点をおいた。

軍人勅諭の前文では、日本の軍隊が代々の天皇の軍隊であること、軍隊の指揮権が天皇にあることを第一行から告げている。

「わが国の軍隊は世々《よよ》天皇の統率したまふ所にぞある」

明治政府は日本を中央集権の近代国家とするために、まず天皇の絶対化をはかった。天皇を国の中核とし、侵すことのゆるされない不動の権威をあたえねばならない。そのためにまず軍隊の統帥権（指揮権）を議会から切りはなし、天皇のものと規定したのだ。

「むかし神武《じんむ》天皇はみずから豪族たちをひきい、大和地方を平定後、初代天皇の座について全国を統治するようになった。当時は天皇みずからが軍隊をひきいる定めがあり、以後皇后や皇太子が代理をつとめることもあったが、中世までは兵の指揮権を臣下にゆだねたことはなかった。

だが、中世になると文武の制度はすべて支那を範とし、軍役所である六衛府《ろくえふ》や左右馬寮《さうめりょう》、防人《さきもり》などを設けて兵制がととのった。ところが打ちつづく平和に馴れて朝廷は武よりも文に重きをおくようになり、一体だった兵農はしだいに武士と農民に分化していった。

やがて武士の頭目である将軍が軍を指揮し、政治をおこなうようになった。武家政治は約七〇〇年つづいた。国体（国のありかた）にも神武天皇の掟《おきて》（天皇が統帥する）にも背《そむ》くことがあってはならぬ時代がつづいていた。

だが、幕末、忠臣たちの働きで大政奉還、版籍奉還が実現し、日本は一つになった。古代と同様、天皇は政治、軍事の大権を握るにいたった」（現代語訳）

軍人勅諭の前文は、天皇が主権を回復するまでの経過を以上のように説明している。天皇が政治、軍事を司《つかさど》るのは正当であり、七〇〇年におよぶ武家政治は国の本来のありかたから外れていたというわけだ。

武家政治がつづくあいだ、天皇は政治的にも軍事的にも無力だった。朝廷はそれに甘んじて、栄典、祭祀《さいし》、皇室の大権だけを保有してすごした。だから武家の頭目らにとって、皇位はさほど魅力ある地位ではなかった。むしろ朝廷を温存し、伝統的な祭祀を営ませるほか、征夷大将軍《せいいたいしょうぐん》や関白の官位をさずける役目をさせて、みずからの権威づけに利用してきたのだ。

天皇が政治、軍事においてその「正当性」を回復しようとすれば、武家の頭目にたちまち抹殺されたはずである。承久《じょうきゅう》の変、建武《けんむ》の中興の例からそれがわかる。力がものをいう現実社会では、天皇は「正当」でないからこそ安泰で、代々の血筋を保ってきた。
その天皇に明治政府は絶対の権威を付与し、軍人勅諭によって軍人たちにつぎのように呼びかけるのである。

「朕《ちん》は汝《なんじ》ら軍人の大元帥なるぞ。されば朕は汝らを股肱《ここう》と頼み、汝らは朕を頭首と仰ぎてその親しみは特に深かるべき。朕が国家を保護して上天《しょうてん》の恵みに応じ、祖宗の恩に報いまいらする事《こと》を得るも得ざるも汝ら軍人がその職をつくすとつくさざるに由《よ》るぞかし」

このあと勅諭はそれぞれ長い補足の文章のついた五カ条を将兵に示す。

一、軍人は忠節をつくすを本分とすべし
一、軍人は礼儀を正しくすべし
一、軍人は武勇を尚《とうと》ぶべし
一、軍人は信義を重んずべし
一、軍人は質素を旨とすべし

強調された忠、礼、武、信、質素という五つの徳目は、のちに教育勅語が一般国民にたいしてしめした徳目とほぼ同じである。

だが、軍人を対象とする勅諭だけに、忠節と武についての要求はきびしい。

「――軍人にして報国の心堅固ならざるは、いかほど技芸に熟し学術に長ずるもなお偶人《ぐうじん》

ところ、いわば忠節を存せざる軍隊は事にのぞみて烏合《うごう》の衆に同じかるべし。その隊伍も整い節制も正しくとも、忠節を存せざる軍隊は事にのぞみ

て烏合《うごう》の衆に同じかるべし。（中略）世論に惑わず政治にかかわらず、ただただ一途におのが本分の忠節を守り、義は山嶽《さんがく》よりも重く、死は鴻毛《こうもう》よりも軽しと覚悟せよ」

「忠節」を要求する第一条には、以上のような補足文がついている。

「世論に惑わず政治にかかわらず」は後年、陸軍によって完全に無視されてしまう。教育総監部本部長の経験のある河辺正三《かわべまさかず》元大将は、戦後著作のなかで、

「陸海軍大臣やこれを直接補佐する官職にある軍人はべつである」

「軍人の本務と一言に要約しても、その内容、管掌はさまざま」

などとご都合主義の弁解をしている。

東条もたぶん同じ見解だったのだろう。

軍人勅諭のような上からの説教を正面からうけとめる者はまれである。

多くの者は話はんぶん、あるいは上の空で耳をかたむけ、数日もするとわすれてしまうはずである。そうならないため軍隊では暗誦を将兵に強要し、記憶にとどめさせた。勅諭の後文では、「心に誠がなければ、どのような戒めの言葉も上っ面の飾りにすぎない」と将兵に誠実さをもとめている。

東条英機は「神聖ニシテ侵《オカ》スベカラザル」天皇の説諭を正面から深々と意識にしみこま

せ、「努力即権威」の信念にもとづいてその実践につとめた。年々忠誠心をつのらせ、礼、信、質素を大切にすることでも人なみ以上だった。実直なあまり、示された建前と距離をおくことができなかった。

だが、軍人勅諭の拠《よ》って立つ日本の古代史には、さまざまな問題がある。

古代には日本ぜんたいを統治する王朝などは存在せず、各地に王がいて、彼らが戦いや併合をくり返しつつ統合へ向かったと見られている。最終の統治者が神武天皇だとされたのだが、神武から開化にいたる九代の天皇は実在したかどうかも明らかでない。

近代歴史学が実在をみとめる第十代崇神《すじん》天皇から、「古事記」「日本書紀」の作成を命じた第四十代天武《てんむ》天皇までの三〇名の天皇のうちにも、ライバルである皇子たちを殺して皇位についた天皇が二人いる。第十六代仁徳《にんとく》天皇、第二十一代雄略《ゆうりやく》天皇である。

第二十二代清寧《せいねい》天皇にも血ぬられた経歴があり、第二十五代武烈《ぶれつ》天皇にいたっては中国の暴君桀《けつ》王、紂《ちゆう》王に匹敵する悪業の結果、皇子も皇女も殺害され系図から消されてしまったらしい。

「世々天皇の統率したまふ」といえばいかにも皇位がスムーズに継承されてきたようにきこえるが、じっさいはそんなきれいごとではなかった。だが、明治政府が強引に天皇絶対主義をおしすすめたため、その皇国史観を正面から批判するのは難しかった。

大正期に入り神話学、民俗学の権威津田左右吉《つだそうきち》が初めて本格的な国家神道、記紀の成立過程にたいする文献批判をおこなった。

「神武天皇は弥生《やよい》期のなんらかの事実を反映した存在ではなく、主として皇室が日本を支配する理由づけのためつくられた日本神話の一つとして理解すべきだ」

昭和十五年、津田はのちに出版法違反に問われ、出版元の岩波《いわなみ》書店社長岩波茂雄《しげお》とともに起訴された。

さいわい著作の一部のみが有罪とされ、昭和十七年五月、津田は禁錮三カ月、岩波は禁錮二カ月、ともに執行猶予二年の刑でおさまった。が、太平洋戦争へ突入直後のその時期、国家神道と皇国史観はこうして近代歴史学を弾圧していた。記紀の研究は日本の降伏後まで不可能となった。

神話時代の政治と神祇《じんぎ》呪術は一体だった。天皇は政治、軍事をつかさどるかたわら、祭祀呪術をおこなう巫祝《ふしゅく》（神官）であり、人民の精神的指導者でもあった。だが、支配する地域がひろがるにつれて政治的首長と巫祝をかねるのが難しくなる。神話時代から歴史時代に入るにつれて代々の天皇は政治家よりも神官の色合を濃くしていった。

地上の権力と宗教上の権威を一身にそなえた天武天皇を最後に、歴代の天皇は徐々に政治権力を離れ、宗教的権威と化していった。軍人勅諭のいうとおりやがて武士が台頭して公家を排除、保元平治《ほうげんへいじ》の乱をへてほぼ完全に政治を支配するにいたった。

幼年学校、士官学校の生徒たちは、神話と歴史の一体化をはかる皇国史観をひたすら吸収、咀嚼《そしゃく》した。無我夢中で軍人勅諭を暗誦し、血肉化した。新兵向けの軍人勅諭は、

「長上ノ命令ハソノコトノ如何《イカン》ヲ問ハズ直チニコレニ服従シ、抵抗干犯《カンパン》ノ所為《ショイ》アルベカラザルコト」

と批判を封じている。いやでも天皇崇拝者とならざるを得ない。

日露戦争の勝利によって、国際社会における日本の地位は大きく向上した。諸外国は敬意をもって日本に対するようになった。

たぶんにそれは成りあがり者にたいする軽蔑《けいべつ》、嫌悪とうらはらな敬意だった。しかし多くの日本人にその意識はない。天皇と国体を至上のものとして奉じながら、西欧の近代文明の吸収、模倣につとめてアジアで唯一の近代国家を建設した。神国日本の国民は、世界を救済する使命をおびたとくべつな人間である——国家神道の教義がしだいに真実味をおびてきたのだ。

陸海軍は国民の誇りだった。なかでも栄光の近衛師団の将兵は、街へ出ると好意の視線に囲まれる。将校は若い女性のあこがれの的《まと》だった。休日になると東条英機は弟や妹たちにいっしょに外出しようとせがまれたが、陸大の受験勉強があるので、めったにつきあっ

てやれなかった。

明治四十二年、二十五歳で東条は妻を娶《めと》った。相手はまだ十八歳。日本女子大三年生の伊藤《いとう》かつ子だった。

かつ子は福岡県田川《たがわ》郡安宅《あたか》の出身である。実家は数百町歩《ちようぶ》の田畑をもつ大地主で、父親は村長、県議をつとめた土地の名士だった。

子供のころからかつ子は好学心に富み、遠縁にあたる小倉の万徳寺《まんとくじ》に下宿して小倉高女にかよった。その万徳寺は東条英機の母チトセの実家だった。

かつ子は明治三十九年に高女を卒業、上京して日本女子大の国文科にすすんだ。女に教育など不要という考えがまだ一般的だった。九州から上京して大学へ入る女性などほんの数えるほどだ。かつ子は万徳寺の縁で東条英教に保証人になってもらい、新大久保の東条家へ出入りをはじめた。

チトセはかつ子を気にいって、ぜひ英機の嫁にといいだした。東条本人にも異存はない。東条は当時眼鏡をかけておらず、風貌《ふうぼう》も言動も颯爽《さつそう》としていた。かつ子は東条の親切で思いやり深い性格に惹《ひ》かれたが、なにぶんまだ在学中である。結婚は卒業してからにしてほしいと申しいれた。だが、結婚後も大学をやめる必要はないから、というのが東条家の意向だった。

英機の祖父英俊が初期の認知症ながらまだ祖母とともに健在だった。父英教はすでに予備役となり、毎日書斎で書きものをしている。加えて英機には四人の弟、二人の妹がいた。すぐ下の妹の初枝《はつえ》はすでに陸軍少佐と結婚して東条家に同居している。一二人もの大家族のなかへ入ってうまくやれるかどうかかつ子は不安だったが、

「ぼくがついているから大丈夫だよ」

という英機のことばで決心がついた。

女子大の春休みの時期に東条はかつ子と挙式した。新婚旅行はあとまわしで、新大久保の家でただちに新婚生活がはじまった。

退役陸軍中将の住いはけっして広壮ではなく、中流に毛の生えた程度の住居である。新夫婦の部屋となった四畳半は、英教夫婦の寝室ととなりあわせだった。

東条は陸大の受験勉強をはじめたところだった。新妻との睦《むつみ》ごともそこそこに寝床をぬけだし、別室で勉学にはげんだ。陸軍将校の将来は陸大卒かどうかで天地の差が生じる。新婚でも勉学に手ぬきはできない。

長男の嫁としてかつ子はたいへんな労苦を強いられた。東条の身辺の世話をするのがつとめだと思っていたのが大ちがいだった。

早朝から起される。大家族の炊事、洗濯と掃除を手伝わねばならない。東条を連隊へ送

りだし、目白《めじろ》の女子大へ駆けつける。帰ると縫物、買い出し、炊事、風呂焚《た》きと息つくひまもなく追い使われる。しかも姑《しゅうとめ》のチトセが口うるさく働きぶりに文句をいう。

チトセは感情の抑制がきかない女だった。気にいらないと大声で罵倒する。わずかなひまを見てかつ子が文学書をひもといたりすると、

「女に学問はいりません。縫物をなさい」

と、かん高い声で叱りつけた。

チトセが英機の結婚をいそいだのは、無給で使える女中が一人欲しかったからだった。かつ子の実家の財力を当てにする向きもあったらしい。陸大卒業、欧米駐在というエリートコースを東条は歩む予定である。だが、欧米出張は官費のみでできるわけではない。かなりの費用を個人で負担せねばならない。

陸大卒業後、欧米駐在を希望するかどうか人事局から問いあわせがくる。費用を捻出できない者は、希望せずと答えざるを得ないのである。東条家にむろんそんな余裕はなかった。将来を嘱望される若手将校がしばしば富裕な家の娘と結婚するのを、チトセは見習ったのだろう。

かつ子は福岡の素封家に生れ、お姫さま育ちだっただけに、女中代りのあつかいはひとしおつらかったにちがいない。それでもだまって耐えていたが、いいつけられる家事があ

まりに多く、大学へゆく時間がなくなると、夫に相談せざるを得なくなった。

「お義母さまは大学をやめさせたいおつもりです。私、どうすればよいのでしょう」

東条はしばらく返事ができなかった。

「つらいのはよくわかっている。すまない。そのうちここを出るつもりだから――」

東条自身、演習や部下の教育指導など多忙な日々を送っている。夜は受験勉強だ。いっそ妻と二人で引越してしまいたい。

だが、経済の制約があった。中尉の月給は三三円三三銭。うち二円は隊へ強制貯金させられ、手どりは三〇円を切っている。そのなかから一五円を東条は食費として家にいれていた。

父英教の年金で東条家は暮している。英機夫婦の食費は必要不可欠の収入だった。別居しても月々一五円を援助できるなら問題はないが、月給三三円ではとてもそんな余裕はない。夫婦二人きりの生活で手一杯である。

長男として家をささえる義務が東条にはあった。なみはずれた出世欲も、たぶんに長男意識に根ざしている。やりくり中尉の安月給に縛られているかぎり、かつ子に犠牲を強いるよりほかに道はなかった。

なやんだすえかつ子は、約二カ月後に大学を中退した。陸大受験に精魂をかたむけている夫を、嫁姑の争いでみだすのを避けたのだ。夫にかつ子は全人生をあずけた気持でいた。自分をすてて夫の大成のためつくそうと健気《けなげ》な決意を固めたのだ。

「あなたのためにおのれはあるもの。私の力のすべてはあなたのためにつかうもの。かくてこそ、あなたがおさきに逝《い》かせたまうごときことありて、もし子なくば殉死するをも心の咎《とが》めざることと存じ候《そうろう》。君は私を遺憾なく知り給い、庇《かば》い給いぬ。君のためには今もこのいのち、私つゆばかりも惜しとは思わず候。私のいのちはあなたのものにて候――」

約一年後、かつ子は出張中の東条にあてて以上のように書き送っている。

貞女は二夫にまみえず、の時代だったにしても、これほどまで妻に愛される男はめずらしい。東条はやさしく愛情深い夫だったのだ。妻だけでなく、同居中の家族全員に慕われる一家の主柱だった。

権力欲と闘争心の旺盛な男は、自分の支配下にある人間には親切でよく気をつかう。心服してくれる人間が多いほど、自分の力を実感できるからだ。この当時東条は、外部にたいしてさほど強気な面を見せていない。家族から見れば温厚な紳士である。しかも品行方正だった。かつ子から絶対の信頼を寄せられたのも、当然である。

かつ子は東条家の嫁になりきって、大家族の家事の担《にな》い手として髪をふりみだして働くようになった。

花嫁の姿もあわれどぶ掃除
　夜遅く妻が持てくる茶の香り
　当時、東条の詠《よ》んだ句である。稚拙《ちせつ》だが、妻をいたわる心情にあふれている。
　夏、東条とかつ子は遅ればせの新婚旅行に出かけた。箱根《はこね》、諏訪《すわ》、伊勢志摩《しま》などを周遊し、心ゆくまで語りあった。むろん伊勢神宮へ参拝し、皇国の発展と自分たちの人生への加護を祈った。国家神道の主柱である伊勢神宮へ国家の繁栄を祈るのは当然だが、私事について祈るのは図々しい気がする。妻を娶った直後だからご寛恕《かんじょ》を願います、と東条は祈りにつけ加えた。
　大学を中退してまで家事労働にはげんだのに、かつ子にたいするチトセの当りはきつくなるいっぽうだった。姑から見れば、令嬢育ちのかつ子の働きぶりには至らぬ点が数多くある。
　かつ子にもプライドがあり、学業を途中で放棄させられた恨みもある。たまには口答えしてチトセを逆上させる。いっそ離婚を、とかつ子は思いつめることもあった。
　舅《しゅうと》の英教は書斎にこもりきりで嫁姑の対立になど関心がない。かつ子はつい東条に愚痴をきかせてしまう。うなずいて東条はきいてやる。愚痴を吐きだすとかつ子は急に夫の健康が心配になり、漢方薬を煎《せん》じたりした。

東条は頑健なほうではない。やせていて、寒がりだった。無理するな、と医師にいわれている。だが、陸大進学をあきらめるなど絶対にできることではなかった。

明治四十三年の四月、東条は陸軍大学校を受験した。試験は初審（筆記）が五日間、合格者には再審（口述）九日間が課せられる。

七月に初審の発表があった。東条は不合格だった。

大家族のなかでは勉学に集中できない。別居したい。東条は両親に申し出て、しぶしぶ承諾させた。陸大受験を盾にとられると、両親は首を横にふれなかった。

東条とかつ子は四谷《よつや》に引越した。家賃は月々一〇円である。やりくりをかつ子にまかせて東条は隊務と受験勉強に専念するようになった。

二度目の初審後まもなく長男が誕生した。東条家の嫡《ちやく》男《なん》に伝わる英の字を用いて、英《ひで》隆《たか》と名づけた。

東条とかつ子は代る代る育児日記をつけた。

「今夜はシャックリ、クシャミをし、乳飲み眠り、泣くよりほかすることなし」

「三十日以来父親（英機）が湯をつかわしむ。祖父様（英教）は蚤《のみ》を避けて寝台に寝かせよ、枕は絹にしてやれ、寝台の足は水をいれた皿に乗せよなどと仰せられ――」

別居で疎遠になっていた実家とのゆききも頻繁になった。

夫婦で赤ん坊を抱き、両親や弟妹とつれ立って宮参りをした。天皇も国体もない、むかしながらの神信心である。

赤ん坊が熱を出して夫婦で狼狽《ろうばい》したり、赤ん坊の腹巻きのつくりかたをめぐって夫婦喧嘩をしたりした。

七月に二度目の初審の結果が発表された。こんどはぶじに合格していた。だが、十一月に実施された再審では不合格になった。

毎日一科目ずつ九科目にわたって試験官たちから試問されるのが再審である。とくに戦術では兵学教官が四名ずつ二班に分かれて試問の集中砲火をあびせてくる。

難問、奇問が多い。知織よりも理解、判断、応用の能力が問われる。東条は緻密《ちみつ》な頭脳をしていた。数学は得意である。だが、さほど機転はきかない。最難関の戦術試験で返事がもたついてしまった。

「なんといういじわるな試問なんだ。賊藩出身者は合格させない方針なのか」

東条英教の息子だから当りがきつい、とは考えたくなかった。

石にかじりついても合格せねばならない。赤ん坊の寝顔を見て気力をふるい起した。

翌明治四十五年、初審は合格した。

七月下旬、病気療養中の明治天皇が重体だと新聞が報じた。東条は妻子ともども礼装して、快癒祈願に皇居まえへ出向いた。天皇は軍の統帥であり日本帝国と一体である。崩御されては国民は精神の支えを失い、国は危機にさらされる。

群衆とともに東条とかつ子は衷心《ちゅうしん》から天皇の回復を祈った。祈りの念がつよすぎて東条は涙があふれ出た。

東条は宮城内や観兵式などで遠くから天皇を拝したことはあるが、近くで拝したりことばをかけられたりしたことはない。それでも天皇の存在は絶対である。天皇のお役に立っているかどうか。すべての価値判断はそこを基準にしていた。なにかを絶対化すれば、考えにも行動にも迷いがなくなる。明治政府が本来は八百万《やおよろず》の神々を祀《まつ》るべき神道に天皇の絶対化をとりいれ、それをもとに政府批判を封じたように、東条も天皇の絶対化によってみずからの思念のブレを封じたのだった。

その三日後、明治天皇は崩御した。東条の予想したほど国民の動揺はひどくなかった。元号が大正に代り、皇太子嘉仁《よしひと》親王の践祚《せんそ》がおこなわれた。

九月十三日、大葬の日に乃木大将夫妻が殉死をとげた。夫婦の鑑《かがみ》だと東条は妻と語りあった。

十二月一日に陸大入試の再審が始まった。

かつ子は以前から信心している新宿歌舞伎町の稲荷鬼王《きおう》神社へ毎日お参りした。背水の陣で東条は再審にのぞみ、ぶじに九日間を乗り切った。

優等席次五番で合格がきまった。発表のその日に陸大入学が発令される。心臓脚気《かっけ》のため小田原《おだわら》の貸別荘で療養中の父英教のよろこびはひとしおで、二〇円という過分のお祝いをくれた。かつ子の福岡の実家からも、やはり二〇円の祝い金がとどいた。

青山《あおやま》の陸大へ東条は通学をはじめた。予科一年と本科二年をへて卒業となる。

寸暇を惜しんで東条は教課と取組んだ。各種兵学のほか隊付勤務、参謀旅行、兵棋《へいぎ》演習などの科目があった。薩長閥に属さない者は、なまはんかな努力では這《は》いあがれない。努力はすでに習い性となっていた。

大正二年の暮、父英教が五十八歳で亡くなった。十一月下旬に危篤となり、家族のほか看護婦三人が加わって懸命に看護したが、一カ月しか保《も》たなかった。

東条は号泣した。親を亡くした悲しみとともに、人生の師をうしなった失意に打ちのめされた。父ほど親身になってくれる師が、この世にいるはずがない。

小田原の二宮《にのみや》神社で神式の葬儀をおこなった。軍関係者に加えて親戚知人が多数参列して、それなりに盛大だった。

くもり空で、風の冷たい日だった。式典のあいだ、東条はふっと頭上が明るくなったような気がして空をあおいだ。灰色の雲の裂け目で太陽が白くかがやいている。

曇天の太陽に東条は初めて対面したような気がした。太陽と自分をへだてていた磨硝子《すりがらす》の壁が消えたのだ。父が死んで壁が消え、じかに太陽と向かいあうようになった。

太陽は天皇だった。これまでは父の影をへだてて太陽をあおぎ見ていた。こんごは父に代って直接御稜威《みいつ》に浴することになる。


父の死後、東条は母と弟妹たちを引きとらねばならなくなった。長男の義務である。今里町九六番地に一戸を借り、全員で同居することになった。

かつ子はまた大家族のなかに身をおくことになった。だが、新婚時代とちがっていまは一家を切りまわす立場である。チトセもおとなしくなり、嫁姑の確執はなくなった。

大正三年七月、欧州で第一次大戦がはじまった。日本はイギリスなどの要請に応じて八月、ドイツに宣戦布告をした。

陸軍はドイツの租借していた中国山東《さんとう》省の竜口《りゅうこう》へ上陸を開始、海軍は赤道以北のドイツ領南洋諸島を占領、十一月には青島を攻略した。だが、東条は陸大在学中であり、所属の近衛第三連隊の動員もなかったので、前線へ送られることはなかった。

九月に次男輝雄《てるお》が生れた。かつ子が赤ん坊を抱いて寝るので、三歳の英隆はチトセと寝るようになった。

翌年六月、東条は大尉に昇進し、近衛歩兵第三連隊の中隊長に任じられた。九月に参謀旅行をし、十二月に陸大を卒業、翌年八月には陸軍省副官となった。上層部への階段の第一歩を踏み出したわけである。


明治三十九年四月、米内光政は日露戦争の功により功五級金鵄《きんし》勲章、勲五等旭日双光章および年金三〇〇円を下賜《かし》された。

米内は一等海防艦「磐手《いわて》」の分隊長心得をへて、海軍砲術練習所の学生となっていた。金鵄勲章には終身年金三〇〇円がつく。中尉の月給三三円が一挙に倍近く増えることになる。

勲章もうれしかったが、年金のありがたみは格別だった。父受政は相変らずあやしげな発明に凝って借金をつくる。父母の生活費、米内自身の料亭のツケなどで、増収分は右から左へ消えていった。

そのころ縁談がもちこまれた。相手は父の友人である茶道の師匠、大隈宗岷《おおくまそうみん》という人物の娘である。名をこまといった。

「おまえ、もうすぐ大尉だろう。月給があがるからやっていけるはずだ。一度会ってみろ。なかなかいい娘さんだぞ」

写真を見せて父は力説した。

母のトミも賛成だった。おとなしいが芯《しん》のつよそうな娘さんだという。

「お父さんたちがいいなら、おれも異存はないよ。話をすすめてくれ」

米内はいい残して砲術練習所へ帰った。

あっというまに話はすすんだ。軍人が花形だった時代である。兵学校出の中尉は、若い女性のあこがれの的だった。

見合のあと双方に異存がなければ、六月八日に挙式することになった。だが、米内は訓練が多忙なうえ、六月早々巡洋艦「新高《にいたか》」の分隊長心得に異動になった。見合の日程がとれないうち、挙式の日がきてしまった。

式場の水交社《すいこうしゃ》で米内は初めて花嫁と顔をあわせた。好みどおり小柄で、利発そうな娘だったので安心した。

家庭というものに米内はさほど重きをおいていなかった。小学生のころから父のいない家で育ったので、おのずと自立心が強くなった。女手一つで育ててくれた母には敬慕の念を抱いていたが、父親なしでも他人におくれをとることなく育っただけ、家庭の幸せは人間形成にかならずしも必要でないという意識が身についていたらしい。
放蕩者《ほうとうもの》の父の血を引いてもいる。毎日伝書鳩のようにきちんと帰宅し、家族との団欒《だんらん》を生き甲斐にするような性分ではなかった。気質のうえでは、米内は港々に女ありの船乗りそのものだった。

なんといっても男は一家のあるじだ。妻は万事に夫を立て、夫にしたがわねばならない。女はだれでも嫁げば、嫁ぎさきの家風にあわせて暮そうとする。どんな女を妻にしようと、男の一生にさほど影響はないものと米内はきめてかかっていた。

こまは注文どおりの女だった。歯切れのよい江戸弁を話すが、控え目でほとんど自我をおもてに出さない。気のつよい姑にも野放図な舅にもよく仕える。米内の艦隊勤務がつづいたので、長女の生れたのは四年後になったが、夫婦仲は睦まじく、青山の自宅は米内にとって最高のくつろぎの場となった。

同じ年の九月、米内は大尉に昇進し、心得がとれて「新高」分隊長となった。

そのあと砲術学校教官となり、ついで戦艦「敷島」、戦艦「薩摩」、巡洋艦「利根《とね》」で分隊長、砲術長をつとめた。

砲術に関して米内は海軍でも有数の名手である。翌年の五月に就任した「新高」砲術長時代、戦闘射撃が優秀だとして表彰されている。沈着、無口、悠揚せまらぬ人格と統率力が、一部ではすでに高く評価されつつあった。

明治四十四年六月、ロンドンでイギリス皇帝ジョージ五世の戴冠《たいかん》式が実施されることになった。同盟国日本には当然招待がきている。

明治天皇の名代として東伏見宮夫妻が出席、乃木、東郷両大将が随員ときまった。米内の乗務する「利根」と巡洋艦「鞍馬《くらま》」が奉祝遣英艦隊として一行をはこぶことになった。

四月一日、一行は横須賀を出航しロンドンへ向かった。米内にとって初のイギリス訪問である。イギリス海軍の先進性さらにイギリスの立憲君主制から多くを学ぶつもりで、勇んで遠洋航海の途についた。

艦隊はぶじにイギリスのポーツマスに入港し、東伏見宮夫妻の一行は六月二十二日の戴冠式に出席した。米内ら艦隊の要員はポーツマスに滞在し、ロンドンでおこなわれた史上最大といわれるジョージ五世の戴冠式を見物することはできなかった。

それでもイギリスの皇室と国民のあいだが日本の皇室と国民のあいだよりも、はるかに親密なのはよくわかった。新皇帝となる皇太子の八頭立ての馬車がバッキンガム宮殿を出て、式場であるウエストミンスター寺院へ向かうあいだ、沿道の数百万の群衆はイギリス式のバンザイ、「ヒップヒップ、フレーフレー」を連呼しつづけた。万雷のとどろきのようだった。

ウエストミンスター寺院は華族や陸海軍の高官、政治家、外交官、僧侶らで一杯になり、周辺を群衆がとり囲んだ。

大僧正が群衆に新皇帝を指し示して、

「これこそ真にわが領土の皇帝なり」

と紹介すると、群衆は巨大なオルガンの演奏に乗っていっせいに歌いだした。

「神よ、われらが王を祐《たす》けたまえ――」

それは全国民による、といってよいほどの荘重《そうちょう》で響きの美しい大合唱だった。

新聞が大きく伝える戴冠式の模様を読んで、米内は日英の皇室のありかたのちがいについて考えこまざるを得なかった。

君臨すれども統治せず。イギリスの皇室は立憲君主制を標榜《ひょうぼう》している。血はつながっているということだが、十六世紀に入って以後もテューダー朝、スチュアート朝、ハノーヴァー朝の交代があって、イギリス皇室は日本の皇室よりもはるかに不安定である。皇室はつねに国民の動向をうかがって、みずからの安泰をはからねばならない。戴冠式のような宮廷儀式を国民に公開するのは、皇室にたいする国民の愛情を深め、ナショナリズムを盛りあげるためではないのか。

日本の皇室はこれとはちがう。国民とのあいだにもっと距離がある。践祚の儀や即位の儀が皇居の外でおこなわれるなどありえない。天皇は現人神《あらひとがみ》であり、国民は皇室を神聖な存在として遠くから仰ぎ見ているのだ。

イギリス皇帝とちがって天皇は行政のすべてを総覧し、軍隊を指揮し、最高位の神官として国家神道の祭祀をとりおこなう。現天皇は病弱でほとんど執務をしないようだが、天皇は太陽神天照大神《あまてらすおおみかみ》の万世一系の末裔《まつえい》であり、生れながらの日本の統治者なのだ。

それを疑う日本人はいない。だから天皇はイギリス皇帝のように国民の受けを気にする必要がない。王朝の交代も日本ではありえない。日本の皇室は未来永劫《えいごう》に存続し、国体は不変である。それが日本なのだ。

王室不要論がささやかれるヨーロッパの諸国とちがって、日本は安定し、国は一つにまとまっている。天皇の御稜威のおかげである。科学技術や工業生産力でまだまだ日本は欧米諸国におよばないが、他国にない独特の文化をかかえ、混乱もなく発展中なのはたしかなのだ。

イギリスへきて、かえって日本の皇室のことがよくわかった。神話を歴史的事実としてあつかう国家神道に疑問のないわけでもないが、日本中がそれでなっとくしている以上、かまえて異を立てることもないのである。

約三カ月、奉祝艦隊はヨーロッパ各地を巡航したあと、十一月に帰国した。

米内は以前から服装に気をつかう性分だったが、訪英後はさらに身だしなみが良くなった。髪をきちんと七三に分け、糊《のり》のきいた制服をきてエナメル靴をはいている。読書のさいは鼻眼鏡をかける。長身で目鼻立ちのはっきりした風貌に鼻眼鏡はよく似合った。海軍士官は外国人との交際が多い。服装がだらしなくては日本の恥になる。

「磐手」乗組みのころ、丸刈にするべきだと司令官にいわれたが、米内はきき流した。欧米では坊主頭にするのは囚人だけなのだ。

帰国後すぐ米内は砲術学校教官兼分隊長を命じられた。

砲術練習所は廃止され、横須賀の楠《くす》ヶ浦《うら》に海軍砲術学校が新設されていた。日露戦争のあと、一斉砲撃の重要性がますます認識され、通信装置などこれに必要な設備がととのってきた。方位盤がイギリスから輸入され、砲撃の精度も飛躍的に向上した。新技術を生徒とともに学びながら、米内は教官生活をつづけた。

わが国の重工業は、日露戦争後急速に活発化してきた。とくに軍需工業において、発展は目ざましい。

これまで主要軍艦はほとんど先進諸国へ発注、購入されていたが、戦艦「薩摩」は川崎《かわさき》造船所、巡洋艦「筑波《つくば》」は横須賀の海軍工廠《こうしょう》で建造されることになった。鉄鋼生産、精密機械製造も自前でできるようになった。

海軍はさらに増強される見込みである。優秀な人材はいくらいても足りない。そんな現状に若い士官は反応して、海軍大学校入学をこころざす者が多かった。

だが、米内は海大に興味がなかった。出世主義に凝《こ》り固まって受験準備に熱中する同僚たちへ冷ややかな目を向けていた。艦長にはなってみたいが、海軍省や軍令部の役人に自分が向いているとはとても思えない。

だが、兵学校の同期生のなかには、米内の才幹に注目する者が出てきていた。あれだけの男を中佐、大佐で終らせるのは惜しい。ぜひ海大に入れて、将来の海軍の指導者にしなければならない。そんな声が多くなった。

海大甲種学生の受験資格は大尉任官後一年の海上勤務を経た者、となっている。海兵卒業後一〇年をへて入学するのが通例で、陸大よりかなりおそかった。少佐になると受験資格がなくなる。米内はまもなく少佐になろうとしているのに、悠然としていた。

「受験しろよ米内。国のためだ」

同期生につよくすすめられて、やっとその気になり、受験勉強をはじめた。前年六月に長女ふきが生れたのも刺激になった。

やりだすと一途に集中する。明治帝の崩御や乃木大将の自刃にもさほど心を動かされることなく、ひたすら勉学にはげんだ。

準備期間が短かったのに、大正元年十二月一日付で海大甲種学生を命じられた。同じ日、少佐に昇進した。

日露戦争中病気をしたせいで、米内は大尉昇進が同期生より一年おくれている。少佐昇進も一年おくれのままだった。だが、おかげで米内は少佐になるまえに海大へ入学でき、軍や政府の高官にいたる旅券を手にすることができたのだ。

海軍大学校は当時築地にあった。重厚な赤煉瓦の建物である。米内は青山の借家で父母、妻子とともに暮しながら通学した。入学の翌年次女が生れ、乃里子と名づけたが、三歳の誕生日を待たず病死してしまった。

大正三年五月二十七日の海軍記念日、米内は海軍大学校を卒業し、同日付で旅順要港部参謀に任じられた。

旅順はすでに戦跡の地で、戦略的価値はほとんどない。軍艦のほか貨物船、漁船などがのどかに港へ出入りしていた。

旅順勤務は明らかにドサ回りである。だが、米内はがっかりしない。勤務がひまなら大いに読書して見識をゆたかにすればよいのだ。

ところが着任して二カ月もたたないうちに、第一次世界大戦がはじまった。

日本は同盟国イギリスから、東シナ海を航行するイギリス商船の保護をもとめられた。

遼東半島の対岸に突きでた山東半島の黄海側、膠州湾をドイツは中国から租借し、東岸の青島に要塞を築いていた。青島にはモデル植民地として近代都市を建設、港には軍艦を碇泊させて周辺に睨《にら》みをきかせている。

八月二十三日、日本はドイツに宣戦布告をした。日英同盟にもとづいてアジア方面のドイツの根拠地を攻略し、中国内に進出する足場をつくろうという狙いがあった。日清戦争、日露戦争は日本が国家の存続をかけて背水の陣で起《た》った戦争だったが、今回は同盟国のすすめに乗って国益を得るための戦争である。

ドイツにたいしては三国干渉の恨みがある。宣戦に国民は賛成していた。

宣戦布告の四日後、米内は要港部司令官の川島令次郎《かわしまれいじろう》中将から密命をうけた。山東半島の北側にある港町、竜口付近の敵状を偵察せよというのだ。陸軍はそこへ上陸し、南下してドイツの東洋基地青島を占領する計画である。海軍陸戦隊はその先遣隊となるのだ。

「竜口のあたりは海岸のすぐ近くまで山岳地帯らしい。だが、麦畑も多いようだ。地形的には上陸作戦に支障なしと思うが、どの地点がよいか見さだめたいのだ」

「膠州湾のドイツ艦隊が山東半島の北側へ出ているかどうかもたしかめてもらいたい」

川島司令官と参謀長は地図をひろげて説明してくれた。

竜口から膠州湾、青島までは約一五〇キロ。湾内には巡洋艦一、軽巡二その他のドイツ艦隊がいるはずだ。この艦隊が半島の北の海へ出てくると上陸作戦の障害となる。

「現地に何日もとどまる必要はない。状況が頭に入ったらすぐ帰ってこい。一日もはやく上陸作戦をやらなくてはならんのだ」

川島司令官は笑顔で念を押した。

勇躍して米内は命令をうけた。閑職のはずが、重大な使命をあたえられたのだ。

夕刻、米内は岡村という兵曹をつれて、汽船「白銀丸」で旅順を出発した。

夜明けまえに竜口沖へ着いた。米内と岡村は端艇《たんてい》でひそかに陸へ送りとどけてもらい、岩石のあいだを通って岬へ上陸した。

二人とも中国服を着ている。小型カメラのない時代なので、米内はスケッチ帳を携帯していた。夜が明けてから周辺を歩きまわって地形をしらべ、スケッチをした。

海岸が岩場だったり、山がせり出していたり、入江や砂浜があったり、複雑な一帯である。輸送船や護衛艦の位置、陸戦隊の上陸点の候補地などを探してまわった。上陸の障害物はとくに見あたらない。海岸に中国兵の監視所はあるが、ドイツ軍の施設はなかった。

「青島のドイツ軍は一個連隊程度らしい。このあたりまでは手が回らないのだ。はるか東洋へ触手をのばしても、拠点を維持するのは大変だということだろうな」

「上陸作戦に支障はなさそうですね。あるとすれば台風だが、いまは乾季だから心配はないでしょう」

二人は話しながら探索をつづける。

ともに中国語ができないので食堂に入らず、持参の握りめしで空腹をみたした。

探索が終ったので、午後は山岳地帯の藪《やぶ》のなかで一眠りした。蚊がうるさかったが、二人ともあまり気にしない。

夜、迎えの端艇で船にもどった。慰労の酒が、うっとりするほど美味だった。

九月二日の朝、第十八師団の一部が、第二艦隊と旅順派遣隊の援護のもと竜口へ上陸を開始した。膠州湾に集中していた各国記者の目をあざむく奇襲作戦である。

乾季なのに当日は豪雨だった。だが、風がないので上陸に支障はない。海軍陸戦隊がまず橋頭堡《きょうとうほ》を確保し、陸軍部隊は夕刻までに八割が上陸を完了した。米内は旅順派遣隊の駆逐艦上にいて上陸の模様を見張っていた。予想どおりドイツ軍の抵抗はなく、第十八師団は無血上陸に成功したのである。

「この調子なら膠州湾上陸作戦もうまくいくだろうよ。青島はあと一カ月保つかどうかだ。本国を離れた敵と戦うのはらくだな。日露戦争にくらべりゃ屁のようなものだ」

「そうです。太平洋のドイツ領の諸島も、苦労なしに奪《と》れるでしょう。イギリスと同盟しておいて良かった。すこし手伝っただけで、大きなプレゼントをもらったんですから」

司令官と参謀長は上機嫌である。

米内もよろこびは同じだが、じつのところ後味はあまり良くない。

たしかに作戦は成功した。だが、ドイツが欧州で連合軍と死闘を演じている隙に、東洋のドイツの拠点を掠《かす》めとろうとしているのだ。まぎれもなく火事場ドロボウである。日本の国際的信用が低下するにちがいない。

新聞も世論もそのことについてはなにもいわない。「イギリスとの盟約」をたてに火事ドロを正当化している。なにしろ日本の軍事行動はすべて御稜威を広めるための「聖戦」なのだ。こうなると、軍人勅諭が政治への関与を戒めている意味がよくわかる。命令を実行するだけなら、道義上の責任を感じなくとも済むのだ。

十月の中旬、わが第一艦隊はドイツ領のマーシャル、マリアナ、東西カロリン諸島を占領した。サモア諸島の一部もふくまれる。南西太平洋、赤道以北のこれらの島々は、ロシアに次ぐ仮想敵国となったアメリカにたいする有力な海軍基地となるはずだった。

九月二十八日、独立第十八師団が膠州湾の労山《ろうざん》へ上陸、約一カ月後青島を攻略した。

約一〇〇〇名のドイツ兵捕虜が徳島県鳴門《なると》市の板東俘虜《ばんどうふりよ》収容所へ送られた。

ドイツ陸軍はわが陸軍の創設期の模範だった。メッケル少佐の教え子もまだ半数以上が生きている。さらに医学、哲学、法学、音楽などの分野でわが国は多くをドイツに学んだ。三国干渉の恨みとはべつに、とくにインテリ層にはドイツに親近感がある。
さらに日本には文明国であることを世界に認識させねばならぬ強迫観念があった。捕虜を虐待しては野蛮国のそしりをうける。おかげで収容所はきわめて公正に捕虜を遇した。捕虜衣食はじゅうぶんに支給され、過酷な強制労働はない。読書やスポーツもゆるされる。鳴門市民との交流もすすめられた。
二年あまりの収容期間中、一〇〇回以上もコンサートがひらかれた。ベートーヴェンの「第九」の日本初演もここで実現した。開戦時、ドイツにいた日本人留学生や公務員、会社員らはひどいあつかいをうけたが、鳴門では模範的な処遇がつづけられていた。
だが、中国にたいしては、日本政府は火事ドロの姿勢をつらぬいた。先進諸国の関心が欧州戦線に集中している隙を狙って、大正四年一月、後世まで悪名高い二十一カ条の要求を中国へ突きつけたのだ。主な内容はつぎのとおり。
第一号　山東省におけるドイツの権益を日本が継承することなど四カ条。
第二号　日露戦争により日本がロシアから継承した関東州、南満州鉄道、安奉《あんぽう》鉄道の租借期限を九九年ずつ延長など七カ条。
第三号　（略）二カ条。
第四号　中国沿岸部の列国への不割譲。

第五号　中国政府は日本人を政治、財政、軍事顧問として雇用すること。日本の学校、寺院、病院に土地所有権をみとめること。華中、華南に二鉄道の敷設をみとめることなど七カ条。

第一号から第四号までは要求として公表されたが、第五号は希望事項として秘密交渉のテーマとされた。

日本政府（大隈重信《おおくましげのぶ》首相、加藤高明《かとうたかあき》外相）の念頭にあったのは、最初は第二号のみだった。ところが交渉提起が決定すると、元老、軍部、財界からさまざまな注文が殺到して二十一カ条にふくれあがったのだ。太っ腹の大隈があれもこれも見さかいなく受けいれたせいもある。

日本は資本主義の発展にともない、中国本土に市場と資源の供給地をもとめていた。おりから中国の袁世凱《えんせいがい》大総統が内戦に勝つため戦費を先進各国から借りまくり、代償にさまざまな権益供与を濫発《らんぱつ》していたので、日本は蚊帳《かや》の外におかれそうであせっていた。

一般世論はとくに強硬だった。

神国日本には世界を救済する使命がある。中国を指導して政治体制をあらためさせ、悪政に苦しむ人民を解放してやらねばならない。日本人を政治、財政、軍事顧問として送りこむのはむしろ恩恵をほどこすことだ。国民はそう思っていた。

当時の日本国民がとくにおろかだったわけではない。人は自己にとって都合のよい話に乗りやすい。信じて気持のよくなる教義には逆らわないのだ。

対独戦も順調である。威丈高な二十一カ条を国民に自戒させる条件はなにもなかった。

中国はねばりづよく抵抗した。日本側が秘密交渉を望んだ第五号を公表するにおよんで、それまで中立だったアメリカが、とたんに日本を敵視するようになった。

日本は五月七日、第五号をのぞく最後通牒《つうちょう》を突きつけて袁世凱政府に受諾させた。しかし交渉は第一次大戦後までもちこされ、日本はアメリカに強要されてワシントン軍縮会議で大幅に譲歩、第二号など十カ条の要求貫徹で折りあわねばならなかった。

辛亥《しんがい》革命以来、中国では「打倒帝国主義」「不平等条約撤廃」のスローガンのもと、国権回復運動が起っていた。五月七日の最後通牒によって日本は帝国主義の尖兵《せんぺい》と見なされ、各地で排日運動が起った。蔣介石など多数の日本留学生はつぎつぎに帰国し、排日運動を指導するようになった。

先進諸国にとっては、新興日本の頭を叩く好機である。第一次大戦にまだ参戦していないアメリカがとくに日本を敵視し、排日運動をそそのかして日中の離反をはかった。

日露戦争のころアメリカは日本を支持していた。だが、以後はカリフォルニアの移民排斥、排日土地法の設定など日本排除の方針に変った。アメリカ海軍の理論的支柱である

A・T・マハンなどは厖大《ぼうだい》な日本移民によって北米の西はんぶんが乗っとられると大まじめに説いていた。

巨大な中国市場への進出に関しても、工業の発達した日本は大きな邪魔者である。劣等と見なしていた黄色人種の日本が驚異的な速さで近代化をとげ、世界を分割支配する先進国群のなかへ割りこもうとしている。出る杭《くい》ははやく叩いておくことだ。日本が二十一カ条要求という無法行為をやらかしたのは、アメリカにとっては、待ってました、というところだったようだ。

大隈内閣の責任は大きい。第二号のみ承認させておけばよかったのに、欲をかいて火事ドロ日本のイメージを世界に定着させてしまった。逆にアメリカは反日姿勢をとることで、国際正義の元締めとして発言力を増すようになっていった。

日本が二十一カ条の要求を中国に突きつけた直後の大正四年二月、海軍少佐米内光政はロシア駐在を命じられた。

ロシアは日露戦争後も陸軍の拡充につとめ、五五個師団をシベリアに派兵できる態勢にあった。日本にとって相変らず大きな脅威である。現在ロシアはドイツと交戦中で、脅威の度合は減っているが、戦時中のロシア国内の状況を把握しておくことも、それなりの意義はあるはずだった。

勤務がひまなのに乗じて学んだロシア語が、米内はすでに堪能である。昨年の竜口偵察の実績もある。ロシア駐在は適任だった。

が、裏に厄介な事情があった。借金漬けで身動きできなくなっていたのだ。

青山の留守宅には両親と妻、二人の娘それに光政の姉ヒサが子供一人とともに暮していた。それだけなら少佐の月給でなんとかまかなえる。ところが発明マニアの父受政が、相変らずつぎつぎに借金をかさねるのだ。

金鵄勲章の年金は、父の以前からの借金でさしおさえられている。米内自身はほとんど手にしていない。そのうえに父はまた借金をつくる。一発当れば何十倍、何百倍にして返すと父はいうのだが、その一発がさっぱり当りそうもない。

派手に飲み歩くわけでもないが、料亭のツケの払いに米内は困った。自身のほか父のつくった借金の督促状や請求書が、容赦なく勤務さきへ送られてくる。

「弱ったな。どうすればいいのか」

ものに動じない米内も頭をかかえていた。

同期生たちがそれを知って、米内をロシア駐在にせよと人事局にいる同期生の小山田《こやまだ》繁《しげ》蔵《ぞう》へ談じこんでくれた。

外国駐在になればかなりの支度金が出る。任地では外地手当で生活できるので、月給はそっくり家族の手にわたる。借金地獄から脱けだす見込みが立つのだ。

小山田は同期生たちの意をうけて八方を奔走し、ロシア駐在をきめてくれた。

「月給はおまえがきちんと管理しなさい。親父にねだられても折れてはいかん。おれに厳命されていると弁明すればいい」

出発まえ、米内は妻にいいきかせた。

困った父親なのだが、米内は父受政に文句をいったことはない。かつて借金逃れに妻子をすてて夜逃げした父に愛想をつかした時期もある。だが、いまは四の五のいわず受政をうけいれられるようになった。父も悪意から妻子をすてたわけではない。いちばん苦労した母がゆるしているのだから、息子がこだわることはできない。

受政はなにもいわないが、そこは親子の情で、内心では感謝、恐縮しているのがわかる。仕様がないな、と苦笑して米内は借金のあとしまつをする。厄介な父親をもったおかげで度量の広くなった向きはたしかにある。

二月の中旬、米内は出発した。船で大連へゆき、旅順要港部で挨拶まわりをしたのち満鉄の列車に乗った。ハルビンで東清《とうしん》鉄道に乗りかえて中ソ国境を越える。

雪に覆われたシベリアは、ひたすら広く、風景は単調だった。空は暗く、めったに日が射さない。ときおり吹雪《ふぶき》に視界がとざされる。駅で人の乗降はあるが、駅のある町や村にはほとんど人影がなかった。

三月の下旬、米内はロシアの首都ペトログラードへ到着した。

旧名のサンクト・ペテルブルグが敵国ドイツふうなので、昨年八月の対独戦後ペトログラードにあらためたということだ。

ネフスキー大通りに近い日本大使館へゆき、本野一郎《もとのいちろう》駐露大使に着任の挨拶をした。大使館内の海軍武官室は、米内をふくめてたった三人である。大使館員の総数が二〇名の小世帯だった。

戦争中だというのに、一見したところ、ペトログラードの街にはさほど緊張感がなかった。市民は平時のままの暮しをしているように見える。兵士の姿もあまり見かけない。食料や諸物資も潤沢とはいい難いが、さほど品不足が深刻だと見えなかった。

関係者への挨拶まわりや市内観光をすませたあと、米内は資料をあつめ、同僚のレクチュアをうけてロシア研究にとりかかった。

二十世紀初頭の大恐慌、日露戦争の敗北、革命運動の激化などで帝政ロシアは深刻な財政危機に見舞われた。政府はフランス、ドイツなど先進諸国に巨額な借款《しゃっかん》をして、なんとか国家破産をまぬがれた。ロマノフ王朝は日露戦争末期の革命で、絶対君主制から立憲君主制に変っている。

一九一〇年（明治四十三年）ごろからロシアは工業生産が本格化した。とくに重工業の伸びが目ざましかった。工業機械、農業機械、建材、化学製品の産出増が各界に波及し、確実に繁栄をとりもどしつつある。

一九一四年（大正三年）八月、ドイツはロシアに宣戦布告した。皇帝《ツアー》ニコライ二世は準備不足だとしてためらったが、フランスのつよい要求に応じて東部戦線をひらき、二個軍団を東プロイセンに進攻させたのである。

開戦に労働者たちは反対だった。彼らは召集逃れのためさまざまな運動をはじめた。

農民も夏の収穫期なので、開戦には反対だった。各地に小さな暴動が起り、警察が躍起になって鎮圧をくり返した。だが、国会は皇帝《ツアー》とその政府を支持していた。

八月下旬、ロシア軍はタンネンベルグの会戦でドイツ軍に大敗した。補給の失敗が原因だとされている。ツアー政府が懸命に盛りあげた国民の戦意はたちまちうしなわれた。

「皇帝《ツアー》が宣戦布告したのに、軍の将兵にヤル気がないのですか。あきれた話ですな。わが国ではありえないことだ」

海軍武官室長から説明をうけて、米内は日露の国民性の差をあらためて知らされた。

日本人は軍人でなくても天皇に忠誠心を抱いている。命令があれば、身をすててでも忠義をつくすはずだ。天皇の宣戦布告に労働者や農民が反対するなど考えられない。

「天皇陛下と皇帝の差だろうな。いまのロマノフ王朝は、せいぜい三〇〇年の歴史しかない。しかも途中でドイツ人のエカテリーナ二世が即位した。国民が誇りに思うわけがない」

「そうですね。それにひきかえ、わが国の皇室には二五七〇数年の歴史がある。しかも万世一系です。国民の誇りですよ。忠誠心も報国の念も当然ロシアとはちがってくる」

「立憲君主といいながら、実状はツアー独裁がつづいているからね。ツアーが議会を引っぱってあれこれ号令をかけている。強引に戦争を始めたから、恨まれて当然だよ」

「わが天皇陛下はおもてに出ず、各大臣の輔弼《ほひつ》によって政治を実行される。たとえ失政があっても大臣が責任をとります。こうして見るとよくできたシステムですね。陛下を恨む国民なんか一人もいないでしょう」

イギリス訪問のときもそうだったが、外国へきてみて、日本という国の特異性と美点がよくわかった。

天皇制のもとで国民が一つにまとまっている。もちろん秩序維持のための政府の強制もあるが、革命などまず起りえない。圧倒的多数の国民が皇室を敬愛しているからだ。

米内は下宿から毎日海軍武官室へ通勤した。各国の新聞に目を通し、役立つ情報を海軍省や軍令部に打電したり、スクラップするのがおもな仕事だった。大使館と連絡をとりあい、ロシア海軍省で戦況の解説をきいたり、許可を得てロシアの海軍工廠を見学したりした。

仕事はさほど多忙ではなかった。米内はロシアの書物をつぎつぎに読んで知識の蓄積につとめた。本のページの余白に読んだ感想や意見をびっしりと書きこむのがつねで、内容のある書物は三度くり返して読む習慣である。「おれは自分の頭で読む」と称していた。

軍事や政治経済の本ばかりでなく、歴史書や文学書にも親しんだ。プーシキン、ゴーゴリ、トルストイ、ドストエフスキーらを原語で読破していった。兵学校や海大の教育は実学重視で、文学、哲学、歴史学、芸術など教養科目はほとんど無視されている。

それらの充実している旧制高校を以前から米内はうらやましく思っていた。旧制高校、大学の出身者にくらべて陸士、海兵の出身者は人格の底があさいような気がしてならない。独学で米内は旧制高校の課題を消化するつもりだった。

プーシキンは十九世紀のサンクト・ペテルブルグを「華麗な街、貧しき街」と評した。歩きまわって米内は、プーシキンの表現がきわめて適切なのがわかった。

美しい街なみとここを舞台にした文芸、美術作品などから、ペトログラードは貴族、官僚、軍人、作家、芸術家の街といわれてきた。だが、路地裏を覗《のぞ》いたり下町の集合住宅へ近づいてみると、住人のほとんどが貧しい出かせぎ農民や日雇い労働者である。ドイツ、フィンランド、エストニア出身者も多い。

重工業の発展と戦争による人手不足は、地方からペトログラードへ多くの人々を流入させた。農奴制の廃止により自由になった農民がその大多数を占めている。

とくに下町は過密状態だった。人々はアパートの部屋を共有したり、数人が交代で一つのベッドに寝たりしていた。六万人の貧困者が地下室で暮し、その地下室にも入れない浮浪者がいたるところで目についた。

開戦後、ロシアは海路が封鎖されて、物資、燃料、食料は国内からの供給にかぎられるようになった。しかも国内輸送のほとんどは軍用に供される。おかげでペトログラードは食料難と物価騰貴《とうき》にさらされている。

肉もパンもバターも不足している。着任して半年もたつと、食料品店は週に二、三日しか営業せず、二〇〇〇人、三〇〇〇人の行列がざらになった。

工場労働者はストを打って賃上げや食料の特配にありついた。だが、一般の勤労者、店員、職人、日雇い労働者は日に日に困窮してゆく。貧家の妻や娘は売春を余儀なくされる。兵営付近では性病が蔓延《まんえん》しているらしい。

東部戦線ではロシアが、西部戦線ではイギリスとフランスがそれぞれドイツ、オーストリアをはさみ撃ちして戦っている。戦況は一進一退だった。

ロシア国内で反戦の声が高くなった。国会では中間派が団結して政権交代を要求する。ニコライ二世は国会を休会させて対抗した。

一九一六年（大正五年）には全国各地で反戦運動が起り、前線の兵士にも厭戦《えんせん》気分がひろがった。

それでもペトログラード市民はさほど殺気立っていない。どこかの戦線でロシア軍が敗退しても、表情も変えずに新聞を読み、大事そうに弁当をもって職場へ出かけてゆく。

米内は毎晩のように酒場やビヤホールに出かけて市民と会話をたのしんだ。いま市内に残っている男は中年か老人である。ゆったりした、気のいい男が多かった。日露戦争にこだわる者はいない。

ほとんどの男が巨漢である。米内の同僚の武官は、どうしても気圧《けお》されるとボヤいていた。だが、米内は体格でひけをとることはない。

「ウォッカはこうやって飲むんだ。のどへぶっつける要領でな」

初老の男があおってみせた。

米内は酒量でも彼らに負けない。それがわかると彼らは敬意を払うようになった。

物資不足だが、ウォッカは比較的よく出まわっている。ウォッカの生産量が減少すると、反政府運動が激しくなるらしい。

「あんた、女房と週に何回やるんだ」

五十ぐらいの男に訊かれたことがある。

週に一、二回。米内が答えると、五十男は両手をひろげて軽蔑の念をあらわした。

「そりゃすくないよ。あんたまだ三十代だろう。日本人はみんなそうなのか」

訊《き》いた五十男は、うちは週一〇回がノルマだとうちあけた。

ほかの男たちもそんなものだという。

「日曜から金曜までは毎晩一回。土曜は朝晩一回ずつ。日曜は朝昼晩に各一回。はたせないと女房に浮気されても文句はいえない」

五十男は大まじめに指折りかぞえた。

「オットセイの脂身《あぶらみ》がいいぞ。とても効くからためしてみな」

横合から老人が教えてくれた。

唸《うな》るしか米内は能がなかった。

飲みながら彼らは大っぴらに皇帝や皇室を罵倒していた。

「クリミア戦争でも日露戦争でも、ロシアはろくな目に遭わなかった。戦争なんかやるべきではない。宮中のお偉がたが皇帝をけしかけるからいけない。なかでもラスプーチンが問題だぜ」

「祈禱《きとう》して皇太子の血友病をなおしたそうだが、眉唾《まゆつば》だよ。魔羅《まら》はデカいらしいな。あれで皇后は、奴のいいなりになるんだ。あんなのがいるから革命派が勢いづく」

怪僧ラスプーチンがよく話題になった。

皇帝はしばしば出征して留守がちである。それをいいことにラスプーチンは皇后を動かし、勝手な人事や政策決定をさせる。彼は巨根が有名で、皇后のほかにも大勢の尼僧や女官たちと酒池肉林《しゅちにくりん》を展開しているらしい。

「これはおもしろい。日本の宮中にも似たようなデカ魔羅の坊主がいたんですよ。同じように女帝をたぶらかして――」

米内は弓削道鏡《ゆげどうきょう》のことを教えてやる。

「ほんとうか。どの国の宮廷も似たようなものなのだな」

ロシア人たちは大よろこびだった。

日本の皇室はその内情をなるべく秘密にせねばならない。スキャンダルが流出したりすると、国民は忠誠心を失い、国のために戦おうとしなくなる。彼らを見て米内は肝に銘じた。

米内は自分に似た気質をロシアの男たちに見いだしていた。たいていの者は実直でおおらかで大酒飲みで人なつこい。女好きでもある。万事にゆったりして忍耐づよい。実直で忍耐づよいところは岩手人にも共通していた。岩手人はロシア人ほどおおらかではないが、それは国土の規模のちがいからくるのだろう。

　このころ米内は竜口偵察などの戦功により旭日小綬章と勲章金九〇〇円をあたえられた。勲章金は一時金だが、米内は身にしみてありがたかった。父の借金もこれでひとまず片がつく。同僚の武官らと祝盃をあげた。

　追いかけるように三女誕生の知らせがとどいた。一昨年の二月に生れた次女をこの年に亡くしていたので、よろこびはひとしおである。ついウォッカを飲みすぎて泥酔し、酒場のロシア人たちに向かって大演説をやらかした。いっしょにいた同僚があきれていたが、本人はよくおぼえていない。

　一九一五年（大正四年）の東部戦線はドイツ軍が圧勝した。だが、西部戦線ではマルヌ会戦でドイツ軍が敗れ、パリ占領をやめて後退していた。

　戦争は予想外の長期戦となり、膠着《こうちやく》している。米内ら武官室はできるだけ多くの情報を収集し、戦局の分析にあたった。ドイツ側の報道はマルヌ敗戦の損害のみ圧縮したが、あとはほぼ正確で、良い判断材料になった。

「戦果の発表はこれでなくてはならぬな。一時逃れの嘘は国益を害する」

米内らはいいあった。

日露戦争で日本海軍は、二戦艦の触雷による沈没などの不祥事を発表しなかった。おかげで国民は日本軍の圧勝を信じこみ、講和をいそぐ政府に怒って暴動を起したりした。

時代は変った――。大戦の様相を見ていて米内はつくづく実感させられた。

タンネンベルグ、マルヌ両会戦とも、奉天大会戦をしのぐ両軍の大兵力が激突した。死傷者の数もはるかに多い。戦争はもはや軍隊と軍隊の争いではなく、国家と国家の総力戦となった。軍事力のみならず、工業生産力、経済力、輸送力、情報力さらに国民の愛国心、闘争心、忍耐心など、すべての面で相手国と競いあわねばならなくなったのだ。

まだ大きな戦力ではないが、飛行機、毒ガスも登場した。海ではドイツ潜水艦が猛威をふるっている。日本の汽船もアイルランド沖などで数隻が撃沈され、イギリスの要請により駆逐隊がインド洋、地中海へ出撃している。すべてが大きくさま変りした。青島や南洋諸島を火事ドロよろしく攻略して悦に入っているようでは、わが海軍は世界の趨勢《すうせい》についていけなくなるだろう。

大正五年十二月、米内は海軍中佐に昇進した。その後まもなく怪僧ラスプーチンの暗殺が発表された。大勢の市民が酒場で乾盃していた。

ペトログラード市内では公然と反戦、反政府がさけばれるようになった。社会主義者、共産主義者の集会が頻々《ひんぴん》とひらかれる。戦争は二の次で、革命の気運が街にみなぎった。徳川《とくがわ》幕府と同様に三〇〇年の歴史をもつロマノフ王朝の打倒されるときがきたのかもしれない。軍隊がどう動き、皇帝はどうなるのか。固唾《かたず》を呑んで米内らは見まもった。

おりもおり、海軍省から大正六年二月二十日付で米内に帰朝命令がとどいた。とりあえず佐世保鎮守府参謀に転勤となる。

「冗談じゃないよ。この大事な時期に――」

米内は大いに不服で人事局と交渉し、一カ月後の出発をみとめさせた。

ペトログラードの街は騒然としていた。食料よこせのデモ群衆が連日大通りを埋める。ドイツ出身の皇后の縁で宮中に巣くう親ドイツ派の官僚の追放も民衆は要求していた。警官隊との衝突がほうぼうで起った。

三月八日（ロシア暦二月二十三日）、国際婦人デーに、ヴィボル地区の女性労働者が「パンよこせ」のストライキに入った。

ストはしだいに波及し、二日後には全市にひろがった。鎮圧するはずの軍隊が労働者たちの保護にまわった。ブルジョワ勢力による国家ドゥーマ委員会が設置され、一方では労働者と兵士のペトログラード労働者兵士代表ソヴィエト（評議会）が形成された。権力が二重構造になったのだ。わずかに優勢な国家ドゥーマ委員会による臨時政府が誕生した。北部ロシアの前線にいたニコライ二世は報《しら》せをきいて譲位を決意、弟ミハイル大公をつぎの皇帝に指名した。だが、ミハイルが固辞し、皇位は途絶えた。ロマノフ王朝はあっけなく終焉《しゅうえん》を迎えたのである。

皇帝退位の報が伝わると、ペトログラードの街は赤旗と革命歌で埋めつくされた。群衆はネフスキー大通りを経て、大臣たちの官邸や参謀本部、海軍省などが立ちならぶカザン広場に続々とあつまってきた。

「ネフスキーへ。みんな大行進をやろう」

「ネフスキーへ。パンを！　平和を！　戦争中止」

人々は声をかぎりにさけんだ。

数千名のデモ隊が警官隊に阻止されると、いくつかの小隊に分散してネフスキー広場へ向かった。ほうぼうで小競合があった。

ニコラエフスキー駅の向かい、ズナメンスカヤ広場にも群衆がつめかけた。ここにあった帝政ロシアの象徴、アレクサンドル三世の騎馬像は三月九日、群衆の手によって赤旗と赤リボンで覆いつくされてしまった。警官は集会を中止させようとしたが、追い返され、動員された陸軍の治安部隊も見て見ぬふりをきめこんでいる。

「そうか。これが革命か。こうやって皇帝は引きずりおろされたのか」

ものに動じない米内も、群衆のすさまじい熱気に圧倒されて身ぶるいした。

日本人の群衆が天皇の退位をもとめて皇居へ殺到する光景を思い描かざるを得なかった。

まさか、そんなことは起り得ない。天皇陛下は皇帝とちがう。国民に敬慕されている。天皇は現人神、天皇は国家そのものだ。退位などありえない。皇位の断絶もありえない。そんなことが起るとすれば、それは日本という国が地球上から抹殺されるときだろう。

だが、問題は戦争だった。戦争つづきでロシア国民は疲弊し、耐えきれなくなって決起した。戦争をはじめたのは皇帝だが、クリミア戦争、日露戦争さらに今次大戦と不手際をくり返したロシア軍に大きな責任がある。

しかしまだ戦闘はつづいている。首都ペトログラードが占領されたわけでもないし、国境線が全面的に突破されたわけでもない。それなのに皇帝は退位に追いこまれ、王朝は断絶した。

ロシアは内部崩壊したのだ。悪政と戦争のおかげで共産主義が浸透、普及し、現体制に多くの国民が不満を抱くようになった。

勝ち戦さのとき人々は体制を変えようとは思わない。勝利によってもたらされる利益を享受する。だが、負け戦さになり、死傷者が激増し飢餓に見舞われると、人々は世の中の変革をもとめる。拠りどころとなるのが共産主義だ。プロレタリアート諸君、きみたちが国の支配者となれ。共産党は呼びかけて革命を引き起しにかかる。

「戦争は絶対に負けてはならぬのだ。勝つ見込みの立たぬ戦争は避けねばならない。思想統制も必要である。天皇制は共産主義と相容《あい》れない。共産主義を許容することは、天皇制で一つにまとまった日本国民を、ばらばらに解体することだ。資源がとぼしく、重工業も発展途上の日本が国民の団結をなくしたら、とても先進国に対抗できなくなる」

街路を埋めつくすデモの群衆を連日眺めて、米内は故国への思いを新たにした。世界はまだ帝国主義に支配されている。隙を見せると、たちまち外国につけこまれる。日本の指導層はつねに世界情勢を念頭において、国内政治に取組まねばならないだろう。

革命直前のペトログラードの混乱を直視して、米内はそれまで抱いていた愛国心が、あらためて新鮮に燃えあがるのを感じた。戦争は絶対に負けてはならぬ。海軍軍人としての決意も、いっそう強固になった。

ネフスキー通りのデモは一日一日暴動の色を濃くしていった。三月十一日（日曜日）、ズナメンスカヤ広場では軍隊が群衆に向かって発砲した。人々は逃げまどい、約四〇名の遺体とほぼ同数の重傷者があとにとり残された。

三月中旬からロシア軍ははっきりと革命勢力の擁護にまわった。

部隊がつぎつぎに国会（タウリーダ宮殿）まえへ集合し、反乱の是認を要求した。以後、民衆のデモ行進もタウリーダ宮殿を目的地とするようになった。

クレストイ監獄、未決勾留所、パウル要塞監獄がつぎつぎに軍隊や群衆に襲撃され、七六〇〇名の囚人が街に解きはなたれた。政治権力は臨時政府の手にわたったが、まだ統治能力はない。自由になった受刑者、前線からの脱走兵、反乱部隊の兵士らがいりまじって強盗、略奪、殺人など生存のための犯罪に手を染めた。それまでロシア国内の犯罪発生率は低かったのだが、このロシアの二月革命後の社会の混乱はすさまじいばかりだった。

米内は混迷のペトログラードを三月初旬に離れて帰国の途につき、四月四日、日本へ着いた。二日後アメリカがドイツに宣戦布告し、第一次大戦の帰趨はほぼ明らかになった。

米内の新しいポストは佐世保鎮守府参謀兼望楼監督官である。

大勢の家族ともども佐世保へ移住するのはむずかしい。米内は単身で赴任し、気ままに公務と勉学の日々をすごした。

ひまを見て「ラスプーチン秘録」という伝記を翻訳した。その伝記によれば、ラスプーチンは世にいわれるような巨根の怪僧などではなく、一種の心理療法士だった。官僚の壁に囲まれて民情を知らずにいる皇帝へ、下界の正確な情報を伝えた賢人だったということだ。悪評のほとんどは官僚がでっちあげて流布したらしい。

独り身の気らくさで、米内は、しばしば海軍料亭へ飲みに出かけた。芸者とも浮名を流した。緊迫したロシア勤務から解放され、安定した祖国のありがたさを嚙《か》みしめる日々がつづいた。

日本国内は大戦景気を謳歌《おうか》していた。ロシアなど連合諸国から工業界へ、武器弾薬などの注文が殺到していたのだ。大戦まえにくらべて造船は約二〇倍、製鉄は約四倍を受注していた。鉱産物、石炭、洋紙、染料、家庭用品、毛織物さらにボロや紙屑まで値あがりしている。成金が輩出し、花柳界《かりゅうかい》はどこも連日大繁昌していた。

六月末、アメリカ軍がフランスに上陸、ドイツ国内に終戦の気運が高まった。

ロシアでは十一月七日、第二回全ロシア労兵ソヴィエト大会が開催され、レーニンの手になるアピール、「労働者、兵士、農民諸君へ」が採択された。ボルシェヴィキ（多数派。ロシア社会民主党左派）による単独政権（人民委員会議）が発足し、レーニン議長、トロツキー外務人民委員、スターリン民族人民委員の就任が決定した。

この十月革命は二月革命（ともにロシア暦）とちがって武力衝突なしで達成された。人民委員会はさっそくドイツへ休戦を申しいれる。

よろこんでドイツは応じ、十二月八日、十二日間の休戦が実現した。オーストリア、ルーマニア、ブルガリア、トルコの諸国も、それぞれソ連との休戦に同意した。英、仏、日、米などの連合国がまだドイツと交戦中なのに、ソ連はさっさと離脱してしまった。

東条英機がまだ陸大に在学中、第一次世界大戦が起った。南洋諸島や青島の占領も、東条には直接関係のない外地での戦争にすぎなかった。戦術実施、兵棋、参謀旅行などでいそがしく日を送った。家では妻のかつ子と交代で育児日記を書きつづける良い父親だった。

大正四年十二月、陸大卒業。本間雅晴《ほんままさはる》、大島浩《おおしまひろし》が同期生だった。大島は城北中学以来の同期である。のちに駐独大使となり、日独伊三国同盟を推進した。

卒業後東条は近衛第三連隊に復帰、中隊長をつとめた。軍紀にはきわめて厳正、精励でありながら、部下にたいする思いやりに富んだ中隊長だった。

当時の参謀次長は田中義一《たなかぎいち》中将だった。

日露戦争当時、田中は参謀本部にあって作戦計画立案の中心人物だった。満州軍が創設されると大山元帥とともに渡満、児玉源太郎総参謀長とともに辣腕《らつわん》をふるった。

戦後、田中は国防方針の転換をはかった。海外に保護国や租借地をもつようになった以上、わが国はこれまでの守勢方針をすてて攻勢作戦を国防の基礎方針とするべきだと彼は説いた。この論議が明治四十年制定の「帝国国防方針」に発展し、わが国は以後ロシア、中国さらに英米にたいして強硬な態度をとるようになった。

背景にはやはり国家神道の教義がある。「古事記」「日本書紀」の国土形成の神話、天壌無窮の神勅《しんちょく》に見られるように、日本はとくべつに神の保護をうけた神国であり、世界を救済する使命を担っている。だから他国への進出は聖戦なのだ——おもて立って口にする者はすくなかったが、陸海軍の指導層には少年時代に叩きこまれたそんな教義が脳裡にしみついている。領土拡張はわが国の発展の必要条件だと認識され、戦争を聖戦とする教義が侵略行動を正当づけていた。

田中義一はやがて参謀本部を出て連隊長、旅団長を歴任した。「良兵即良民」のスローガンのもと家族主義を内務の柱とした。「軍隊は軍人の家庭」とも彼は説いた。下士官と兵の人格を尊重し、上下の和をはかって中隊を一つの家庭にせよというのだ。

連隊長、大隊長、中隊長がしばしば下士官兵とともに食事会をひらく。内務班長は食事長を兼務し、兵の栄養に気をくばる。農業、水産業の講師を招き、兵卒に除隊後の職業訓練をさせる。

東条中隊長は田中参謀次長のこうした見識や実績に大いに学ぶところがあった。

東条の中隊には陸大志望の中尉、少尉が一人ずついた。東条は彼らの隊務をできるだけかるくしてやり、受験勉強に多くの時間をさけるようにはからった。中尉が鼻風邪をひくと、三日休みをとらせてやった。陸大合格者を出すのは連隊の名誉だということもあるが、東条の思いやりは純粋だった。

嫁と姑が不仲で困っている中尉がいた。東条はその中尉夫婦を自宅へ招き、姑との付合いかたをかつ子に語らせた。

「お年寄りの改心を期待するのは無理です。広い心をおもちなさい。ご主人に信頼されていさえすれば、なにごとにも耐えられます」

中尉夫婦は感激して帰っていった。

ある一等兵の父親が中気で倒れ、家業の大衆中華食堂が立ちゆかなくなった。東条は外出日はなるべく、その食堂で食事せよと中隊に触れを出した。連隊長に申告して他中隊にも協力をあおいだので、新橋の裏通りにあるその食堂は一等兵の除隊までもちこたえた。

だが、東条は競争心が旺盛である。射撃や銃剣術の中隊対抗戦で敗れると、意地になって猛訓練を課した。同僚との議論では絶対にあとに引かない。なまけ者や反抗的な部下は容赦なく叱りつける。従順な者にはことのほか親切だが、敵対者への態度は峻烈《しゅんれつ》だった。

大正五年八月、東条は陸軍兵器本廠付兼陸軍省副官に任じられた。陸大出にふさわしく中央入りしたのだ。陸軍省副官は大臣、次官の職務の一部を代行することがある。優秀者が配置される。

副官懸章の黄白のタスキをかけて東条は精勤をつくした。頭の回転がはやく、俊敏で律義、几帳面《きちょうめん》でもあった。つねに身構えていて勤務に隙がない。愛嬌《あいきょう》はなかったが、上司の受けはわるくなかった。

欧州戦線はまだ混迷している。東条は目前の業務に追われて、大戦の戦況を分析研究するひまがなかった。

大正六年の春、ペトログラードで二月革命が起った。ロマノフ王朝の滅亡にはショックをうけた。万世一系の天皇をいただく日本の国体が、欧米諸国とまるでちがう神聖な国家体制であることを再確認した。

大正七年六月、東条は兵器本廠付を解かれ、専任の陸軍省副官となった。

このころから東条は保存する書類にかならず作成年月日を記入するようになった。

小まめにメモをとる習慣は以前からついていた。最初はあらゆる事柄を一冊の手帖に書きこんだが、内容が豊富になると、べつの二冊に事項別、年月別に整理することにした。さらに努力して陸軍法規や諸規定をほぼ完全に暗誦できるようになった。

他人に乗じられる隙をつくりたくない。情報や法規、規定をきちんと整理することは、自分自身をきちんと律している満足感につながっていた。情報を一つ一つ所定の欄に配置する作業には、一つ一つ煉瓦を積んで自分を守る壁をつくりあげるよろこびがある。

勤務が終ると、東条は同僚との付合にあまり気を遣わず、まっすぐに帰宅した。その年の四月に長女が生れ、四年まえに生れた次男とあわせて三人の子持となる。

一九一七年（大正六年）の十月革命、人民委員会議発足、独ソ単独休戦は第一次大戦に大きな影響をおよぼした。

西部戦線の英仏など連合軍は、東部戦線から転用される八〇万名のドイツ軍を、新たに迎え撃たねばならなくなった。アメリカ軍の来援も、本格化まではまだ時間がかかる。独墺《どくおう》軍は食糧難で壊滅寸前だったが、ロシアとの休戦でウクライナやシベリアの小麦が手に入るようになった。コーカサスの石油も入手できる。たちまち戦力を回復した。

英仏側はこの状況を打開するため、旧ロシアに代って日本とアメリカに東部戦線を再建してもらうことにした。

立憲君主国のイギリスも、共和国フランスもボルシェヴィキを嫌悪している。そのうえソ連はドイツと手を握った。ロシア時代とちがってもう友好国ではない。英仏は日米軍に独墺軍との東部戦線をまかせ、独墺を倒したあとソ連も崩壊させる気でいた。帝政復活は無理でも、より穏健なロシア共和国建設を望んでいる。

「ウラジオストックには六三万五〇〇〇トンもの鉄道資材や軍需物資が集積されている。ソ連政府はこれをドイツに引きわたす計画らしい。実現するとドイツ軍は大いに強化される。ついては連合軍をウラジオに上陸させたい。日本軍に主力になってもらえないか」

大正七年の一月、セシル英外務次官はロンドンで珍田捨巳《ちんだすてみ》大使に申しいれてきた。これが最初のシベリア出兵要請だった。アメリカにも同じ申しいれをしたらしい。日本はシベリアに領土的野心がある。日英同盟の義理も絡むから、よろこんで応じるだろうとイギリスは読んでいたようだ。

ところが日本はこれを拒否した。わざわざ出兵してまで鉄道資材や軍需物資を奪う必要はない。もし出兵するなら連合国軍に加わるのではなく、単独で実行したいというのが日本政府の回答である。陸軍は本音では中央シベリアまで進出したがっている。

アメリカも出兵を拒否した。すでに前年六月からアメリカはヨーロッパに派兵してドイツと戦っている。これ以上シベリアへ出兵して東部戦線を形成するのは重荷だというわけだ。

以後、英仏は手を替え品を替え、日米に出兵を要請してきた。シベリアで蜂起《ほうき》した反革命勢力の応援、ボルシェヴィキによる虐殺事件などを出兵の理由にせよという。

日本は日露戦争のあと、四次にわたって日露協約をむすび、友好関係を維持してきた。だが、皇帝政府の消滅により、協約に拘束されずシベリアに進撃できるようになった。

ソ連がまだ建設途上にある現在は、日本の大陸進出政策にとっては絶好のチャンスである。陸軍がとくに勢いづいた。北満からシベリアへ軍事進攻する、あるいはシベリアに反ソヴィエト政権を樹立させ、それを傀儡《かいらい》にして進出をはかる、などの方策が参謀次長の田中義一を中心に検討されていた。

政府（寺内正毅内閣）においては、とくに本野一郎外相がシベリア出兵に乗り気である。本野は長年駐露大使をつとめ、帝政ロシアの高官だった者に知己が多い。ボルシェヴィキ政権の打倒、帝政ロシアの復活を念願している。

だが、本野はまだシベリア出兵を強硬に主張できずにいた。第一の理由は、寺内内閣のつくった外交調査会が出兵に大反対だからだ。

同調査会は外交問題を政争の具にしないために設立された。メンバーは原敬政友会総裁、牧野伸顕《まきののぶあき》元外相、内相後藤新平、海相加藤友三郎、犬養毅《いぬかいつよし》立憲国民党総理、それに本野外相である。

二番目の理由はアメリカが日本の単独出兵に強く反対していることだった。アメリカ国内には親ボルシェヴィキ、反ボルシェヴィキ両派がいたが、ともに日本の単独出兵には反対である。日本には領土的野心ありと見ぬいていた。

原敬、牧野伸顕らはアメリカが二十世紀の主役になるだろうと見越していた。日本が戦って勝てる相手ではない。対米協調が日本の唯一の生きる道だというのが彼らの意見である。

それでなくともアメリカは日本の対華二十一カ条要求以後、日本を露骨に批判するようになっている。ここで単独出兵などしたら、両者の関係は決定的に悪化するだろう。自制すべきだと外交調査会は表明している。

しかし、原、牧野らが大陸進出を望んでいないわけではない。武力ではなく経済力で進出をはたそうという点だけが、陸軍とのちがいだった。大陸進出なしに日本が繁栄できるなど、だれにも考えられない時代である。

英仏はその後も執拗にシベリア出兵を要請してきた。たまりかねて本野外相は独断でアメリカに了解を請うたが、無視されただけである。

大正六年十二月に単独でドイツと休戦したあと、ソ連は大正七年三月三日講和条約に調印し、バルト海沿岸、ポーランド、白ロシアなどをドイツに割譲することになった。

これによってボルシェヴィキ政権は崩壊をまぬがれた。するとアメリカ国務省は態度を変えて、日本の出兵をみとめるべきだといいだした。国務省は反ボルシェヴィキだったのだ。ウィルソン大統領は動揺したようだが、「人道主義」を看板にしている手前、同調できなかった。

日本では三月九日、外交調査会がひらかれた。席上、原は本野外相を、

「独断で出兵の承認をアメリカに請うとはなにごとか。アメリカは日本を敵視している。怒らせたら日本はやっていけなくなるぞ」

と激しく非難した。

先進資本主義国の支配から脱出するために日本は大陸へ進出したい。だが、武力で進出しようと思えば、資金や資源で米英などの協力をあおがねばならない。結果、米英などへの依存が深まるばかりだ――後進国の悲哀を原、牧野らはしっかり認識していた。ところが血の気の多い陸海軍の強硬派は、アメリカを無視して単独出兵すべしと主張している。

元老の山県有朋が乗りだして、強硬派をおさえにかかった。対米協調の必要性、出兵に大義名分のないことを彼はあげて、陸軍の自重をうながした。大御所に説得されると、強硬派もだまりこむしかない。

本野外相は辞任し、後任には後藤内相が横すべりで就任した。シベリア出兵問題にはい

ちおうかたがついた形勢だった。

米内光政は大正七年四月一日付で軍令部出仕となり、ロシア出張を命じられた。呑気な佐世保生活は一年で終った。勇躍して米内は新しい任務につくことになる。ロシア出張の名目は公式には軍事偵察だが、内実は日本の陸海軍の監視が主目的だった。

十月革命ののち、ウラジオストックの治安は爆発寸前の状況にあった。臨時政府の出先機関と地区労兵ソヴィエトが対立し、年末にはいつ暴動が起るか知れない状況であった。ウラジオには日米英仏などの領事館がある。各国領事は協議して、居留民保護のため本国へ軍艦派遣を要請することにした。

日本からは戦艦「朝日《あさひ》」、二等海防艦「石見《いわみ》」が一月十七日ウラジオへ入港した。イギリス巡洋艦もつづいて来航した。

ところが日本艦の入港はボルシェヴィキだけでなく、一般市民の反発を招いた。市議会も臨時政府の出張機関も日本総領事に抗議文を送り、退去を要求してきた。これを見てアメリカは軍艦派遣の中止を決定した。

だが、日本艦はそのまま居すわった。さらに戦艦「三笠」が入港、砕氷艦とあわせて四隻が碇泊し、陸戦隊上陸の機をうかがっている。艦隊はウラジオ港のほか一四〇〇キロ北のニコリスク港の占領を企てていたのだ。

指揮官は第五戦隊司令官の加藤寛治少将だった。彼は加藤友三郎海相にたいして、

「ウラジオ港に碇泊するだけでは、われわれの影響力はかぎられている。内陸部へ威力をおよぼすため、陸戦隊を上陸させるべきだ」

と意見具申をおこなった。

加藤寛治司令官はアメリカの戦略理論家A・T・マハンの海上権力論の信奉者で、海洋国家の発展には大海軍の保有が必須条件だと主張している。国家財政にかまわず大艦隊の建造をすすめようという勇み肌の提督だった。

陸戦隊の上陸は加藤友三郎海相に差しとめられた。だが、第五戦隊司令官の加藤のほうはほうっておくとなにをやらかすか知れない。

四月四日、武器をもった五人のロシア人が白昼日本人の商店へ押し入り、金を出せと強要した。店主が拒否すると、ロシア人らは店主をふくむ三名を殺傷して姿を消した。

待ってました、とばかり加藤司令官は陸戦隊二中隊を上陸させ、ウラジオストック市内の警備につかせた。イギリス巡洋艦からも陸戦隊五〇名が上陸して領事館などの警備にあ

たる。当地の労兵ソヴィエトもモスクワ（三月、ペトログラードより首府移転）の労兵ソヴィエトも日本領事館へ強硬に抗議し、

「日本帝国主義者に断固抵抗すべし」

と市民に呼びかけた。

こんな状況下、米内に出張命令がくだったのだ。ロシア語に堪能なのを買われたらしい。

「緊急事態を口実に加藤司令官は勝手に陸戦隊を上陸させた。統帥上の大問題だ。これ以上暴走されてはえらいことになる。彼の行動をよく監視して、不穏な気配があればすぐに通報してもらいたい」

「それから陸軍の動きもよく見きわめてくれ。陸軍は北満へ出る気でいる。シベリアへ乗りこむための足固めだな。ハルビンに傀儡政権をつくりその保護を口実に兵を出す。国際世論をごまかすため手間をかけるのさ」

軍令部の作戦課長と先任課員が代る代る米内に説明してくれた。

要するに、軍事情報の収集をしながら、陸海軍強硬派の監視をしろというわけだ。

陸軍と同様、海軍もシベリア進出を狙っていた。ウラジオストックに傀儡政権をつくり、保護を名目に出兵する。ついでウラジオ港をおさえ、北部シベリアのニコリスク港も

支配下におくのが目標である。

つまり加藤司令官は海軍の意向を無視して独自に行動しているのではない。軍令部が恐れているのは、加藤が血気にはやって暴発し米英との関係を悪化させることなのだ。

海軍はウラジオの傀儡政権の首席にデルベルという男を予定していた。加藤司令官が推薦してきた社会主義者である。

デルベルは帝政ロシアの崩壊にともない西シベリアのトムスクに自治政府を樹立させたが、ボルシェヴィキ派に追われてウラジオへ逃れ、再起を画策している。

「きみにはデルベルの面倒を見てもらう。仲間を糾合《きゆうごう》して反政府運動を起させ、自治政府の発足にもっていかせるのだ」

渋々と作戦課長は命令をつけ加えた。

つまり米内は一般的な軍事情報の収集のほか、陸海軍強硬派の監視さらに傀儡政府樹立の下工作まで引受けなくてはならないのだ。

「むずかしい仕事ですな。私は一介の船乗りです。謀略は得意でありません」

本心、米内はためらっていた。

「そうかもしれん。しかし、ほかに委《まか》せられる人材がおらぬのだよ」

「謀略は陸軍が得意としている。ウラジオの特務機関に協力を依頼しておくよ」

いやも応もない命令だった。

ウラジオ港さらにニコリスク港を支配すれば、ソ連の軍艦は日本近海に根拠地を失う。日本の北洋漁業にとっても、計りしれない利益をもたらすはずである。

「わかりました。勉強のつもりでやります」

肚《はら》をきめて米内は引きうけた。

客船で米内は出発し、二日後ウラジオストック港へ着いた。

総領事館で米内は現地情勢の説明をうけた。ウラジオにおける反日の気運は、予想以上に盛りあがっているらしい。

ソヴィエト政府機関紙イズヴェスチアは、わが海軍陸戦隊の上陸について、

「日本の帝国主義者はソヴィエト革命を圧殺し、沿海州をソ連領から切り離し、豊饒《ほうじょう》な領域を奪取し、シベリアの労働者と農民を奴隷にしようとしている」

と、危機感一杯に論じていた。

意外にもアメリカは日本を非難していない。ハイチ、ニカラグアその他の地でアメリカ自身が似たようなことをやってきたのだ。

上陸した日本陸戦隊はわずか二個中隊である。本格出兵の意図はないとウィルソン大統領は見なした。上陸を決行した加藤寛治司令官の思惑は的中したのだ。

総領事館の情報によると、当地の労兵ソヴィエトにたいしてモスクワからしきりに檄《げき》が飛んでくる。一時は労兵ソヴィエトが決起して、当地の自治政府を倒しかねない情勢だった。だが、わが陸戦隊の上陸以来、労兵ソヴィエトは萎縮して様子見をきめこんでいる。ウラジオストックの人口は約六〇万。日本人は四〇〇〇名が住んでいる。ボルシェヴィキは約二万名で、同派の兵士は湾口にある旧ロシア軍兵舎に拠っていた。彼らは赤い徽《き》章《しょう》をつけ、「赤衛軍」（赤軍の前身）と呼ばれているが、演習など一度もせず街をぶらついているだけだ。

わが海軍が擁立をはかっているデルベルは帝政には批判的だったが、インテリでボルシェヴィキを嫌悪している。海軍に保護されながら反革命運動をつづけていた。

米内の宿所は中央広場に近い日本人の時計店の二階の一室だった。賄《まかない》付きで、日本食が恋しくなることもなさそうだ。

着いた翌日、米内は碇泊中の旗艦「三笠」に加藤司令官を表敬訪問した。

「国際社会は弱肉強食だ。ロシアが混乱しているいまこそ日本のチャンスだよ。陸戦隊だけではなく、陸軍の二、三個師団を当地へ上陸させれば、沿海州はすぐ切りとれる」

加藤寛治司令官は意気軒昂《けんこう》だった。

「デルベルをうまく使って、はやく自治政府をつくってくれ。モタモタしていると陸軍にさきを越されてしまうからな」

短気らしく加藤はせき立てた。

ハルビンにさきに傀儡政府ができると、陸軍は口実を設けて北満からシベリアへ侵入する。ザバイカルをへて中央シベリアまで進撃するにちがいない。

そうなると海軍の欲する沿海州は二の次三の次になる。陸戦隊だけでは沿海州を占領できないから、海軍は傍観するしかない。

「たのむぞ。バタバタと仕あげてくれ、兵員でも資金でも援助は惜しまんから」

せかされて米内は「三笠」を退艦した。

加藤寛治という男は、海軍のなかの陸軍少将だ、というのが実感だった。

陸軍が大陸へ発展したがるのは当然である。戦争がないと、陸軍には多数の余剰人員が生じる。兵卒は召集を解除して生業《なりわい》にもどしてやれば済むが、将校はたやすくクビにできない。陸軍のお荷物になりがちである。勢い戦場をもとめて大陸の奥深く進撃したくなる。領土や租借地を得ようとするのは、組織の性格、宿命というものだ。

これにたいして海軍は、多数の軍艦が沈み乗組員がほぼ全員救助されるという事態が起らぬかぎり、余剰人員は出ない。平時でも軍艦は国の守りを固めねばならないから、人員整理の必要はない。陸軍の上陸作戦の援護ができるだけで、海軍自身が他国を侵略するのは不可能である。海軍の使命の本質は、来攻する敵を迎撃することにあった。

ところが加藤司令官はソ連領の沿海州を領土にしたがっている。ウラジオストック、ニコリスクの両港があるからだが、そんな野心が通用するかどうか、きわめて疑わしい。

問題のデルベルは海軍から教わって下宿先の時計店にやってきた。顔の下ははんぶんがひげで埋まった、行動力のありそうな男である。

デルベルは社会革命党左派に所属し、昨年までは帝政と戦ってきた。いまはボルシェヴィキの独善性と暴力主義を敵としている。穏健な社会民主主義を奉じ、商店主、小工場主、会社員、店員、工場労働者の一部に支持基盤をおいていた。

「社会革命党の勢力は、当市ではまだボルシェヴィキの三分の一にもならんでしょう。努力して拡張します。ご支援をよろしく」

嚙みしめるような口調だった。

年齢は四十三。米内の五つ上である。妻子を郷里に残して一人暮しだということだ。

反革命運動につき議論したあと、いったん別れて夜、酒場で落ちあった。数人の男に紹介された。どの男も大酒飲みである。

あくる日からデルベルの紹介でさまざまな男に会った。反革命派にも数多くの派閥やグループがある。大学教授、医師、弁護士から船員、漁師など職業は多様だった。

地下工作は毎日が勉強の連続である。さまざまな情報がウラジオには錯綜《さくそう》している。当地に滞在した旧ロシア軍の兵士がボルシェヴィキに転向して赤軍と称しているとか、給料さえ出ればイデオロギーは二の次だとか、ある水産会社の労働者がストを打つとさけんでいるが、リーダーは買収されたとか、陸軍がハルビンで擁立したホルバートという男が二個師団の派兵を要求したとか、真偽いりみだれて耳に入る。それらを取捨選択して軍令部へ報告するうち、米内は仕事がおもしろくなってきた。

耳に快い情報はたいてい嘘だ。その真偽を見わけることで人は成長するものらしい。

シベリア出兵をめぐる連合国間の綱引きはつづいていた。

英仏はソヴィエト政府に、日米政府にたいして出兵要請をさせようとしていた。ソヴィエト政府も「必要悪」として日米軍の出兵を受けいれる気になっている。

ところが五月十四日、状況を一変させる大事件が勃発した。中央シベリアでチェコスロバキア軍が反乱を起したのだ。

チェコ人、スロバキア人は長年オーストリア帝国の圧政下におかれていた。第一次大戦に両国の男子は動員され、ロシア軍と戦うよう命じられた。独墺に反感を抱くチェコスロバキア軍は出征後つぎつぎにロシア軍へ投降し、その数は五万名にたっしていた。

帝政ロシアの崩壊とともに五万名のチェコスロバキア軍団（以下チェコ軍）が成立、ロシア軍の代りにウクライナ戦線で恨みかさなるドイツ軍と戦うようになった。

三月、ソヴィエト政府はドイツと単独講和をむすび、チェコ軍に帰国をみとめた。だが、チェコ軍は西部戦線のドイツ軍に邪魔されて陸路はとれない。遠回りながらウラジオへ出て船に乗る以外、帰国の手立てはなかった。

シベリア鉄道でチェコ軍は続々とウラジオへ運ばれた。五月中旬までに一万五〇〇〇名が同市に到着した。

おりから単独講和によって帰国をゆるされたドイツ軍捕虜が列車で西部戦線へ向かっていた。このドイツ軍捕虜とチェコ軍が衝突したのだ。

ソヴィエト政府は同地区の赤軍にたいしてチェコ軍の武装解除を命じた。チェコ軍が拒否したので、戦闘はチェコ軍対赤軍に引きつがれる。チェコ軍は優勢で、モスクワの南から東にかけての諸都市チェリアビンスク、ベンザ、オムスク、サマラを約三週間で占領し、それぞれ反革命政府を樹立させた。

五月下旬、英仏はチェコ軍を中核に東部戦線を再建し、ドイツ軍と戦わせることをきめた。チェコ軍応援のため日米にあらためて出兵を要請する。日米両国は出兵を拒否した。

日本は原敬が外交調査会をおさえて動かない。

いっぽうウラジオは戦乱の直前にあった。

赤軍にたいしてチェコ軍、日本陸戦隊、反革命グループが戦闘準備をすすめている。

デルベルはソヴィエト自治政府から目の敵《かたき》にされている。いつ襲われるか予想もつかない。米内は日本領事館の近くに家を一軒借りてデルベルとともにそこで暮すことにした。中年の女中を一人雇いいれる。

デルベルは昼間は家にこもり、夜は仲間と会合や連絡のため外出した。護衛と情報収集をかねて米内が同行する。一度デルベルが襲われかけて、米内は拳銃を使用した。幸か不幸か命中はしなかった。

ウラジオでは赤軍とチェコ軍がついに市街戦を開始した。反革命グループがチェコ軍と協力して戦い、赤軍を追放して社会主義の新政権を樹立した。デルベルは新政府の幹部となり、かつて帝政ロシア軍のいた兵舎には約二万名のチェコ軍が駐留をはじめた。

イギリス、フランスはアメリカに使節団を送って、ウィルソン大統領と側近グループに出兵をうながした。

日本政府はすでにアメリカの承認があれば出兵すると表明していた。英仏はアメリカさえ説得すれば目的が達成される。

「チェコ軍は現在は優勢だが、異国内での反乱が長つづきするはずがない。反革命のチェコ軍をアメリカは見殺しにするのか」

懸命の説得が効いて、アメリカの国内世論も出兵支持に変ってきた。

ついにウィルソン大統領も肚をくくった。

七月六日最高軍事会議をひらき、日米各七〇〇〇名の出兵を決定した。ただちに日本にこの決定への同意をもとめてくる。

七月十六日、日本では宮中において外交調査会がひらかれた。

政府の用意した回答案は一個師団の出兵だった。だが、じつは沿海州、ザバイカル方面へ予備兵力をふくめ一五師団を派兵する計画である。とりあえず一個師団を上陸させ、赤軍の抵抗を口実に大軍を派遣しようというのだ。

原敬、牧野伸顕、犬養毅が猛然と反対した。会議は決裂しかけたが、枢密顧問官伊東巳代治《いとうみよじ》の巧みな仲裁で次回へ持越しとなった。

翌日、二度目の調査会でも結論が出ず、三度目の会議でやっと回答案がきまった。あらかじめ兵力の制限はせず、情勢によっては沿海州への出兵もありうることを条件に一個師団の出兵に応じる、というのだ。

アメリカの通告はすぐにとどいた。派兵数は一万から一万二〇〇〇名。ウラジオ以外の地域への出兵は承認できないという。

「もはや協議の必要なし。単独出兵だ」

寺内首相以下、内閣は強硬論で固まった。

なんで一々アメリカの承認をもとめなくてはならんのだ。われわれは属国ではない。神ながらの不滅の国だ。そんな憤懣《ふんまん》を閣僚たちは共有していた。だが、外交調査会の承認がなければ出兵できない規定になっている。

八月一日、四度目の調査会がひらかれた。すったもんだのすえ、出兵は承認された。原らも陸軍の単独出兵を恐れていた。

八月二日に日本政府、三日にアメリカ政府がシベリア出兵を宣言した。

浦塩派遣軍（第十二師団、独立野戦重砲隊、大谷喜久蔵《おおたにきくぞう》大将）が編制され、ただちに出航、十二日ウラジオへ上陸した。

アメリカ軍二個連隊、英仏軍各一個連隊が八月下旬にウラジオへ上陸し、大谷司令官の指揮下に入った。

米内光政は大正七年、八月八日付で軍令部参謀、翌九日付浦塩派遣軍司令部付となった。

連合軍がウラジオへ上陸した以上、もうデルベル首班の傀儡政権をつくる必要はない。デルベルは当地の自治政府の首脳として生きてゆくはずだ。

米内の新しい任務は、海軍のいわば特務機関長である。総領事館に事務所をおき、諜報と情報収集にあたる。補佐官の大尉が一人、あとは男女のスタッフが各一名配属された。

ハバロフスク、ハルビン、ニコライエフスクにも一名ずつ情報将校が配置された。彼らを統轄するのも米内の任務だ。

シベリアや北満の電信網はまだ整備されていない。三都市の情報将校は月に一度、ウラジオの米内のもとへ報告にやってくる。

陸軍部隊はすでに北や南へ進撃している。シベリア、北満の両方面から情報が山のように入ってきて、処理しきれないほどだ。

海軍は緊縮予算を強いられている。三都市の情報将校はみんな窮乏生活をしていた。米内は報告にくる彼らをあたたかく迎え、豪華な夕食をとらせたり、深夜まで酒をくみかわしたりする。情報将校らにとって、ウラジオ詣《もう》では月に一度の骨休めとなった。

連合国の共同作戦がはじまったので、各国軍の連絡を密にする必要が生れた。

浦塩派遣軍に政務部が設けられ、部長に松平恒雄《まつだいらつねお》（在米大使館参事官）が就任した。

松平は旧会津藩主松平容保《かたもり》の四男で、米内より三つ年上の外交官である。イギリス、清国、アメリカに勤務経験があり、視野が広く、見識ゆたかだった。幣原《しではら》喜重郎《きじゅうろう》とならぶ英米派の大物といわれたが、のちに国政を離れ、九年余にわたって宮内大臣をつとめる。

この松平と米内はうまが合った。たびたび酒席をともにして語りあった。陸軍はシベリアの三州に自治政府をつくり保護国にする野望を抱いているが、国力においても国際情勢からいっても到底無理な話だと、二人の意見は一致していた。

どうすれば日本の面目をつぶさずにシベリアから撤兵できるか。会うとその話になる。双方とも賊藩の出身だから、撤兵や退却にこだわりはない。チェコ軍を船に乗せて故国へ送り返した直後がよかろうとの結論になった。外務省と軍令部へそう建白する気だ。

八月十二日の上陸以来、浦塩派遣軍は関東軍と協力して一カ月半でバイカル湖以東のシベリアを制圧してしまった。米軍、英仏軍もともに西進し、英仏軍はウラル戦線形成のためチェコ軍とともに西進をつづけたが、アメリカ軍はこれ以上西進しない方針である。

九月上旬、寺内首相は体調の悪化で辞任を決意し、政友会総裁の原敬に後事を託した。シベリア出兵に批判的な原の組閣には陸軍が反対するものと見られたが、原は元老の山県有朋に接近して、陸相に田中義一参謀次長を引きだすことに成功した。

九月二十九日、原内閣が成立した。

参謀本部はもう外交調査会にはかる必要もなく、つぎつぎに東部シベリアへ部隊を送りこんだ。北満派遣の一万二〇〇〇名をふくめて、総兵力は七万二〇〇〇名にたっした。対華二十一カ条要求とシベリア出兵が原因となって日米関係は悪化の一途をたどり、日本の国際的孤立も鮮明になった。こうした時期に国際協調重視の原敬が首相となったのだ。日本にもまだ再生の道が残されていたわけである。

十一月九日ドイツに革命が起り、皇帝が退位した。共和国となったドイツは二日後連合国と休戦協定をむすび、第一次世界大戦は四年四カ月で終了した。

日本軍はザバイカル、黒竜、沿海三州の治安、交通の維持のため駐留をつづけることになった。三州に傀儡政権を設立し、保護領とする野心をすて切れないのだ。米軍と中国軍も駐留を継続すると表明した。

原敬内閣は派遣軍総数を二万六〇〇〇名に引きさげ、東支鉄道も国際管理をうけいれてアメリカに譲歩してみせた。おかげで共同駐兵は維持された。アメリカ国内にも赤軍の東進をゆるすなという声があがっていたのだ。

東条英機は大正七年六月に専任の陸軍省副官となった。

ある。陸相は大島健一《おおしまけんいち》中将。城北中学以来の同期生だった大島浩（のちの駐独大使）の父親である。そのため東条には目をかけてくれた。

九月末に原敬内閣が誕生し、田中義一中将が陸相に就任した。

田中は参謀次長時代、シベリア出兵の作戦計画を練りあげて、この八月、ついにウラジオへ派遣軍を上陸させた。

「日露戦争に勝ってわが国は朝鮮半島を領土とし、南満州にも権益を獲得した。こうなった以上、これからは大陸国家として発展せねばならぬ。朝鮮、満州を起点に大きく版図《はんと》をひろげるのだ。東シベリア三州（黒竜江、沿海、ザバイカル）の保護国化ぐらい考えてもよい。帝政ロシアが亡び、ロシア軍の弱体化したいまこそが好機である。わが陸軍はそれを認識して着々と成果をあげつつある――」

就任まもなく田中は副官、秘書官ら身近なスタッフに方針説明をおこなった。

第一次大戦は終りが近づいている。終了までに東シベリアを日本軍でなるべく広く制圧しておこうと考えているらしい。

田中は風貌は柔和だが、性格は豪放闊達《かったつ》で親分肌である。企画力、行動力ともに抜群だった。軍務局長時代、内閣の方針に逆らって二個師団の増設をきめたときは、自動車で政財界の要人をつぎつぎに訪問し、増師団の必要を説いてまわった。最後に財界の巨頭渋沢《しぶさわ》栄一《えいいち》に熱弁をふるって賛成をとりつけたことは、陸軍省内の語り草になっている。

半面、田中は人なつっこい大臣だった。

「西《にし》ノ海《うみ》も近々引退らしいな。太刀山《たちやま》も髷《まげ》を切ったし、当分相撲はつまらねえな」

などと当番兵に話しかけたりする。

正午近く課長や班長が決裁などのためにやってくると、用談のあと、

「きみ、昼めしをつきあえ。一人めしは味気ないからなあ」

と鰻《うなぎ》や天ぷらをとって歓談した。

「うん、うん。オラもそう思うちょった。アメリカに気をつかいすぎじゃ」

自分のことを田中はオラといった。

のちに首相になってから、オラが宰相、と国民に親しまれた。長州弁なのかどうか、よくわからない。

だが、東条は田中陸相にたいして格別に敬愛の念は抱かなかった。田中は長州閥の中心であり、日露戦争では満州軍参謀として児玉源太郎総参謀長に仕えていた。父英教を戦場から日本へ追い返した側の一員である。その人事に深く関係したかもしれない。田中を敬慕するのは父を冒瀆《ぼうとく》することだという気がした。

それでも田中が、やがて国を背負って立つ逸材なのはたしかである。身近に仕えるいま

のうちに、学べることはすべて学んでおこうと自分にいいきかせた。

ある日、東条は田中にいわれた。

「いままで知らんかったが、きみは東条英教中将のご子息だそうじゃな。どおりで精勤じゃ。お父上もまじめなおかたじゃった」

返事に困って東条は立ちつくした。

「お父上はご出身が盛岡なのでご苦労された向きがあった。しかし、いまはそんなことはないからな。盛岡じゃろうと会津じゃろうとオラの頭に色分けはない」

さとすような口ぶりである。

「は。よくわかっております。ありがとうございます」

かしこまって東条は会釈した。

英教の息子だということはとうに知っていたはずだ。だまって様子を見ていたのだろう。やはり油断のならない人物である。

田中陸相が長州人であることを、東条は残念に思うようになった。ほかの地域の出身だったら、もっと深く心酔できたはずだ。

十一月、大戦が終ったとき、田中陸相は原敬首相をびっくりさせる提案をした。シベリアへ出兵した計七万二〇〇〇名の将兵のうち一万四〇〇〇名を撤退させようというのだ。

「アメリカと一万二〇〇〇名の約束で出兵したのを、勝手に六倍も増やしたのですからね。いまに文句をいってきます。先手を打って削減しましょう」

原は二つ返事で提案をうけいれた。

田中は政治家でもある。彼が予想したとおり十一月十六日、ランシング米国務長官は日本の過剰出兵、北満および東シベリア独占管理をきびしく非難する抗議ノートを石井菊次《いしいきくじ》郎《ろう》駐米大使に手わたした。すでに一万四〇〇〇名の撤兵をきめたと知らされて、ランシングは一瞬ポカンとしていたらしい。

政府はつづいて十二月十九日、三万五〇〇〇名の削減をきめてアメリカ始め各国へ通知した。傀儡政府工作も打切りとなった。

大正八年（一九一九年）一月十八日よりパリ講和会議がはじまった。首席全権は西園寺公望元首相だったが、じっさいに交渉の主役となったのは牧野伸顕元外相である。

日本政府は講和会議にたいして、赤道以北のドイツ領南洋諸島の割譲、山東省のドイツ権益の継承を要求した。さらにいまから創立される国際連盟の規約に、人種差別撤廃の条項をふくめるべきだと提案した。

アメリカではこの三〇年来日本人移民が排斥され、大正二年にはカリフォルニアで排日土地法が成立、アリゾナ、オレゴン、テキサスなど他州にも波及した。講和会議と並行し

「カリフォルニア州排日協会」が結成されるというありさまである。

日本の農民は勤勉である。移住後よく働いてゆたかになり、アメリカの農民の脅威となった。排日政策はここから出ている。

理想主義をかかげるウィルソン米大統領と大統領最高顧問のハウスは、最初に人種差別撤廃に好意的だった。ところがイギリスのバルフォア外相はにべもなく拒否した。

「人種問題は国際連盟と関係がない。まして連盟の規約にはなじまない」

セシル講和会議代表も、こんな重大問題は多数決できめるべきではないとの表現で、拒否の意向を明らかにした。

イギリスの拒否の背景には、白豪主義をとる自治領オーストラリアの強力な反対があった。オーストラリアは人口過密なアジアの現状を警戒し、二十世紀初頭に自治権を得るとすぐに移民制限法を制定して有色人種を排除していた。また当時ヨーロッパに流布していた黄禍論の影響もあったようだ。

日本の提案が伝えられると、アメリカ国内には反対の声が沸き立った。ウィルソンやハウスも日本支持をやめざるを得なかった。

二月十三日、連盟規約委員会は人種差別撤廃条項のとりいれを正式に却下した。

四月十一日、日本は連盟規約委員会にあらためて人種平等の動議を提出した。

「諸国民平等の原則」の語を規約の本文ではなく前文にいれようという、前回よりも大きく後退した提案である。

　これなら内政干渉の心配がないとしてイタリア、フランス、ギリシャなど多くの国が賛成した。反対国はイギリスなど少数である。牧野全権は採決を要求し、賛成一一、反対五で提案は承認されたかに見えた。

　ところが議長のウィルソン米大統領は、

「日本の修正動議は全会一致を得られなかったので不成立とみとめます」

と、強引に討議を打ち切った。

　このように重大な問題は全会一致でないと決議できないという理由づけをする。

　人種差別撤廃条項の否決は、当然ながら日本国民を憤激させた。

「日本斥《しりぞ》けられる」

「全世界に恥をさらしたわが講和委員」

「無用有害となる国際連盟」

　新聞は怒りの記事を書き立てた。

「これでは国際連盟でなく白人連盟である。日本はこのような会に列して有色人種圧迫の道具に使われるよりは、脱退して白人連盟の実状を赤裸々にすべし」

日本は万世一系の現人神である天皇に統治された世界でたった一つの国。神の保護をうけ、世界を救済する使命を負った神州——。

国家神道のそうした教義は、日清戦争、日露戦争、世界大戦の勝利によって裏づけされたと日本人は思っている。パリ講和会議では米、英、仏、伊とともに五大国による最高会議の一員となり、一等国のあつかいをうけた。

ところがこの人種問題で日本人は自負の念を泥靴で踏みにじられてしまった。日本人の奉じる皇国史観が、なにをバカなと一蹴《いっしゅう》されたも同然である。多くの日本人が国を蔑視されたとうけとり、米英を憎むようになった。アメリカ国民のほうは、日本は講和会議を利用して講和とは関係のないアメリカの移民政策に干渉すると受けとめた。第二次世界大戦の火だねはこのときに撒《ま》かれたといってよい。

原首相は対米協調が信条である。国内世論に屈せず、アメリカの提議した国際連盟への加入を決意していた。その意をくんで牧野全権は、連盟不参加をちらつかせつつ山東半島のドイツの経済権益を継承することを米英仏などにみとめさせた。

五大国のうちイタリアは、英仏が大戦まえの密約をやぶったと非難して会議を脱退している。このうえ日本が脱退すれば連盟は骨ぬきになる。米英仏はそれを恐れていた。

六月の末、ヴェルサイユ講和会議は調印された。

それを待っていたかのように東条英機は陸軍省副官を免じられ、歩兵第四十八連隊付となった。ドイツ駐在が内定している。

「おめでとう。ドイツへゆくにはいまがいちばん良い時期だ。なぜドイツは負けたのか、負けた国はどうなるのか、よく見てこい」

田中陸相ははげましてくれた。

東条は三十五歳。すでに二男一女の父である。母や年少の弟妹たちと同居していた。駐在予定は三年である。その間家族と離れて暮さねばならないと思うと、外国勤務にたいする期待感が半減する心地だった。

東条は薩長閥外のハンディを負って油断なく勤務している。上司や同僚に隙を見せまいと身構えながら一歩一歩階段をのぼっている。気苦労が多い。だが、家では東条はなんの気がねもなくすごしている。立ててくれる家族がいるから苦労に耐えられる。

家族にあたえている恩恵と家族からうけている恩恵は五分五分だった。いや四分六で東条のほうが多くの恩恵に浴しているのかもしれない。初めて東条はそのことに気づいた。異国での一人暮しはさぞ味気ないだろう。うるおいのない日々がつづきそうだ。

「私がいまドイツのどこにいるか、おまえたちがすぐわかるようにしておくよ」

かつ子や子供たちに告げて、東条はドイツ駐在の詳細な日程表づくりに着手した。

家族との連絡が密にとれるようにしたい。年月、駐在地、旅行予定、日程がきちんと整理された三年ぶんの表ができあがった。

東条は頑健ではない。風邪を引きやすく、寒がりである。かつ子は夫の健康が心配で、いまから神棚に祈りはじめた。

九月、東条は出発した。一家総出で東京駅へ見送りにきてくれた。

同じ九月、米内光政は浦塩派遣軍司令部付を免じられて帰国した。新しいポストは一等海防艦「富士」の副長である。

一等海防艦は旧式戦艦の別称だった。「富士」は二本マスト、二本煙突、一万二六〇〇トンの巨艦で三六センチ砲四門、一五センチ砲一〇門を搭載している。日露戦争では第一艦隊第一戦隊に所属、いくつもの海戦でかがやかしい武勲をあげた。

いまは運用術練習艦をかねた警備艦である。それでも格は巡洋艦なみだった。その副長といえば、地味な情報将校よりもずっと見栄えのするポストである。艦底から急に上甲板へ引きあげられたようなとまどいと照れを米内は感じていた。

米内は革命をつぶさに見たし、情報戦や国際謀略の実状も身をもって見聞した。デルベルなど一筋縄でいかない男ともつきあってきた。柔道や実戦できたえた闘魂や度胸もじゅうぶんである。陸軍省勤務からドイツへ旅立った東条英機とちがって、海大出ながら叩きあげだった。知らぬまに米内は人の上に立つ器量をそなえはじめていた。

「富士」には約六〇〇名の乗組員がいた。副長のおもな任務は乗組員の統率、管理である。みごとに米内はそれをこなした。

教官として乗組んでいた太田質平少佐は鼻っ柱のつよい名物男だったが、

「名副長とは米内さんのことをいうのでしょう。私は衷心から尊敬しています」

と米内の同期の藤田尚徳《ふじたひさのり》に語っている。

この太田少佐は候補生時代の米内を嫌ってことごとにいじわるく当った野元綱明中将の女婿である。奇《く》しき因縁だったが、それと知っても米内は気にもとめなかった。

英仏は大正八年末、シベリアから撤兵した。大正九年一月にはアメリカが共同出兵の打切りを日本に宣告してきた。日本政府はウラジオ周辺と東支鉄道周辺に兵を残し、ザバイカル、黒竜江一帯からは撤兵することを決定して帰国準備を命じた。

ところがニコライエフスクで日本人虐殺事件が起き、撤兵は延期になった。

アムール河口にあるニコライエフスクは人口約一万二〇〇〇の小都市で、日本の北洋漁業の拠点だった。市内と付近の鉱山地帯には計一二〇〇名の日本人が働いていた。

冬は海が氷結して同市は孤立する。大正八年から九年にかけての冬期、この地にいた日本人居留民は三百八十数名。陸軍一個大隊と海軍無線通信隊若干名（計約三七〇名）が守備していた。

大正九年一月、同市は赤色系パルチザンに包囲された。陸軍は増援部隊を編制したが、結氷のせいで旭川に待機を余儀なくされる。

一月末から約四〇〇〇名のパルチザンと守備隊の戦闘がはじまった。一カ月の交戦のあと守備隊は休戦協定を受諾したが、三月十二日に奇襲攻撃を敢行、敵を撃退した。しかしパルチザンは増援を得て態勢を立てなおし、猛然と総攻撃を加えてきた。

激烈な戦闘のすえ守備隊は隊長の石川正雅《いしかわただまさ》少佐をはじめ大半が戦死した。残りの百三十数名は降伏して捕虜となった。石田虎松《いしだとらまつ》副領事も妻子を銃殺したあと敵に射殺された。

四月四日、ウラジオでも日本軍とパルチザンが戦闘を開始、派遣軍はパルチザンを武装解除した。派遣軍司令官は全軍に討伐命令を出したが、参謀本部の指示によりいまはボルシェヴィキ化したウラジオ臨時政府との停戦協定を成立させた。

ニコライエフスクで捕虜となった百三十数名の将兵および在留邦人は、苛酷な労役に従事させられていた。救出せねばならない。沿海州派遣隊が樺太《からふと》方面から、第十四師団の二個連隊がハバロフスク方面から進撃する。

これを知ったパルチザンは百三十数名の全員を射殺し、牢獄に火を放った。また富裕な邦人を襲って略奪、殺戮《さつりく》のかぎりをつくした。幼児を壁に叩きつけて殺したり、女を犯し裸踊りをさせたあと射殺したり、二頭の馬に片脚ずつ縛りつけて股裂きにしたり、手口は残虐で猟奇的だった。三月の攻防戦でもパルチザンは似たような嗜虐性《しぎやくせい》を見せたが、今回はそれ以上である。

日本の新聞はこぞって事件を書き立てた。

「日本帝国開闢《かいびやく》以来の一大国辱」

「五月二十四日午後十二時を忘れるな」

日本中が憤激し、この事態を招いた政府の責任を追及しはじめる。

神国日本の民が凌辱《りようじよく》され、なぶり殺しにされた。国民の怒りはすさまじかった。

原首相は英仏軍、アメリカ軍が東シベリアから撤退した直後、完全撤兵をする予定だった。だが、対ソ強硬論の渦巻くさなか撤兵を強行するのは内閣の自殺行為である。原は参謀本部のつよい要請を容れて黒竜江流域からの撤兵を中止、ハバロフスク駐兵の延期を決定した。またこの「尼港《にこう》事件」の報復のため樺太の保護占領を決定し、七月三日そのむねを内外に宣告した。

浦塩派遣軍が北樺太をのぞき撤退を完了したのは大正十一年十月末である。

日本は長期出兵をつづけたことでアメリカ、ソ連との対立を決定的にした。なんの稔《みの》りもなかったどころか、対華二十一カ条の要求とともに、日本の国家イメージを修復不能なまでに悪化させた出兵だった。

ベルリン駐在を命じられて、東条英機大尉は大正八年九月、日本を出発した。講和条約が調印されたばかりで、ベルリンの日本大使館は大正三年七月に引きあげたままになっている。とりあえずベルンのスイス公使館に赴任し、当分そこでドイツ関係の情報を収集することになった。

シベリア鉄道はソ連の国情が不安定でまだ利用できない。船でシンガポールを経てスエズ運河を通り、マルセイユに上陸した。およそ三週間の船旅だった。

列車でリヨンへゆき、スイスゆきに乗り換えた。リヨンの街の風景は、胸にしみるほどおだやかだった。

スイスへ入ると、ひろびろとしたフランスとは風景が一変して山岳地帯になった。列車は上り坂をゆく。尖《とが》った山々が遠くに姿をあらわす。家々の屋根が急角度になった。冬は雪が深いらしく、家々の入口のまえには数段刻みの階段がついている。列車に乗ってくる男たちのほとんどは、フランス人よりも大柄でいかつく見えた。

ベルンは樹木のゆたかな、こぢんまりした街だった。くすんだ桃色の屋根に白壁づくりの家々がびっしりならんでいる。多くは四階建てだ。街の中央をアーレ河が流れ、寺院の尖塔が何本もそびえていた。

街の象徴は熊だという。商店の店頭に熊の縫いぐるみがおかれ、熊の噴水、熊公園などがある。人口一〇万あまりの小都市だが、樹木に覆われた高台にそびえるスイス連邦議会の白い建物はなかなか威厳があった。

公使館は街なかのアーレ河の対岸の住宅地にある三階建ての白い建築だった。

全権公使はいま空席で、井口守三二等書記官が代理公使をつとめていた。

ベルンにはドイツ入りが叶《かな》わなかったり、ドイツから逃げてきた日本人がかなり多数暮していた。彼らに関する事務などで書記官らは多忙である。

武官の同僚には一期下の山下奉文《やましたともゆき》大尉がいた。東条と同じようにベルリン赴任を待つ身で、三カ月さきに赴任していた。

山下は高知県の田舎町の出身で、父親は医師である。町とは名ばかりの貧村で、山下家もけっしてゆたかではなかったらしい。

山下は五尺九寸、二〇貫はあろうという巨漢だった。母親の弟が大阪相撲の小結を張ったという身体能力エリートの血すじである。

身体能力だけでなく頭脳もエリートだった。細心で精緻、几帳面だったのは東条と似ている。陸士、陸大を優等で卒業し、歩兵第一連隊中隊長、参本ドイツ班勤務をへてスイス公使館へやってきたのだ。

東条は一期下の山下に気圧されるものを感じていた。東条もチビではないのだが、山下の巨体には威圧される。しかも陸士、陸大での成績が山下にはとても敵《かな》わない。

山下自身は親切で気のいい男だった。部下にたいする思いやりの深さも、東条と五十歩百歩だったようだ。執務中山下はときどき居眠りをした。それでも山下の居眠り中に上官の佐藤安之助《さとうやすのすけ》少将がいったことは、ちゃんとききとっている。ゆだんならぬ男だ。

山下はそれでも酒に酔って大言壮語するところがあった。二年まえに結婚した妻へ、東条とおなじように筆まめに手紙を書いていたが、ときおり街娼とあそびにいった。

東条はほとんど酒を飲まないし、女にも縁がない。身構えていて、娼婦に心をひらくことができないのだ。山下にたいしても同様だった。山下のほうは隔意《かくい》なく声をかけてくるのだが、なにか気怯《きおく》れしてつい他人行儀になってしまう。山下は品行がわるいから同調しない、と自分では思っていた。

パリ講和会議における人種差別問題のことは、すでに東京できいていた。多くの日本人と同様日本の国と国体が差別されたと感じて、東条もつよい憤りにかられた。

「努力が足りぬ。日本人はまだまだ努力して欧米に追いつき、追い越さねばならぬ。このままでは陛下に申しわけが立たない」

自分流に東条はこの問題をうけとめた。

ヴェルサイユ講和条約は、強国ドイツを一気に三流国へ引きずりおろした。

ドイツは領土の一三パーセントと七〇〇万人の住民を失った。海外植民地は没収され、国際連盟の委任統治領として戦勝国へ分配された。軍事力は陸軍一〇万、海軍一万六五〇〇に制限され、徴兵制は廃止、参謀本部は解体された。賠償総額は未定だが、とりあえず一三二〇億マルクの支払いが義務づけられ、処理のためインフレが発生しつつある。

ドイツ国民は憤激した。ウィルソン米大統領の「人道主義」に望みをかけて降伏したのにすべて裏切られてしまった。怒りは英仏米などへの怨念《おんねん》と化して、焔《ほのお》のようにドイツ国民の胸中を焦がすようになった。

こんな時期にスイスに着任したのは、東条英機にとって幸運だった。ドイツの敗因を分析研究するための資料が山ほどある。

スイスでは各種の新聞が毎日ドイツの情勢を伝える。ドイツとスイスを往復する人から取材もできる。戦争の記録は好きなだけ手に入った。ベルリンにおちついたら、会戦の戦跡をたずねて戦術研究もできる。

今大戦で使われた火薬、爆薬、通信機、毒ガス、戦車の研究にも手をつけた。兵器の情報収集はやはりスイスにいては難しい。ベルリンの日本大使館の再建が、東条はしだいに待ち遠しくなった。

十一月一日付でスイス公使館武官室長の佐藤安之助少将に帰朝命令がとどいた。後任は梅津美治郎少佐。大分県出身で東条の二期先輩である。

佐藤少将と入れ代りに梅津は着任した。

梅津は三十七歳の気鋭。陸大を首席で出た秀才で、すでにドイツ、デンマークなどへ長期出張して、海外情報にきわめて明るかった。怜悧《れいり》な参謀タイプだが、日露戦争では第一師団の小隊長として旅順攻略戦、奉天大会戦を戦った勇士でもある。

議論するときも激さずに淡々と所信をのべる。東条と山下が話しているときは、きき役にまわることが多い。

「ドイツの新憲法はずいぶんと労働者階級に有利にできているなあ。共和制に変ったから無理もないが、これではドイツは第二のソ連になるのではないか」

ある朝、ベルリンの労働争議を伝える新聞を読みながら、東条は事務をとっている山下に話しかけた。

「いや、大丈夫でしょう。共産党のメッキは剝《は》げてきました。反対に社会党政権の株はあがっています。共産革命はありませんよ」

顔をあげて山下はゆったりと答えた。

「しかし、軍が弱体化したからな。共産党をおさえきれるかどうか。いや、ドイツ軍自体が赤化する怖れもある」

「案外心配性ですな東条大尉は。ドイツが赤化して一大共産圏が成立するとでも――」

「そうならない保証はなかろう。労働階級をあまり甘やかすと共産革命を招く。つぎは支那の番だ。厄介なことになるぞ」

東条は梅津少佐のほうを見た。

おもしろそうに梅津は二人の話をきいていた。だが、会話には入ってこない。

「しかし東条大尉、ドイツ政府はさほど労働者を甘やかしてはおらんですよ。英仏米ではドイツ以上に労働者や農民の権利をみとめています。だからかえって赤化の心配がないのです。ロシアもドイツも帝政の搾取《さくしゅ》がひどくて革命を招いた。労働者と農民を搾取した報いなのです」

「規制をゆるめるほうが民衆は穏健だというわけか。一理あるな。しかしドイツは内部崩壊して戦争に負けた。政府が戦争で手一杯で国内の統制を怠ったのが原因だろう」

「いや、ちがいます。戦争で食物がなくなってドイツ国民は疲れはてたんです。パンよこせのデモが頻発していました。軍は民衆に同情的だった。最後に水兵が反乱を起したときも、陸軍は見て見ぬふりだったんです」

山下はどんぐり眼をなお大きくして、かぶりをふって反論した。

高知県の貧村で山下は育った。父が医師だったから村ではめぐまれたほうだったが、それでもしばしば粥《かゆ》で飢えをしのいだという。

「いや、ドイツ国民は粘りが足りなかったんだ。日本人はそうはならない。歯を食いしばって艱難《かんなん》に耐えぬく。天皇陛下のもとで一つになって戦いをつづける」

「そりゃそうです。しかし、労働者や農民を大事にしてやれば愛国心はいっそう強固になりますよ。日本の工員は低賃金だし、農民も食うや食わずだ。これをあらためれば――」

山下は議論を中止して、小用をたしにオフィスを出ていった。

「おもしろい男だな。陸大をトップで出ていながら、いうことはボルシェヴィキ的だ」

梅津が笑ってタバコに火をつけた。

「私は彼に賛成できませんな。日本はいま一流国への道を必死で這いあがろうとしているのです。みんなが切磋琢磨しなくてはならぬ。労働者や農民に手厚く報いるのは、一等国になってからでも遅くはない」

「きみは高級軍人の息子だからそう思うのさ。だが、山下は農村の出だ。百姓の窮状をよく知っている。おのずときみたちには見解の相異が生じる。当然のことだよ」

明快にいわれて東条は目からウロコが落ちる思いだった。

山下にたいして奇妙に意地を張りたくなる。体格、体力が大ちがいだし、陸大の卒業成績でもひけ目をおぼえるからだと思っていた。だが、原因はもっと深いところにあったようだ。東条は自分をさほど育ちのよい人間だと思わないが、世の中には貧困にあえぐ家庭が星の数ほどあるのだろう。

梅津は学者の家に生れたが、七歳のとき父と死別し、やがて再婚した母の嫁ぎさきの養子となった。だが、養家にめいわくをかけたくないので、十五歳で熊本地方幼年学校へ入ったという。東条と山下の中間ぐらいの経済状態だったらしい。スイス公使館の武官室においても、東条と山下の双方とほどよい距離を保つ執務ぶりだった。

大正九年三月十三日、ベルリンで反動勢力の祖国党首カップがクーデターを起した。

四月、日本大使館は再開され、臨時代理大使が発令された。

それまでは二等書記官の東郷茂徳《しげのり》が単身赴任し、ホテルに事務所をおいて領事事務や山東利権の引継ぎなどをやっていたのだ。

東条はベルリンへ向かって出発した。

梅津、山下らが駅へ見送りにきてくれた。山下は東条と同様ドイツ駐在要員なのだが、ベルンの武官室が手不足なので、数カ月あとでベルリンへ赴任することになった。

ドイツの農村風景は、丘陵を覆う黒松の林、窓枠だけ白く塗ったくすんだ家々などフランス、スイスの農村よりも暗く映った。だが、山の中腹や丘陵のうえなどの高みに村落の多いことは共通している。日本の村落は山のふもとや川沿いに多い。このちがいは、山腹や丘陵で牛や羊を飼う民族と、田畑を耕作し魚を捕る民族の差なのだろう。

翌朝、東条はベルリンに着いた。

二期先輩の今井清《いまいきよし》少佐がアルハンター駅へ迎えにきてくれていた。

今井は陸大の恩賜組で、デンマーク、スウェーデン駐在をへてドイツへきていた。

ベルリンは重厚で整然とした街だった。五階建ての集合住宅が通りにえんえんとならんでいる。道路もよく清掃されていた。まだ空襲もなくベルリン攻防戦もおこなわれなかったので、街に戦火のあとはない。

だが、道ゆく男たちはやせて顔色がわるい。女も肩をすぼめ、猫背気味になって歩いている。戦時中の飢餓からまだ回復しきっていないのだろう。服装も農村より貧弱なくらいだった。ところどころで物乞いを見かける。

商店の飾り窓にはほとんどなにもない。たまに見かける自動車は、いまにもエンコしそうによろよろと動いていた。

いくつかのビルに赤旗が立っている。共和国の新しい三色旗は見あたらない。共和派のヴァイマール連合が政権を握っているのだが、近く選挙が実施されるらしい。ドイツも労農勢力の支配下に入るのだろうか。だが、それにしては街はおちついている。

「どうですかベルリンの第一印象は。整然としすぎて退屈だという人もいるが」

歩きながら今井が訊いてきた。

陸軍にはめずらしい温厚な紳士である。

「いや、ぼくはこういうのが好きです。国家はこうあるべきです。ドイツは持味である秩序、規律を失ったから戦争に負けた。逆に日本は天皇陛下のもとで国民が一丸となって戦ったからロシアに勝てた。ぼくはそう見ているのです」

早口で大まじめに東条は答えた。

「なるほど。それなら稔りの多いドイツ駐在になるでしょう。ドイツにはまだ学ぶべき点が多々ありますからね」

ほほえんで今井ははげましてくれた。

すでに今井には帰朝命令が出ている。東条と入れ代りに日本へ帰ってしまうらしい。

大使館に着いた。書記官はみんな多忙そうで、挨拶も上の空である。

陸軍武官室の顔ぶれは、今井をふくめて四人だけだった。歓迎の夕食会を彼らはひらいてくれた。終って東条は近くのホテルへ入った。下宿が見つかるまでホテル暮しだ。部屋で東条はくつろいで、妻のかつ子と長男の英隆へ手紙を書いた。かつ子は東条が留守のあいだ、三人の子供をつれて福岡の実家で暮している。

外国へきてみると、見るものきくものがめずらしく、好奇心や探求心を刺激されてばかりである。家族との団欒がなくとも、とくにすさんだ気持になることもなかった。

ほとんど三日にあげず、東条は家族へ手紙を書き送ってきた。書いているあいだが、妻や子供たちとの団欒の時間である。

不着の便がないよう、一通ごとにノンブルを付した。日本を出て一年十カ月のうちに、ノンブルは一〇〇にたっしていた。

「第××信受領した。大いに多忙にもかかわらず度々通信してくれるので、家の様子が出発以来手にとるようにわかり、何より仕合せしている。感謝にたえぬ。内地ことに御許よりの通信が海外に在る自分を慰むる唯一のものであることは前に書いた通りである。

第八十三信によると二週間ほど病気した由である。しかし軽くすんで何よりのことと喜んでいるが、又寒さに向うと再発する様な懸念はないかね。少しでも其の様な懸念があれば夏の内に十分養生して根治させねばいかぬ。——中略——殊《こと》に御許の健康は目下三児の生命がつながって居るのである故、大いに自重してもらわねばならぬ――」

　福岡県の実家にいるかつ子の返信はつぎのような調子だ。

「その後留守宅一同すこしのかわりもなく、朝夕は余程お寒いにもかかわらず子供達は薄着で非常の元気をもって活動しております。――中略――山羊は三頭二十円にてみつかった由、目下交渉中にて、或いは一頭のみか、或いは二頭とも買入ることと相成りましょう。乳がたくさんのめましょう。鶏はまだ卵を産んでおりませんが、大変大きくなりました。田舎暮しも健康にはよろしくございます。私も出来るだけ働きもし野菜の草をとります。虫とりもいたします。子供達もだいぶよい傾向でしょう。英隆の泣くかずが非常に減じました。兄弟喧嘩はしますが、すこしずつ自分の事は自分がする様になりました。輝雄はおじいさんから見込みありとされています……」

「正しい立派なお父様をもった三人は幸福でございます。母として三児のために幸福な母だと信じてなお正しい立派な道を進みたい、三人のために自重せねばと思うております。御自愛下さいませ。どうぞどうぞ。私はこう考えました。御道中の二カ月を一期、後三カ年を二カ月ずつ分けて十八期、お帰りの道を二カ月、一期として二十期で私の重荷＝あなた様の重荷＝なる御洋行がすみ、このいたいけな者たちの手にお父さまがお帰り下さることと……」

東条より長男英隆への手紙の一例。

「このごろは、たいへんてがみがじょうずになったね。からだがおおきくなった由。おとうさんはたいへんよろこんでいる。ごはんをたくさんたべて、うんどうして、もっとおおきくなれ。それで、よそみをせず、また、せんせいのゆうことを良くきいて、べんきょうなさい。そうするとえらいひとになれます。

お父さんより

ひでたかへ」

家族にたいする心情が、東条の手紙にはよく出ている。

これにたいするかつ子の想いも厚い。

ただ東条の手紙には自分の近況を伝えるくだりがほとんどない。食生活の細目とか、たずねた観光名所の模様とか、異国の世態《せたい》風俗とか、かつ子の知りたい事柄にふれることはすくなかった。東京にいるときと同じ説教口調で思うところをのべた文が多い。

佐官時代の東条は部下への思いやりに富んだ人物だった。だが、そのやさしさを向ける相手は、自分にとって都合のよい人物にかぎられていた。思いやる相手が自己の期待どおりに反応しないと、やさしさはたちまち憎悪に変質する。その傾向は、東条の陸軍内での地位が上るにつれて、しだいにはっきりとあらわれてくる。

子供への手紙はいつも似たような内容になってしまう。そのことは気にならない。父の手紙の筆蹟が子供にはどれだけはげみになるか、少年時代の経験でよくわかっている。日本を出発するまえ、東条は三年の駐在期間のくわしいスケジュール表を家に残してきた。何月何日はどこにいるか、どこへ旅行して何日で帰るか、全日程がこまかく書きだしてある。それを見れば家族は東条の動静が一目でわかるようになっていた。

むろん予想外の小旅行もあるが、それが済めばまた予定どおりのスケジュールにもどる。基本線は動かない。駐在三年目にあたる大正十一年には、八月から十一月にかけてスウェーデン、ノルウェー、オランダ、ベルギー、ソ連、イギリスを視察する。終って帰国の途につくのである。

そこまで予定が立ててある。かつ子や子供たちは毎日その日程表を見て、

「いまお父さまはベルリンなのよ。あと九百八十×日でお帰りになるわ」

などと話しあうはずだった。

東条のベルリン勤務は第一次大戦や内戦のあとの見学からはじまった。

第一次大戦の戦死者は連合国側、ドイツ側をあわせて九〇〇万人、負傷者は二〇〇〇万人にのぼった。機関銃、大型砲など兵器の殺傷能力が飛躍的に向上したせいである。敵の弾幕をかいくぐるため塹壕《ざんごう》を掘って前進する戦法が定着し、戦線が膠着して、戦争ぜんた

いを長期化させた。国民経済を総動員した国家総動員戦の時代がきているのだ。戦跡を巡回すると、そのことがよくわかった。

十一月の下旬、新しくスイス公使館付駐在武官となった永田《ながた》鉄山《てつざん》少佐が業務の打合せのためベルリンへやってきた。

永田は長野県出身、幼年学校、陸軍士官学校は首席で卒業した。陸士は東条の一期上である。陸大には東条よりも四年早く入学し、卒業席次は梅津美治郎に次ぎ二番だった、空前絶後の秀才である。すでにドイツ、デンマーク、スウェーデン駐在を歴任し、昨年ウィーンに出張、ドイツ大使館再開とほぼ同時にスイス駐在を命じられたのだ。

東条は永田鉄山の名をすでにきき知っていた。会って話すと、大学教授と話しているような感じをうけ、たちまち心酔した。国際情勢や日本のとるべき進路について、永田は陸軍の先人のだれよりも卓越した見解、学識、意見を抱いていた。

戦争のための統制経済を永田は考えていた。日本の将来は大陸への発展をぬきに考えられない。中国との戦争は不可避である。

広大な中国と戦って勝つには軍の整備、戦略物質の貯蔵が必要である。そのためには統制経済を導入し、国家の生産活動のすべてを戦争第一に統合しなければならない。のちの「国家総動員」を永田はすでに構想し、大蔵省、農商務省などの革新官僚や財界人と連絡をとって実現の足場を固めていた。

永田は同郷の岩波茂雄（岩波書店創設者）ら文化人とも連絡をとり、教養の蓄積にもつとめている。軍事知識と皇国史観で固まった東条が、度肝をぬかれたのも当然である。

永田も東条もその後何度か公務でベルリン、ベルン間を往復した。そのたびに東条は永田と話しあって啓発された。永田が軍の整備の第一段階で派閥の解消を計画しているとわかって、ますます心酔を深めてゆく。

隆盛をきわめた長州閥も田中義一を最後に人材難となり、いまは宇垣一成《うがきかずしげ》を中心とする岡山閥が力をもちはじめている。金谷範三《かなやはんぞう》、阿部信行《あべのぶゆき》、寺内寿一、二宮治重《にのみやはるしげ》など準長州閥といってよい顔ぶれである。

薩摩閥も人材難で、荒木貞夫、真崎甚三郎《まざきじんざぶろう》ら佐賀閥にとって代られつつある。

「派閥人事のせいで陸軍は閉塞《へいそく》状態にある。風穴をあけなくてはならぬ。われわれ佐官クラスが結束してことに当るべきだ」

永田の言に共感して東条は胸がおどった。

最近少佐に昇進したばかりである。

不遇をかこつ者ではなくエリート中のエリート永田が派閥解消をいうのだ。ただの掛け声ではない現実味のあることばだった。

大正十年十月、欧米出張中の岡村寧次《おかむらやすじ》少佐がベルリンの日本大使館にやってきた。

岡村は永田と同じく士官学校第十六期生。東条よりも一年先輩である。陸士、陸大とも恩賜組で、現在の肩書は歩兵第十四連隊付。戦史研究などのための出張だった。

ベルリンにはロシア駐在武官の陸士十六期生小畑敏四郎《おばたとしろう》少佐が滞在していた。ソ連との国交が回復せず、入国できないのでベルリンにとどまっていたのだ。

小畑も陸大恩賜組。第十六期生では岡村、永田鉄山らと肩をならべる逸材である。

岡村は小畑、永田に呼びかけて南ドイツの温泉保養地バーデン・バーデンのホテルに集合し、陸軍の改革について話しあった。

ドイツの温泉は日本とちがってホテルとは別棟になっている。学校の体育館ほどの建物がいくつか町にあり、なかに二五メートルプールほどの浴槽が一面または二面設けられている。湯はぬるい。水とあまり変らない。

男女混浴で、浴客は水着を身につけてプールに入る。泳ぎまわる者もいる。三〇分も一時間もプールのなかにいると、ぬるま湯でもけっこうあたたまる。日本人は最初湯がぬるいのにびっくりするが、三〇分後にはゆるせる気分になってくる。

プールサイドや建物の外の庭に数多くのデッキチェアがおいてある。浴客は湯からあがると、デッキチェアに寝そべってビールを飲んだり仲間と歓談したりする。

岡村、小畑、永田の三人の同期生も寝そべって話しこんだ。夜はホテルの酒場で論議をかわした。結果、長州閥の解消と人事刷新、統帥を国務から切りはなし、政府や議会から師団の増減に口を出させぬようにすること、国家総動員体制の確立、の三つの目標を定めた。この三点の達成のため同志をつのって運動しようと彼らは誓いあった。

「国家総動員体制が必要だ。これからの戦争は軍隊だけでは遂行できない。規模も大きいし、長期化もするから。国民が一致団結してこそ勝機をつかみ得る」

「ドイツの敗北は国論の分裂が原因だった。思想統一がなされず、最後は水兵団が反乱を起して内部崩壊した。ルーデンドルフは軍部独裁をやったわりに内部統制が甘かったんだ。最後はほとんど全軍にそっぽを向かれた」

熱心にエリート将校たちは語りあった。

国民の団結の足を引っぱるのは共産主義、社会主義である。ロシア、ドイツの帝政はそれで倒れた。なかでも共産主義は神を否定する。神国日本とはまったく相容れぬ思想である。ソ連はこんご強力な思想統制で国民を一致団結させ、急速に国力を増すだろう。思想的にも軍事的にも将来ソ連はもっとも警戒すべき相手となる。

ベルリンへ帰って岡村は東条の説得にあたった。東条のアパートの部屋でコニャックを飲みながら、同志になれとすすめたのだ。

「盟約」の詳細を説明されて、東条は共感で顔が熱くなった。ふだん考えていたのとまったく同じ内容なのだ。とくに長州閥の解消は、なんとしても実現させたい。

「まったく異論はありません。ぜひ同志に加えてください。およばずながら全力をつくして目標の達成をはかります」

東条は誓い、岡村と手を握りあった。

勤勉、努力を信条とし、負けずぎらいの東条は他人に敬遠されやすい。心をひらいて語りあえる友人はほんの一人か二人である。派閥解消を唱えながら、心の底で東条は自分を受けいれてくれる閥を欲していた。父の郷里である岩手がだからなつかしく、自分も岩手人だと勝手にきめこんでいたのだ。

帰国してから岡村らは「一夕会《いっせきかい》」を設立し、優秀な人材に参加を呼びかけた。小川恒三《おがわつねさぶ》郎《ろう》（十四期）、河本大作、山岡重厚《やまおかしげあつ》（十五期）、土肥原賢二《どいはらけんじ》、板垣征四郎、小笠原数夫《おがさわらかずお》、磯《いそ》谷廉介《がいれんすけ》（十六期）、渡久雄《わたりひさお》、工藤義雄、松村正員（十七期）などが加入した。

若手では山下奉文（十八期）、石原莞爾（二十一期）、鈴木貞一《すずきていいち》（二十二期）、武藤章、富永恭次《とみながきょうじ》（二十五期）などが名をつらねた。いずれも陸大卒の幕僚で、期を代表する秀才である。リーダーは輿望《よぼう》をになう永田鉄山中佐だった。

大正十一年に東条は帰国し、十一月二十八日、陸大教官に任命された。

二年後中佐に昇進した。欧州戦史の講義を担当していた。

数多くの「一夕会」会員がそれぞれ何年か陸大教官をつとめた。入試のさい彼らは山口県出身の受験者に徹底してつらく当った。

受験者は再審で数名の教官から試問をうける。答にたいして教官らはつぎつぎに突っこみをいれる。間断なく試問が投じられ、一時間はつづく。山口県出身者には、難問中の難問が集中することになる。東条はむろんもっともいじわるな試験官となった。

大正末年から八年間、陸大合格者のなかに山口県出身者は一人もいない。「一夕会」は満州事変のあと永田鉄山、小畑敏四郎が喧嘩別れするまで存続して、派閥解消のため山口県出身者を排除しつづけたのである。

東条がベルリンから帰国する寸前、山梨半造《やまなしはんぞう》陸相による第一回軍縮が実施された。一大隊四個中隊の編制が三個中隊に変えられるなどして五、六万の兵員と三五〇〇万円の軍事費が削減された。

国際世論は軍縮をさけんでいた。日本でもこれに呼応してデモクラシー派が軍縮を主張し、一般国民も尻馬に乗った。

平時の軍人はむだめし食いだ。早々に郷里へ帰してなにか生産的な仕事をさせろ。そんな声が高くなった。とくに将校は、軍服姿で外出するのが憚《はばか》られるほどである。

「国民も新聞も厚顔無恥だ。軍人が生命がけで戦っているときだけちやほやして、終ると殻《ごく》つぶし呼ばわりをする。日本が今日あるのはだれのおかげだと思っているのか」

　将校の多くが憤懣をかかえた。

「やっぱり軍人は戦争をしてこその軍人なのだ。国を護《まも》るといったところで、どこも攻めてこなければ、むだめし食いとしか見られない。攻めていって領土をひろげるべきだ。それでこそ国益にかなう軍になる」

　将校たちはそういいあった。

　戦っていなければ世論の支持はない。そのことを彼らは肝に銘じたのである。

　欧州の戦勝国は今次大戦の未曾有《みぞう》の惨禍に懲りたとして、二度と戦争はくり返すまいと表明している。平和を維持するため、各国とも軍縮をしようというわけだ。だが、実状は平和によって生じた莫大《ばくだい》な余剰人員をなくすための人員削減にすぎない。戦勝諸国はすでに領土や植民地の獲得を終え、ドイツを封じこめて、従来のような大規模な軍備を必要としなくなった。

「軍縮」はだから、戦勝国となった欧米諸国がまったくの自己都合で、人道主義の仮面をかぶっていいだしたことにすぎないのだ。大戦でさほど傷を負わなかった日本を、軍縮に引きずりこんで力を削ぐ狙いもある。

日本は大戦にごく一部の部隊を投入しただけなので、兵力の水ぶくれはさほどでもない。ソ連の脅威もある。いま必要なのは軍縮よりも装備の近代化である。

第一次大戦で欧米諸国の兵器は急速に近代化され、性能が向上した。日本は大戦の埒外《らちがい》にいたため装備は日露戦争当時のままで、列国からとりのこされている。

ところが大正十二年に関東大震災が発生し、装備にはとても手が回らなくなった。

東条はさいわい自宅も勤務さきもぶじだった。陸大の教官と学生は戒厳令下の東京で市民の救済や援護に忙殺されつづけた。

大正十四年、ときの宇垣陸相はいわゆる「宇垣軍縮」を実施した。

軍縮に名を借りて軍備の近代化をはかったのだ。高田《たかだ》、豊橋《とよはし》、岡山、久留米《くるめ》の四個師団を廃止し、これによって浮いた費用で一個戦車連隊（久留米）、一個高射砲連隊（浜松）、二個飛行連隊（浜松、屏東《へいとう》＝台湾南西部）、一個台湾小砲連隊（台北）を新設した。併せて陸軍自動車学校（東京）、陸軍通信学校（神奈川）、陸軍飛行学校（三重、千葉）も開校したのである。国際世論を尊重すると見せかけて軍備を増強させた、きわめて巧妙な施策だった。

しかし、この宇垣軍縮によって三万四〇〇〇名の人員と軍馬六〇〇〇頭が整理された。

宇垣は岡田良平文相と協議して学校教練の充実化と青年訓練を実現させた。全国の中学以上の学校に約二〇〇〇名の現役将校を配属し、学生、生徒の軍事教練を指導させることにしたのだ。将校らを失業から救い、日本の軍国化を推進する一石二鳥の名手だった。

それでも多数の将校が退職させられる事態に変りはない。将校の進級もおそくなる。人事当局は陸士の入学者を半数に減らすことで対応した。その結果陸軍は、支那事変では中隊長の、太平洋戦争では大隊長の不足に泣くことになる。

宇垣軍縮は人員削減を唱えながら軍備の近代化をはかった妙手だったが、その真意が軍の末端まで伝わったとはいいにくい。

整理された将校の悲嘆、絶望は宇垣の想像を超えていた。将校たちは終身官であることを誇りとし、軍職を聖職と信じていた。

田中義一大将が依願予備役入りし、山梨半造、福田雅太郎《ふくだまさたろう》ら四人の大将、五人の中将が待命となった。彼らは軍縮の必要性を理解し、すすんで身を引いた。だが、彼らを惜しむ声が全軍にひろがり、宇垣は多くの将校の憎悪と反感を買う身になった。昭和十二年、組閣の大命が宇垣に降下したが、陸軍の反対で流産した。その後も幾度か首相に擬せられながら陸軍の反対で実現しなかった。軍縮によって反感を抱かれたのが大きい。

東条英機は軍縮とは無縁の陸大にいて、兵学などの講義をつづけていた。のちに側近となる佐藤賢了《さとうけんりょう》、富永恭次らが教え子にいる。

大正十三年八月、東条は中佐に昇進した。以後三年半、陸軍技術本部付や陸軍省軍務局課員を兼務しながら教員生活をつづけた。

米内光政の「富士」副長在職期間はわずか三カ月で終った。

大正八年十二月一日、米内は軍令部参謀、海軍儀制関係諸令規の改正委員となった。ついで翌年六月、再度の欧州出張を命じられた。任務はソ連の研究である。革命後ロシアがどう変ったか、国力、軍事力がどこまで回復したかを把握しなければならない。ソ連とはまだ国交が回復していないので入国が叶わない。シベリア鉄道も利用できないので、船と列車を乗りついで、二カ月近くかけてポーランドのワルシャワへ着いた。ここでソ連の情報をあつめる予定である。

四月からポーランドはソ連と戦争状態に入っていた。ソ連軍はワルシャワ近郊へ進出したが、反撃されて八月には後退した。

米内は一カ月ワルシャワに滞在した。だが、ソ連の国状を知るには、近すぎてかえって不便である。錯綜する情報の真偽を判別するのがむずかしい。英独仏についての情報は、ほとんど入ってこない。やや離れるほうが良いと判断してベルリンへ移ることにした。

ベルリンでは、革命に追われた白系ロシア人たちの話が大いに参考になった。

ソ連の農村は戦争と革命で荒廃し、レーニン政府による割当徴発でさらに打撃をうけていた。江戸時代の悪代官さながら、農家の自家用の穀物まで役人がしぼりあげるのだ。都市部ではインフレが進行し、ここ三年で賃金は一〇倍以上に騰《あが》ったのに、その高賃金で数日ぶんのパンしか買えなくなっている。しかも失業率が高い。共産党政権は労働者の要求には寛容だが、物価高がその恩恵を乗り越えてしまうのである。

それでも一九二一年（大正十年）を底に農業生産が回復のきざしを見せはじめた。国有化された基幹産業も、市場原理、独算制の一部導入で生産性が向上しつつある。

まだ軍事力の増強につとめられる状況ではない。しかし人口、資源とも豊富だから、国内体制が整備されればまちがいなく軍事大国となるはずである。

種々の人脈をたどってソ連を探索するうちに十一月初旬、米内は大きな悲報におそわれた。岩手出身の原敬首相が、東京駅頭で暴漢に短刀で襲われ、暗殺されてしまったのだ。原はジャーナリスト、外交官などをへて政界入り、衆院選に連続八回当選して三つの内閣で内務大臣をつとめた。以後は政友会総裁に就任、大正七年に首相となった。卓越した国際感覚でアメリカの大国化を予測し、陸軍の大陸進出をきびしく批判していた。

たんに岩手の先輩というだけでなく、米内は原の識見に敬意と共感を抱いてきた。いずれ面識を得て教えを請うつもりだった。かけがえのない先人だったのだ。

その原が十九歳の大塚《おおつか》駅の駅員、中岡艮一《なかおかこんいち》に生命を奪われた。右翼がかった青年だったらしい。国の宝といってよい人物がこうした思慮のない男に殺される日本の現状が米内は情けなく、たまらなく腹立たしかった。

憎むべきはテロである。原敬という個人の生命にとどまらず、原が将来達成しただろう業績、計り知れぬほど大きな国益を、犯人は抹殺してしまったのだ。おろかな一人の男に、自分ではとうてい償いきれぬ大損害を国にあたえる力を注入するのがテロリズムである。この実行犯を背後からけしかけた勢力こそゆるしがたい。

たぶんソ連と戦争をやりたい連中がそそのかしたのだろう。あとさきを考えない好戦派。そうした連中にかぎって皇国史観をふりまわし、自分たちこそ真正の忠義の士だと自惚《うぬぼ》れている。あの連中を撲滅する手段がなにかないものだろうか。

夜、米内は海軍武官二人と酒場でコニャックを飲んだ。二人が酔って帰ってからも一人でヤケ酒を飲んだ。めずらしく泥酔して、居あわせた数人の白系ロシア人を相手に、立って演説をした。なにを語ったかはおぼえていない。ロシア人たちが拍手していたから、たぶんボルシェヴィキを批判したのだろう。

原の死後約一週間の十一月十二日、ワシントン軍縮会議が開催された。

第一次大戦の結果、アメリカ、日本をのぞく大国は例外なく国力が低下した。戦勝国英仏伊もこれ以上軍備を拡張できる財政状態ではない。日本にしても戦禍こそこうむらなかったが、八八《はちはち》艦隊の建造など身の丈以上の軍拡を実施し、戦後は不況に見舞われて国民生活は危機におちいっている。

なによりも軍人の戦死者八〇〇万名、一般市民の死者四〇〇万名を出した大戦は、参加各国に厭戦気分をもたらした。タイミングを計ったようにハーディング米大統領が日英仏伊四国にたいして軍縮および極東問題解決のための会議を提案した。原首相はこれを快諾、加藤友三郎海相（首席）、幣原《しではら》喜重郎《きじゆうろう》駐米大使、徳川家達《いえさと》貴族議長の三全権以下、計一四三名の大全権団の派遣を決定した。その直後に暗殺されたのだ。

会議には日、米、英、仏、伊の五大国のほか中国、オランダ、ベルギー、ポルトガルが加わり、九カ国となった。約三カ月にわたって討議がかわされ、五大国間で軍縮条約が締結された。その内容は一〇年間の主力艦建造禁止、および各国の主力艦の保有比率（トン）を米英5、日本3、仏伊1・75とすることなどである。

日本全権団の随員、加藤寛治中将らは、これでは国防の責任がもてぬとして強硬に反対した。彼ら大海軍主義者の試算によると、日本近海へ攻めよせる米艦隊を撃滅するには、対米比7の主力艦が不可欠だというのだった。

だが、加藤友三郎全権は、冷静に米英5、日本3の保有比率をうけいれた。建艦競争の停止は工業力の劣る日本の国益にむしろ適《かな》っている、合意によって国際協調も達成できるというひろい視野からの判断だった。

五大国による軍縮条約とならんで日米英仏による「太平洋に関する四カ国条約」と全参加国による「中国に関する九カ国条約」が締結された。

アメリカは秘密外交のシンボルである日英同盟を解消させたがっていた。これがあるとアメリカは日英の海軍力の総和に対抗できる海軍力を、一国で保有しなければならない。また中国市場への進出にあたっても、日英同盟は大きな障害になる。

イギリスはアメリカの意向に沿いたいのだが、日英関係の悪化も懸念していた。このジレンマを解消するため、イギリスは日米英の三国同盟を考えだした。アメリカの希望により、同盟にはフランスも加えられた。これが「太平洋に関する四カ国条約」である。

おかげでイギリスは対日関係を悪化させることなく日英同盟を解消できた。日本も異存なくうけいれた。ロシアの脅威がなくなった現在、イギリスとの同盟はさほど必要でなくなったし、同盟は中国における日本の行動を制約することが多くなっている。

四カ国条約の条項は、一、太平洋方面の四国の領土に他国の干渉、攻撃があった場合、四国は協力して対応する、二、四国間の二国に争議が起った場合は、解決のため四国が会議をひらく、など変哲もない内容だった。

九カ国条約のほうは中国の領土保全、門戸開放、機会均等などを宣言し、開発競争をする各国に独占権、優先権をあたえまいとする内容である。アメリカの主張するきれいごとが成文化された条約だといってよい。

一九二〇年（大正九年）国際連盟が誕生したが、生みの親のアメリカが不参加で、まださほどの権威はない。日本をのぞくアジアは欧米諸国の支配下におかれ、中国は列国に侵《しん》蝕《しょく》されながらアメリカの庇護でなんとか生き残っている。

軍事力のみの話だが、日本も五大国の一つにあげられるようになった。だが、大戦後の平和志向で、世界は軍事力による発展をゆるさなくなっている。軍縮の時代に入ったのだ。なりふりかまわぬ軍備の強化で先進国に追いついた日本が、これからどんな針路をとるのか、世界中が注目している。

ワシントン軍縮会議の五カ国軍縮条約により、建造中だったわが八八艦隊は六四艦隊に縮小された。また主力艦の対米比率七割は、六割に減らされてしまった。

さらに大幅な人員整理があり、多数の上級将官（中将は九〇パーセント）が退役となった。海軍兵学校の採用生徒数も、大正十一年度は前年度の六分の一以下に削減された。

加藤友三郎海相は大正十一年六月、高橋是清《たかはしこれきよ》首相のあとをついで首相（海相兼任）に就任した。彼は一、ワシントン軍縮条約の実行、二、海相文官制をふくむ海軍の制度改革、三、ワシントン軍縮条約にもとづく国防方針の策定、という三つの課題をかかえていた。

第一の課題は実行された。だが、人員整理によって加藤首相は、二代あとの宇垣陸相と同様、部内に多くの敵をつくってしまった。

加藤友三郎首相は山本権兵衛以来といわれた海軍の偉材《いざい》である。だが、ワシントン軍縮会議後大腸ガンを病み、良識派に惜しまれながら大正十二年八月に死去した。これで海軍に大きな変化が生じた。

ワシントン軍縮会議以後、海軍には加藤友三郎大将を総帥とし国際協調を奉じる「条約派」と、加藤寛治中将のひきいる反軍縮の「艦隊派」の二つの派閥が生じていた。

加藤友三郎の死去により、艦隊派の勢力はつよくなった。加藤寛治（大正十一年五月、軍令部次長）は友三郎首相の死を見越して、軍令部の権限の強化拡大案を作成させていた。軍令部の権限を兵力量の決定、人事教育にまで拡大しておこうというのだ。

友三郎の死去後、加藤寛治はこの案の実現のため動き出した。だが、海軍省条約派の猛烈な抵抗によって頓挫《とんざ》をきたした。

加藤寛治は日米戦争不可避論に立って国防を考えていた。アメリカは中国への経済侵略を志向し、競争者である日本を早晩排除しにくると後世から見れば正しい判断をしていたのだ。人種差別、移民排斥などがその背景にあった。

加藤寛治はワシントン軍縮会議の次席随員だった末次信正大佐（軍令部第一班長心得）とともに海軍を主導するようになった。安保清種《あぼきよかず》次官、大角岑生《おおすみみねお》軍務局長、それに血気さかんな艦隊派の中堅、少壮将校らが加藤寛治（第二艦隊司令長官）を盛り立てる。

大佐に昇進した米内は二年あまりベルリンに駐在し、ソ連の内状だけではなく世界情勢をみきわめた。これからの日本がどうあるべきか、徐々に考えも固まってきた。

だが、飲んで声高に国事を談じたりはしなかった。軍人は政治に関与すべきではない。政府の方針にしたがって戦うのだ。イギリス流のシビリアンコントロールを米内は重視していた。軍人勅諭もそう指示している。

大戦中のドイツのように軍部が政府を指導するのは邪道であり、僭越《せんえつ》の所業である。げんにドイツは失敗したではないか。米内だけでなくそう考えている者は多い。

陸軍とちがって技術への依存度が高いだけ、海軍の将兵は一種の職人気質を共有していた。戦力に直接つながる技術の練磨で手一杯で、天下国家を憂えるのは二の次なのだ。

大正十一年の秋、米内はアメリカ経由で帰国した。

アメリカ国内を見学し、その桁《けた》はずれの工業生産力と無尽蔵の資源量に驚嘆させられた。多様な民族が民主主義政治のもとでそれぞれの立場を主張しあい、国ぜんたいに独特の活気がみなぎっている。

これまでの見立ては当っていた。二十世紀の世界を引っぱるのはアメリカなのだ。

自動車工場を米内は見学にいった。まるで地から湧きでるように何百台もの新型車がつぎつぎにコンベアに載ってあらわれる光景を見て、目まいを感じた。日本の国産車はまだ一台もない時代である。

「軍縮条約ができてよかったよ。こんな国と建艦競争をやってみろ。日本は三年つづかないぞ。たちまち破産だ」

「加藤寛治さんなどは、なにを考えて反対したのですかね。強がりにもほどがある」

米内は案内の海軍武官と語り合った。

海軍の首脳部はアメリカを仮想敵国にあげる者が多い。向こうから仕掛けてきたら、全力で戦わねばならないだろう。だが、万《ばん》やむを得ない場合以外は、絶対に戦ってはならぬ国だ。肝に銘じて米内は自動車工場を出た。

十二月、米内は一等海防艦「春日」の艦長を命じられた。

海防艦の主任務は沿岸警備、船団護衛である。「春日」は七七〇〇トン、乗員五六二名の大型艦だった。海軍軍人ならだれもがあこがれる艦長に、四十二歳で米内は就任したことになる。

「春日」はウラジオ方面の警備にあたっていたが、横須賀へもどって予備艦となった。艦長も比較的ひまである。自宅通勤するのがふつうだが、米内はめったに帰宅せず、艦で生活した。自宅が恋しくなるほど疲れてはいないのである。

週に一、二度米内は操艦の名手河合退蔵《かわいたいぞう》大佐を招いて操艦の練習をした。水雷艇、駆逐艦しかこれまで動かしたことはない。海戦にそなえてぜひとも習熟せねばならない。

艦橋にいて号令をかける。航海長が各部門に指示を出す。速度、針路、前進、後進、折返し。すべて艦長の意のままに艦は動く。爽快である。やはり中央の役人よりも艦隊勤務のほうが性に合っている。

米内の操艦はみるみる上達した。つられて乗組員の技量も目ざましく向上する。

部下にたいして米内は怒声をあげず、説教もしない。だまって仕事ぶりを眺めていた。部下が能力の範囲内で働くときはただ見まもり、範囲からハミだすと助言してやる。凡人が七十歳になってもなかなか到達できない寛容の境地に米内は四十代で達していた。小心者が対立を恐れて自制するのとはおのずからちがう。怒声をあげなくとも、部下に舐《な》められることはなかった。

艦内で米内は公式のパーティのとき以外、酒を飲まない。夜は準士官以上の者をあつめてロシア語教室をひらいたりする。艦長室には戦史など軍事関係の書籍のほか、歴史書、文学書などが積んであった。体の大きさと人格、教養のゆたかさがかさなりあって、米内は堂々たる艦長であった。

大正十二年三月、米内は一等海防艦「磐手」の艦長を命じられた。「春日」よりやや大型で、乗組員も八〇名以上多い旧戦艦だ。

六月に「磐手」は「八雲」「浅間」とともに練習艦隊に編入され、四三五名の少尉候補生を分乗させて練習航海に出航した。

三隻は江田島を出て横須賀、室蘭《むろらん》、新潟、舞鶴から青島と巡航した。九月一日、青島を出て佐世保に向かう途中、関東大震災の報せをうけた。艦隊は全速力で佐世保に帰投し、食料や燃料を満載して東京湾へ向かった。

救援物資をおろしてから、艦隊は芝浦《しばうら》、清水《しみず》間を四往復して被災者をはこんだ。東海道線も中央線も東海、関東方面は不通なので、艦隊の貢献は大きかった。

九月下旬、練習艦隊は遠洋航海に出発することになった。

練習艦隊は横須賀を出て上海、馬公《まこう》、マニラ、シンガポール、ジャワをへてオーストラリアにたっした。こんどの大戦で日本海軍はドイツ領だった南太平洋の諸島を占領し、オーストラリアの安全に貢献したので、艦隊は港々で大歓迎をうけた。

ニュージーランドのウエリントンに上陸し、バスでレビンという町をたずねたとき、見学のあと小学校へ案内された。歓迎会のため児童が校庭に待っている。

校長が児童に向かって、関東大震災のこともいれて長々とスピーチした。ついで米内が挨拶を強要された。海外生活の経験者だというので、引っぱりだされたのだ。

ロシア語は達者だが、米内は英語はだめである。どうなることかと候補生たちは固唾を呑んで見まもっていた。

悠然と米内は壇にのぼり、にこにこして、

「アイアム、グラッド、トゥスィーユー」

と児童に語りかけた。

つぎのことばを一同は待った。が、米内はサンキュー、の一言で降壇してしまった。かえって児童らはよろこんだ。歓声をあげて米内をとりかこみ、候補生たちともににぎやかに交歓のときをすごした。

だが、軍紀の根幹を甘く見る者にたいしては、米内は容赦しない。

横須賀港に碇泊中のある日、米内は所用で鎮守府へ向かうため、汽艇に乗って艦をはなれた。一〇〇メートルほどすすんだとき、艦が「帰れ」の信号を発した。なにか事件が起ったのかと引返してみると、汽艇に乗りそこなった一士官を収容するために帰艦させたのだとわかった。

米内は上陸を中止し、信号を出させた副長を艦長室へ呼びつけた。

「艦長は艦の責任者なのだぞ。その責任者に一士官の失敗の尻ぬぐいをさせるのか」

いつになく厳格に叱りつけた。

副長は青くなって非を詫《わ》びた。軍紀のたるみに米内がけっして寛容でないのが伝わって、艦内の空気は引きしまった。

「磐手」のあと戦艦「扶桑《ふそう》」艦長をへて大正十三年十一月、米内は戦艦「陸奥《むつ》」の艦長に任命された。三万三八〇〇トン、四五口径四〇センチ砲八門、乗員数一三二〇。「長門《ながと》」とともに日本を代表する新鋭戦艦である。

「『磐手』といい『陸奥』といい、郷里に縁のある軍艦をおれはまかされる運命なのだな。わるい気はしない。ヤル気をそそられる」

張りきって米内は乗艦した。

陸軍はこの時期「宇垣軍縮」で大揺れだったが、海軍の軍縮はほぼ終っている。「陸奥」は平時の演習にはげむだけでよかった。

大正十四年八月三十一日、「陸奥」は航海演習に出て舞鶴港に碇泊していた。その日は大正期の天長節で、乗組員は式典のあと八割が上陸して羽根をのばした。米内も鎮守府へ挨拶したあと、市内の料亭でくつろいでいた。

その間「陸奥」で三人の急病人が出た。伝染病だと困るので米内がいそいで帰艦してみると、五名の水兵が苦悶《くもん》し、一人はすでに死亡していた。軍医の説明では、

「メチルアルコールの中毒なんです。仕様のないやつらだ。留守番の憂さ晴らしに――」

艦内の酒保《しゅほ》に酒がないので、発火信号に使うメチルアルコールを水で薄め、砂糖をまぜて飲んだ結果がこれだという。

「小事件だから内々に処理しましょう」

副長が苦い顔で申告した。

「いや、かりにも死者が出ている。あとの二人も危いのだろう。きちんと憲兵隊に報告して調査させなさい」

命じてから米内は遺体の安置所へ線香をあげにいった。

重体の二人は生命をとりとめたものの、一人は失明してしまった。憲兵隊から責任者の告発はなかった。米内は葬儀、失明者の療養など誠意をもってあと始末をし、あとの者は分隊長の説諭のみで艦へ復帰させた。

やがて米内は少将へ昇進し、第二艦隊の参謀長に任じられた。謹厳実直な谷口尚真《たにぐちなおみ》司令官に誠意をもって仕えて信頼された。

大正十五年十二月、米内は軍令部第三班長に任じられた。同班は情報担当だが、情報の

重要性はまだ部内に認識されず、班内の空気は沈滞しきっていた。あぶれ将校のたまり場などといわれていた部門である。

これはいかんと米内は思った。二十世紀は確実に金融と情報の時代になる。軍艦の保有量などは情報戦、金融戦の結果なのだ。班員にそれを周知徹底させねばならない。

だが、米内は口やかましく指導はしない。誠実かつ的確に職務を遂行してみせた。この仕事をどれだけ重視し、生き甲斐にあふれて執務しているか身をもって示したのだ。

三カ月もすると、班員たちは意欲まんまんで業務に取組むように変った。米内の統率力、指導力は上層部にしだいに高く評価されるようになった。

東条英機、米内光政はともに四十歳を超え、人生の助走期を終える。

このあと二人は昭和史上の大クーデター事件を経て陸海軍の首脳部に躍り出るのだが、東条は刻苦勉励のはてに権力を摑《つか》みとり、米内は周囲から押しあげられて海軍の頂点に立つ。さきに首相になるのは米内のほうだ。

三国同盟をめぐって両者は対照的な道を歩む。二人の軌跡を追うことは、昭和前期の日本の栄光と悲惨を浮き彫りにすることでもある。

（中巻へつづく）

本書は平成二十二年十一月、小社から四六版で刊行されたものを上中下巻とし、著者が加筆、修正をしました。

なお参考文献は下巻巻末に記します。

一〇〇字書評

切・り・取・り・線

購買動機（新聞、雑誌名を記入するか、あるいは○をつけてください）	
□（　　　　　　　　　　　　　　）の広告を見て	
□（　　　　　　　　　　　　　　）の書評を見て	
□ 知人のすすめで	□ タイトルに惹かれて
□ カバーが良かったから	□ 内容が面白そうだから
□ 好きな作家だから	□ 好きな分野の本だから

・最近、最も感銘を受けた作品名をお書き下さい

・あなたのお好きな作家名をお書き下さい

・その他、ご要望がありましたらお書き下さい

住所	〒				
氏名		職業		年齢	
Eメール	※携帯には配信できません		新刊情報等のメール配信を 希望する・しない		

この本の感想を、編集部までお寄せいただけたらありがたく存じます。今後の企画の参考にさせていただきます。Eメールでも結構です。

いただいた「一〇〇字書評」は、新聞・雑誌等に紹介させていただくことがあります。その場合はお礼として特製図書カードを差し上げます。

前ページの原稿用紙に書評をお書きの上、切り取り、左記までお送り下さい。宛先の住所は不要です。

なお、ご記入いただいたお名前、ご住所等は、書評紹介の事前了解、謝礼のお届けのためだけに利用し、そのほかの目的のために利用することはありません。

〒一〇一‐八七〇一
祥伝社文庫編集長　坂口芳和
電話　〇三（三二六五）二〇八〇

祥伝社ホームページの「ブックレビュー」からも、書き込めます。
http://www.shodensha.co.jp/bookreview/

祥伝社文庫

神《かみ》の国《くに》に殉《じゅん》ず　小説《しょうせつ》　東条英機《とうじょうひでき》と米内光政《よないみつまさ》　（上）

平成26年7月30日　初版第1刷発行

著者　阿部牧郎《あべまきお》
発行者　竹内和芳
発行所　祥伝社《しょうでんしゃ》
東京都千代田区神田神保町3-3
〒101-8701
電話　03（3265）2081（販売部）
電話　03（3265）2080（編集部）
電話　03（3265）3622（業務部）
http://www.shodensha.co.jp/

印刷所　錦明印刷
製本所　積信堂
カバーフォーマットデザイン　芥陽子

Printed in Japan ©2014, Makio Abe　ISBN978-4-396-34052-0 C0193

祥伝社文庫の好評既刊

佐伯泰英

遺恨《いこん》 密命⑩影ノ剣

剣術界の長老・鹿島一刀流の米津寛兵衛が影ノ流を名乗る鷲村次郎太兵衛に斬殺される。鷲村の目的は？

佐伯泰英

残夢 密命⑪熊野秘法剣

吉宗公の屋敷が襲われた。十数人の少女が殺され、唯一の目撃者の鶴女《つるじょ》は廃人同様に。鶴女の記憶が甦ると…。

佐伯泰英

乱雲 密命⑫傀儡《くぐつ》剣合わせ鏡

「吉宗の密偵」との誤解を受けた回国修行中の清之助。大和街道を北上。黒装束団の追撃を受け、銃弾が！

佐伯泰英

追善 密命⑬死の舞

旗本屋敷に火付けが相次ぐ！　背後の事情探索に乗り出す惣三郎。一方、修行中の清之助は柳生の庄へ…。

佐伯泰英

遠謀 密命⑭血の絆

惣三郎の次女結衣が旅芸人一座と共に尾張に出奔。〝またしても尾張徳川家の陰謀か〟と胸騒ぎを覚える…。

佐伯泰英

無刀 密命⑮父子鷹《おやこだか》

柳生新陰流ゆかりの地にて金杉父子を迎え、柳生大稽古開催。惣三郎が至った「無刀」の境地とは？

祥伝社文庫の好評既刊

祥伝社文庫の好評既刊

梓 林太郎
回想・松本清張
「あんたの話は変わっていて面白い」20年来ネタを提供し続けた著者がいま明かす、珠玉のエピソード。

大下英治
力道山の真実
敗戦後、意気消沈する日本人に勇気と自信を取り戻させた男、力道山。プロレス転向に至った人知れぬ苦悩とは？

大下英治
小泉純一郎の軍師　飯島勲
「自民党をぶっ壊す！」小泉元総理を支えた「チーム小泉」の秘密。第一人者が分析する、飯島流危機管理の極意！

岳 真也
文久元年の万馬券
日本競馬事始め

万延、文久、慶応…明治。幕末の動乱に巻き込まれ、日本競馬に命をかけた男がいた！

森川哲郎
疑獄と謀殺
重要証人はなぜ自殺するのか!?　戦後もたらされた政治腐敗につきまとう疑獄と「怪死」、その裏面を抉《えぐ》る！

森川哲郎
秘録　帝銀事件
昭和23年、国民を震撼させた12人毒殺事件。画家平沢貞通の逮捕には数多くの矛盾があった。

祥伝社文庫の好評既刊

森《もり》　詠《えい》
黒の機関
戦後、平和憲法を持ち、民主国家へと変貌を遂げたはずの日本の裏側で、暗躍する情報機関の実態とは！

畠山清行《はたけやませいこう》
何も知らなかった日本人
帝銀事件、下山事件、松川事件、台湾義勇軍事件…占領下の日本で、数々の謀略はかくして行なわれていた！

柴田哲孝
下山事件　最後の証言　完全版
日本冒険小説協会大賞・日本推理作家協会賞W受賞！　昭和史最大の謎に挑む！　新たな情報を加筆した完全版！

加治将一
龍馬の黒幕
明治維新の英雄・龍馬を動かしたのは「世界最大の秘密結社」フリーメーソンだった？

加治将一
舞い降りた天皇（上）
天孫降臨を発明した者の正体!?「邪馬台国」「天皇」はどこから来たのか？　日本誕生の謎を解く古代史ロマン！

加治将一
舞い降りた天皇（下）
卑弥呼の墓はここだ！　神武東征、三種の神器の本当の意味とは？　歴史書から、すべての秘密を暴く。

祥伝社文庫の好評既刊

加治将一
幕末維新の暗号（上）
坂本龍馬、西郷隆盛、高杉晋作、岩倉具視、大久保利通……英傑たち結集の瞬間!? これは本物なのか？

加治将一
幕末維新の暗号（下）
古写真を辿《たど》るうち、見えてきた奇妙な合致と繋がりとは――いま、解き明かされる驚愕の幕末史！

阿部牧郎
豪胆《ごうたん》の人
クーデター、数々の恋、そして沖縄最後の日…異色の軍人長勇の激動の生涯を描く昭和秘史巨編！

阿部牧郎
英雄の魂
満州事変の首謀者・石原莞爾《かんじ》はなぜ太平洋戦争に反対したのか？ 義を貫き、反骨に生きた不世出の軍人の生涯。

阿部牧郎
大義に死す
陸軍を代表し、天皇と国民に謝す。武士道を貫き、敗戦の日に自刃した覚悟の陸軍大臣！

阿部牧郎
遙かなり真珠湾
〈飛行機でハワイをやってくれ〉山本五十六は、先任参謀黒島亀人に前代未聞の作戦の立案を命じた。

祥伝社文庫　今月の新刊

市川拓司　**ぼくらは夜にしか会わなかった**
ずっと忘れられない人がいる
あなたに贈る純愛小説集。

菊地秀行　**魔界都市ブルース**　愁哭《しゅうこく》の章
美しき魔人・秋せつらが出会
う、人の愁い、嘆き、惑い。

夢枕　獏　**新・魔獣狩り11**　地龍編
〈空海の秘宝〉は誰の手に？
夢枕ワールド、最終章へ突入！

南　英男　**特捜指令　動機不明**
悪人に容赦は無用。キャリア
コンビが未解決事件に挑む！

草凪　優　他　**禁本　惑《まど》わせて**
目も眩む、官能の楽園。堕ちて、
嵌まって、抜け出せない――

阿部牧郎　**神の国に殉《じゅん》ず（上・中・下）**　小説　東条英機と米内光政
対照的な生き方をした二人の
軍人。彼らはなぜ戦ったのか。

辻堂　魁　**遠雷**　風の市兵衛
依頼人は、若き日の初恋の女
性。市兵衛、交渉人になる!?

藤井邦夫　**岡惚《おかぼ》れ**　素浪人稼業
平八郎が恋助け？　きらりと
光る、心意気。萬稼業の人助け。

坂岡　真　**崖っぷちにて候《そうろう》**　新・のうらく侍
「のうらく侍」シリーズ、
痛快さ大増量で新章突入！